消失的另一半

The Vanishing Half

布莉・貝內特 Brit Bennett —— 著

顏湘如 —— 譯

目次

導讀

假作真時，真亦假？

蔡佳瑾（東吳大學英文系副教授兼系主任）

布莉．貝內特的第二部小說《消失的另一半》透過兩代間的家族故事，處理黑白種族衝突與族裔身分認同問題；類似主題在非裔美國小說中可說是汗牛充棟，而且經多位傑出非裔作家以各種實驗性敘事手法呈現，年輕的非裔作家要能在處理這類主題時不落入前人窠臼，是個不小的挑戰。然而，貝內特這部小說以新穎角度詮釋種族歧視與族裔身分認同的問題，她以一座虛構的混血黑人小鎮為背景，敘述兩代非裔家庭經歷種族歧視的創傷之後，從一九四〇年代至一九九〇年代的人生發展，不僅批判白人至上的種族主義意識型態，也揭露黑人內部肇因於自我認同問題所產生的「種族內部歧視」（**intra-racial discrimination**）。這部出版於二〇二〇年的小說顯示，迄今在美國這個多元種族社會，膚色仍是種族衝突的導火線、族裔認同的內在鴻溝。

人人漂白的黑人鎮

在此部作品中，貝內特針對「種族內部歧視」與「充當白人」（passing as white）這兩個面向，批判膚色成為存在價值依據的扭曲現象；所謂「充當白人」意指膚色與五官特徵接近白人的混血黑人，為了討生活與生涯發展不受種族隔離或種族歧視的囿限而充當白人，否認自己的黑人血統。「充當白人」這個題材很早便存在於美國文學裡，多半以「悲慘的（黑白）混血兒」（tragic mulatto）這類刻板角色來呈現，他們之所以下場悲慘，多因真實的血統被揭露之後，在白人社群失去立足之地。在早期的描述中，黑白混血兒即便膚色再白也不見容於白人社會，但也不被黑人社群視為黑人，甚至因為黑的程度差異而產生非裔社群內部彼此歧視的現象；諾貝爾文學獎得主童妮．摩里森的小說《樂園》即描寫一個黑人鎮（all-black town）的鎮民因曾受淺膚色黑人的排擠，只准創鎮的幾個黑人家族成員彼此聯姻，以確保血統純正且膚色深黑，藉以諷刺任何形式的種族主義。貝內特這部小說有異曲同工之妙，她虛構了野鴨鎮這個到處都見不到黑皮膚的黑人鎮，鎮民幾代以來勵行膚色漂白，透過數代與白人結婚來確保下一代的外貌與膚色沒有黑人的特徵。野鴨鎮是個極具諷刺性的存在：創立者狄奎爾是個混血兒，他的黑人母親無法接納他的淺色皮膚，曾經巴望太陽把他曬黑，他長大後反倒娶了混血兒為妻，生出更白的下一代，希冀一代白過一代，成為「更加完美的黑人」，意思是所謂的「完美」就是「更像白人」；野鴨鎮本身即建立在黑人內化白人至上意識形態之後所產生的自我否定心態上，雖然身為黑人，卻嫌棄黑皮膚，可說是精神分析學者法農在其知名著作《黑皮膚，白面具》所提到的黑人殖民化心態的極致呈現；然而，野鴨鎮鎮民無論膚色漂得多白，仍被隔離於白人社群之外，甚至白人可以隨意淩遲屠殺。

「消失的另一半」：回歸與斷絕

這部小說以野鴨鎮上一對雙胞胎姊妹為敘事核心：外向的姊姊德姿蕾喜歡模仿妹妹到唯妙唯肖的地步，她也是提議要離家出走的那一位；相反地，妹妹絲黛兒則是內斂安靜，總是依附在姊姊身邊。德姿蕾喜歡演戲假扮妹妹，絲黛兒則認為演戲終究會被識破，除非全然入戲。這對姊妹十六歲時，選擇在「創鎮人紀念日」逃離這個鎮，至紐奧良自力更生。有一天絲黛兒卻突然消失，音訊全無，從此兩姊妹的人生產生了很大的分歧：德姿蕾嫁給一位膚色非常深的黑人檢察官，生了膚色黑得發亮的女兒，而消失的絲黛兒則是「充當白人」，隱藏了自己的出身、斷絕所有親族關係，嫁給白人上司，生了白膚金髮的女兒，充分融入白人的社群生活。從上述情節可以看到作者安排了許多的反諷（irony）：這對雙胞胎選在「創鎮人紀念日」離開這個住滿白皮膚黑人的小鎮，喜歡角色扮演的姊姊似乎選擇了作自己，接納自己的血統，嫁給「表裡如一」的黑人，又帶著黑皮膚的女兒回到家鄉生活；相反地，看似不喜歡演戲的妹妹抹殺了血統裡面的黑人，不落痕跡地進入白人的角色，而且完全讓自己入戲，與家鄉的人事物斷絕關係。更反諷的是，不喜歡演戲的絲黛兒不僅演了一輩子戲，她的女兒還成了演員！

雙胞胎的隱喻：意識衝突、認同分裂

貝內特用雙胞胎巧妙影射美國非裔社會學家兼民權運動領袖杜博依斯（W.E.B.Du Bois）所提出的「雙重意識」（double consciousness），意指非裔美國人內化白人的眼光，以白人的觀點審視自己，因而產生意識衝突或認同分裂，掙扎於自我身分認知與白人觀點之間。另一方面，貝內特顯然運用文學上「分身」（doppelganger）的手法處理族裔身分認同的議題，雙胞胎原本就是此手法經常展現的方式——長相一模一樣但內在相反的兩個人，通常性格一正一邪，後者往往代表前者潛意識裡想要實現的反社會欲望。沉默內斂的絲黛兒或許代表德姿蕾潛意識裡的欲望，為喜歡角色扮演的德姿蕾作出她所不敢作的選擇——扮演白人；此意圖在作者安排她們的母親罹患阿茲海默症後，不時把德姿蕾當成絲黛兒時，明顯可見。

演戲，成為另一個人

貝內特透過絲黛兒這個角色，不僅以批判的角度回應「充當白人」這個文學題材，更是深度省思族裔認同上的內在掙扎。德姿蕾與絲黛兒出走之後所踏上的旅程，可視為尋求自我身分認同的過程，德姿蕾選擇回歸具黑人血統的自我，而絲黛兒選擇以否決自己過去的人生為基礎，建立一個「新我」——「最刺激的部分不是扮成白人，而是變成另外一個人，在眾目睽睽下變成一個不同的人」，亦即為了讓她的白人角色具有說服力，她必須「任由腦子放空，整個人生慢慢消失，直到她變得像嬰兒一樣嶄新純潔」。選擇「充當白人」不是單純選擇膚色，也不是單純在舞台上扮裝與演繹角色，而是選擇完全否定自我。這個角色讓人想起一九三〇年代，以芬妮．赫斯特（Fannie Hurst）小說改編的電影《春風秋雨》裡面的黑白混血女孩皮歐菈（Peola）——她無法接納自己是黑人，為了成為白人過更好的生活，選擇把母親當成陌路人；皮歐菈成為「悲慘的（黑白）混血兒」的刻板典型，被非裔社群視為負面角色，因為即便她的選擇是迫於社會現實，她畢竟是為了滿足私欲而拋棄了母親（根源）。不同於傳統的刻劃，貝內特筆下的絲黛兒一點也不悲慘，持續過著白人的生活，最後還成了大學教授；然而，她一生活在虛謊與恐懼中，甚至逃避黑人的視線，因為她相信同種族的人能認出彼此，無論膚色深淺。

「新我」還是「自我」？

雖然貝內特避免對絲黛兒這個角色作出任何道德批判，但從反諷技巧的運用以及絲黛兒與女兒甘乃荻的關係之中，卻可以窺見作者的質疑。小說近尾聲，當甘乃荻拿出雙胞胎姊妹在父親葬禮時所拍的照片給母親看，期待母親對她坦白一切，不料絲黛兒仍然否認照片裡有她，亦即她選擇持續過一個虛假的人生；作者敘述，甘乃荻自己收藏了這張照片，因為對她而言，這張照片是她人生唯一真實的部分，其他全部都是虛構，這是因為她的根源（母親）是個虛構的謊言。假作真時，真亦假嗎？甘乃荻後來去了歐洲「尋找自我」，但對母親絲黛兒而言，「自我」得自己創造而非尋找。作者似乎提出了一個問題：

在族裔身分認同的議題上，如果否決了血緣上的根，否認了自己族裔的身分與存在價值，是否仍能尋找到自我？如果另創新我，這個所謂的「新我」還算是「自我」嗎？雖然小說結尾未就上述問題提出具體答案或出路，但其類似偵探小說解謎過程的敘事方式引人入勝，讀者享受閱讀過程之時，不妨試著思索出自己的解答。

致我的家人

第一部

失蹤的雙胞胎（一九六八年）

一

失蹤的雙胞胎之一回到野鴨鎮那天早上，是盧．勒邦跑到餐館來報信的，即便事隔多年，誰都記得當盧大汗淋漓推開玻璃門，胸口上下起伏，領口也因為太過急急忙忙都磨黑了，大夥見狀都嚇了一跳。一群幾乎已醉醺醺的客人，約莫十來個，圍著他吵吵嚷嚷，不過還有更多人會謊稱自己也在場，只為了假裝自己總算有這麼一次目睹一件真正刺激的事情。這個農村小鎮，自從韋涅家的雙胞胎失蹤以後，從未發生過什麼新鮮事，但一九六八年四月那個早上，正要去上工的盧看見德姿蕾．韋涅走在山鶉路上，手裡提著一只小皮箱。她看起來就和十六歲離家時一模一樣，膚色依然淺淡，有如微濕的沙土，屁股瘦巴巴，幾乎沒肉，讓他聯想到在強風中搖擺的樹枝。她走得很急，頭低低的，而且——盧說到這裡停頓了一下，有點製造效果的味道——手裡牽著一個小女孩，大約七、八歲，黑得像柏油。

「烏漆墨黑，」他說：「就好像直接從非洲飛來的。」

盧的「蛋屋」頓時分裂出十多組不同的對話。主廚懷疑那人也許根本不是德姿蕾，因為盧到五月就滿六十了，卻還死要面子不肯戴眼鏡。女侍則說一定是她——就算瞎子也認得出韋涅家的女兒，而且絕不可能是另外那個。用餐的客人紛紛丟下吧台上的玉米粥加蛋，也不管韋涅家那樁蠢事了，光顧著問：那個黑小孩到底是誰？有可能是德姿蕾的孩子嗎？

「不然還會是誰的？」盧邊說邊從面紙盒抓起一把面紙，輕輕擦拭汗濕的額頭。

「說不定是收養的孤兒。」

「我就是無法想像德姿蕾會生出那麼黑的小孩。」

「那你覺得德姿蕾像是會收養孤兒的人嗎？」

當然不像。她是個自私的丫頭。要說大夥對德姿蕾還留有什麼印象，就是這點了，其他記得的實在不多。這對雙胞胎已經走了十四年，幾乎和所有從小看著她們長大的人認識她們的時間一樣長。創鎮人紀念日舞會過後，她們便從臥室人間蒸發，儘管母親就睡在走廊另一頭。前一天早上，兩姊妹還擠在浴室鏡子前，四個長得一模一樣的女孩一塊兒在撥弄頭髮。隔一天，床就空了，床罩和平日一樣拉覆回原位，要是絲黛兒鋪的就平平整整，要是德姿蕾就皺巴巴的。全鎮的人花了一整個上午找她們，在林子裡大聲呼喊兩人的名字，還傻乎乎地懷疑是被人擄走了。她們突然消失，彷彿被提上天一般，將野鴨鎮所有罪孽深重的鎮民拋在身後。

當然了，真相既無不祥也無玄學的成分，雙胞胎很快便在紐奧良露臉，逃避責任的一雙自私女子。她們不會離家太久，城市的生活會讓她們厭倦，等錢花光了，走投無路，就會抽抽搭搭地回到母親門前。不料她們始終沒有回來，甚至在一年後，姊妹倆還各奔前程，兩人的人生就如同她們在母體內共用的那顆卵子均等地分裂開來。絲黛兒變成白人，德姿蕾則嫁給她所能找到最黑的人。

如今她回來了，天曉得是為什麼。也許是想家吧。離鄉背井那麼多年可能是想念母親了，也可能是想炫耀她那個黑皮膚女兒。在野鴨鎮，沒有人會嫁給黑皮膚的人，也沒有人會離開，但德姿蕾這麼做了。嫁給黑皮膚的男人，又拖著跟他生的黑小孩逛大街，實在做得太過火。

在盧的「蛋屋」裡，大夥已散去，主廚啪地一聲戴上網帽，女侍在桌上數五分錢銅板，穿著連身工作服的男人大口喝完咖啡便出發前往煉油廠。盧斜靠在髒污窗邊，呆望著外面的道路。應該打個電話給愛蒂兒．韋涅，似乎不該讓她被女兒殺個措手不及，她都已經經歷過那麼多風風雨雨，如今又來了德姿蕾和那個黑皮膚小孩。*天哪*。他拿起電話。

「你看她們是不是打算長住？」主廚問。

「誰知道？不過她看起來真的匆匆忙忙的，」盧說：「不知道急著上哪去。看都沒看我一眼，也沒揮手打招呼什麼的。」

「眼睛長在頭頂上。不過她是憑什麼啊？」

「天哪，」盧說：「我這輩子從來沒看過那麼黑的小孩。」

這是個奇怪的小鎮。

鎮名叫「野鴨」，是因為附近的稻田與沼澤濕地裡有環頸潛鴨棲息。這座小鎮和其他任何小鎮一樣，與其說是真實的所在，倒更像虛幻的念頭。最初是亞豐斯．狄奎爾在一八四八年，站在從父親那兒繼承來的甘蔗田裡，生出了這個念頭。原本掌控一切的父親去世了，如今兒子獲得自由，便希望在這一大片土地上打造一樣能流傳千古的東西。他想為像自己這樣的人——永遠不可能被當成白人，卻又不願接受黑人待遇的人——興建一座城鎮，一個第三地。他母親——願她安息——曾經對他的白皙膚色深惡痛絕，在他小時候把他推到太陽底下，乞求他能變黑。或許這便是他夢想這樣一座城鎮的緣起。白皙膚色，一如所有付出重大代價繼承而來的東西，是落寞的賜予。他娶了一個黑白混血兒，膚色比他還要淡。她隨即懷上第一個孩子，他想像著孩子的孩子的孩子，膚色不斷變白，就像持續加奶稀釋的一杯咖啡。成為更加完美的黑人。一代白過一代。

不久又來了其他人。不久，念頭與真實變得不可分割，野鴨鎮的名聲傳遍了聖蘭德利堂區[1]的其他地方。黑人私下口耳相傳，心生好奇。白人則根本不敢相信它的存在。一九三八年聖佳琳教堂落成後，教區從都柏林派來一名年輕神父，神父抵達時深信自己走錯地方。主教不是說野鴨鎮是個黑人小鎮嗎？可是呢，瞧瞧到處走動的這些人，皮膚白皙、金髮紅髮，即使最深的膚色也不比希臘人黑，這些都是什麼人呢？他們在美國算是黑人？是白人想要隔離的人？說真的，他們怎麼分辨得出來？

到了韋涅家雙胞胎出生時，亞豐斯．狄奎爾早已撒手人寰，但是不管樂不樂意，他這對曾曾曾外孫女仍繼承了他的遺傳因子。即便德姿蕾在每次創鎮人紀念日的野餐會前總是抱怨連連，即便學校裡每一次提及創鎮人她就翻白眼，好像和她一點關係也沒有，也改變不了事實，直到雙胞胎失蹤之後還是一樣。這座小鎮是德姿蕾與生俱有的資產，她卻從來不想成為其中一分子。她總覺得能將歷史輕輕彈開，就像聳聳肩就能擺脫碰觸的手。你可以逃離小鎮，卻逃離不了血緣。不知為何，韋涅家的雙胞胎卻認為自己兩者都能做到。

不過，假如亞豐斯．狄奎爾能在他一度想像過的鎮上溜達溜達，見到自己的曾曾曾外孫女應該會喜不自勝。一對孿生姊妹，乳白肌膚、栗色眼眸、波浪秀髮。他會為之驚嘆。因為孩子又比父母更完美一

1　聖蘭德利堂區，路易斯安那州的「堂區」，相當於其他州的「郡」。

些，還有什麼比這個更美妙呢？

韋涅家的雙胞胎是在一九五四年八月十四日，創鎮人紀念日舞會剛結束時失蹤的，事後眾人才發覺她們計畫已久。雙胞胎中比較聰明的絲黛兒想必是預料到鎮上的人會心不在焉。首先是鎮上廣場漫長的烤肉餐會，肉販子威利・李架起了烤肉架燻烤肋排、胸肉和傳統肉腸，鎮民們在太陽底下曬得昏昏沉沉。接下來是鎮長方特諾致詞、卡萬諾神父為食物祝聖，孩子們已經坐立不安，也不管端著盤子的父母還在祈禱，便偷捏盤中小片的酥脆雞皮來吃。一整個下午的慶祝活動，還有樂隊伴奏，直到晚上才在學校體育館的舞會上落幕。大人們多喝了幾杯崔妮蒂・提耶里供應的蘭姆潘趣酒，加上在體育館裡的短短幾小時，讓他們陷入青春年少的溫柔回憶，回家的步伐不免輕飄踉蹌。

換作其他夜晚，薩爾・德拉佛斯可能會留意窗外動靜，因而看見那兩個女孩從月光下走過。愛蒂兒也會聽見地板吱嘎作響。就連準備打烊的盧也可能透過霧濛濛的玻璃窗看見她們姊妹倆。可是創鎮人紀念日當天，盧的「蛋屋」提早打烊；薩爾忽然覺得活力充沛，便抱著妻子一同輕搖入夢；愛蒂兒則在幾杯蘭姆潘趣酒下肚後鼾聲大作，並夢見與丈夫在畢業舞會上跳舞。誰也沒看見雙胞胎姊妹偷偷溜走，一如她們所設想。

這完全不是絲黛兒的主意──最後那個夏天裡，是德姿蕾決定要在野餐會後逃家。這或許不令人意外吧。多年來，只要有人願意傾聽，她不就老說自己等不及要離開野鴨鎮？她傾吐的對象多半是絲黛兒，早已習慣聽各種幻想的絲黛兒總會耐著性子包容她。對絲黛兒而言，離開野鴨鎮就跟飛往中國一樣異想天開。嚴格說起來不是不可能，卻不代表她能夠想像自己這麼做。但德姿蕾隨時都在幻想著這座農村小鎮外的生活。姊妹倆在奧珀盧薩斯的五分錢戲院看《羅馬假期》時，其他坐在樓上的黑人小孩覺得無聊，大聲喧嘩吵鬧，還朝樓下的白人丟爆米花，她卻緊貼著欄杆，動也不動，想像自己騰雲駕霧到巴黎或羅馬等等遙遠的地方。其實她連僅僅兩個小時車程外的紐奧良也沒去過。

「在外頭等著妳的只有一片荒郊野地。」母親老是這麼說，這當然就讓德姿蕾更想去了。姊妹倆認識一個叫法拉．席波多的女孩，在一年前逃到城裡去了，聽起來輕而易舉。法拉才大她們一歲，既然她都做得到，離開會有多難？德姿蕾幻想自己逃到城裡，成了演員。她長這麼大只演過一齣戲——九年級時演的《羅密歐與茱麗葉》——可是當她站上舞台，竟剎那間覺得野鴨鎮也許並不是全美國最無趣的小鎮。同學們為她歡呼，絲黛兒隱沒入體育館的暗處，德姿蕾終於感覺到自己是獨立個體，不是雙胞胎之一，不是不完整的、一對姊妹的一半。不料隔年，《第十二夜》中薇奧拉的角色就被鎮長的女兒搶走了，因為她父親在最後一刻捐款給學校。於是那天晚上，當瑪麗．露．方特諾笑容可掬地向觀眾揮手致意，她悶悶不樂地待在舞台側翼之後，對妹妹說她真的等不及要離開野鴨鎮。

「妳老是這麼說。」絲黛兒說。

「因為我老是這麼覺得。」

但其實不然，不盡然如此。雖然覺得被這個小地方困住，她沒有那麼痛恨野鴨鎮。她從小到大都踩著同樣的泥土路，在母親曾經用過的課桌底下刻上自己名字的縮寫，將來有一天，她的孩子也會撫摸著她留下的凹凸不平的刻痕。學校教室始終都在同一棟建築，所有年級混在一起，因此即使升上高中，也只是跨一步到走廊對面，完全沒有升級的感覺。但要不是所有人對白皙膚色那麼執著，這一切她或許都還可以忍受。無論是席爾．季羅瑞和傑克．李察在理髮店爭執誰的妻子皮膚比較白，或是母親一天到晚喊著叫她戴帽子，或是民眾相信懷孕時喝咖啡或吃巧克力會讓胎兒膚色變黑之類的無稽之談，都讓她受不了。她父親夠白了吧？在寒冷早晨將他的手臂翻過來，甚至能看見青色血管，但這又如何？白人照樣來把他抓走。在發生這種事以後，她怎麼還會在乎皮膚白不白？

如今她幾乎記不得他了，這讓她有點害怕。他去世以前的生活彷彿只是個聽來的故事：母親不必起個大早去白人家裡打掃，週末也不必替人多洗衣服，讓晾衣繩在客廳裡曲折縱橫。她們姊妹倆總喜歡在被褥床單間捉迷藏，後來德姿蕾才明白，家裡老是堆滿陌生人的髒衣物是多麼丟臉的事。

「如果真是這樣，妳就會付諸行動了。」絲黛兒說。

她一向就是如此務實。一到星期天晚上，絲黛兒會將整個星期的衣服燙好，不像德姿蕾每天早上急得團團轉，又要找乾淨衣服，又要把塞在書包最底下的功課做完。絲黛兒喜歡上學，打從幼稚園起，她算術成績就很好，到了高二，貝爾丹老師偶爾甚至會讓她替學弟妹們上課。老師將自己上史貝曼學院時用的一本破舊微積分課本送給絲黛兒，之後好幾個星期，絲黛兒都躺在床上試圖破解一些奇形怪狀的東西和一大串關在括弧裡的數字。有一回，德姿蕾翻了翻書，卻只見一個個方程式像古語似的攤在眼前，絲黛兒立刻一把將書搶回，彷彿德姿蕾光是看一眼就已玷污了書。

絲黛兒希望有朝一日能在野鴨鎮高中教書。可是每當德姿蕾想像自己在野鴨鎮的未來，想到生活會這麼一成不變地持續到永遠，總覺得喉嚨像被什麼給掐住似的。當她提起離開的事，絲黛兒從來不想多談。

「我們不能丟下媽媽不管。」她老是這麼說，受到教訓的德姿蕾不再作聲。母親已經失去了太多，這點永遠無須多說。

十年級結束前的最後一天，母親下工回到家便宣布，姊妹倆秋天不用再回學校上課。她慢慢地坐到沙發上讓雙腳休息一下，一面說，她們受的教育夠多了，而且她也需要她們幫忙工作賺錢。當時她們十六歲，聽了目瞪口呆，但其實絲黛兒或許注意到了，最近較常收到帳單，德姿蕾也應該心生懷疑，為什麼光是上個月母親就兩度差她去方特諾家多賒點帳。然而，母親解鞋帶時，她倆還是面面相覷不發一語。絲黛兒的表情活像是肚子挨了一拳。

「可是我也可以一邊打工一邊上課啊。」她說：「我會想辦法……」

「沒辦法的，寶貝。」母親說：「妳得白天工作。妳知道，要不是逼不得已我也不會這麼做。」

「我知道，可是……」

「再說了，南熙．貝爾丹會讓妳上去講課，那妳還需要學什麼？」

她已經替她們在奧珀盧薩斯找到一份打掃的工作，明天一早就開始。德姿蕾最討厭幫母親做清潔工作，要把手泡在骯髒的洗碗水裡面，要彎著腰拖地，而且她心知肚明，遲早有一天自己的手指也會因為搓洗白人的衣服而變肥並扭曲變形。不過這麼一來，至少不用再考試、念書、背誦，也不用再聽那些無聊得要命的課。她現在是大人了，終於要展開真正的人生。但兩姊妹準備晚餐時，絲黛兒依然沉著臉，默不作聲在水槽裡洗紅蘿蔔。

「我以為……」她說：「我只是以為……」

她希望有一天能上大學院校，她當然能申請到史貝曼學院或是霍華德大學或是任何她想念的學校。一想到絲黛兒要搬到亞特蘭大或華盛頓特區，德姿蕾總是害怕不已，因此她內心有一小部分覺得鬆了口氣：這下子絲黛兒不可能丟下她了。但不管怎麼說，她還是很不樂意看見妹妹難過。

「妳還是可以去啊。」德姿蕾說：「我是說晚一點。」

「怎麼可能？總得先把高中念完吧。」

「妳可以到時候再念夜校之類的，反正妳很快就會畢業，妳自己也知道。」

絲黛兒再次陷入沉默，切著要煮肉湯的紅蘿蔔。她知道母親有多辛苦，絕不忍違逆她的決定。但她心裡實在亂糟糟，刀子一滑竟切到手。

「該死！」她低低喊了一聲，在旁邊的德姿蕾嚇了一跳。絲黛兒幾乎不曾說過粗話，尤其是在母親可能聽到的地方。她丟下刀子，一條細細的紅色血絲從食指滲出來，德姿蕾見狀，不假思索就把絲黛兒流血的手指塞進自己嘴裡，就像小時候絲黛兒哭個不停的時候那樣。她知道現在年紀已經太大，不適合這麼做，卻仍將絲黛兒的手指放在嘴裡，嘗著她帶金屬味的鮮血。絲黛兒默默看著她，眼眶濕濕的，但沒有哭。

「好噁心喔。」絲黛兒說道，但並未抽手。

整個暑假，她們搭著早班巴士進奧珀盧薩斯，前往一棟隱藏在鐵柵門後方的巨大白屋報到。柵門頂上立著白色的大理石獅，這炫耀的擺飾看起來誇張又可笑，德姿蕾第一次見到便笑出聲來，但絲黛兒只是戒慎地瞪直了眼睛，彷彿那些獅子可能隨時活過來攻擊她。母親為她們找到工作時，德姿蕾就知道會是富有的白人家庭，卻萬萬想不到是這樣一棟房子：鑽石吊燈從那麼高的天花板垂吊而下，還得爬上最高一層梯子才擦拭得到；一道螺旋梯那麼長，拿抹布順著欄杆扶手擦過去都會頭暈；在偌大的廚房裡拖地，經過的種種設備顯得那麼嶄新、充滿未來感，她甚至不知道該如何使用。

有時候和絲黛兒走散了，得去找她，想開口喊卻又膽怯，唯恐自己的聲音在天花板底下回響繚繞。有一回找到她時，她正在擦臥室的梳妝台，卻直盯著化妝鏡與周遭的瓶瓶罐罐，眼神中流露著渴望，彷彿也想像奧黛莉．赫本一樣坐上那張絲絨椅凳，往手上塗抹芳香乳液，純粹地欣賞自己的容貌，宛如生活在一個所有女人都會這麼做的世界裡。但就在此時，德姿蕾的身影從背後出現，絲黛兒隨即轉移視線，幾乎是帶著羞愧，因為被人瞧見自己竟也有一絲欲念。

這家人姓杜彭。太太有一頭羽毛般的輕柔金髮，整個下午無所事事，老是無聊地垂著眼皮。先生在聖蘭德利信託銀行工作。兩個兒子推來擠去搶著看彩色電視——她以前從未見過彩色電視機——還有一個哭鬧不休的光頭嬰兒。上工的第一天，杜彭太太端詳她們片刻之後，心不在焉地對丈夫說：「好漂亮的女孩，皮膚好白，對吧？」

杜彭先生只點了點頭。他是個樣貌猥陋、舉止笨拙的人，戴了一副深度近視眼鏡，鏡片厚到把他的眼睛變成兩顆小珠子。每次經過德姿蕾身邊，他都會偏斜著頭，像在考自己似的。

「妳是哪一個來著？」他會問道。

「絲黛兒。」有時她會這麼說，純粹為了好玩。她向來是撒謊高手。撒謊與演戲的差別只在於聽者知不知情，但總之都是表演。絲黛兒從不想調換身分。她深信會被識破。你非得全心全意投入，撒謊（或是演戲）才可能成功。德姿蕾花了多年工夫仔細留意絲黛兒的一舉一動，例如她玩弄衣服下襬的模樣、將頭髮塞到耳後的手勢、打招呼前目光遲疑地往上飄的神情。她學得惟妙惟肖，可以模仿妹妹的聲音，讓她進入自己的體內。知道自己能假扮成絲黛兒，絲黛兒卻永遠不可能變成她，讓她覺得很特別。

整個夏天雙胞胎都不見蹤影，既沒有走在山鶉路上，沒有溜進盧店裡後方的雅座，也沒有到足球場去看男生練球。每天早上，姊妹倆一齊消失在杜彭家裡，到了晚上才精疲力竭、雙腳腫脹地出現。搭車回家途中，德姿蕾便委頓地靠著車窗坐。夏天眼看就要過去，她實在不敢想像入秋以後，朋友們聚在學校餐廳七嘴八舌地討論畢業舞會，她卻得刷洗浴室地板。難道下半輩子都得這麼過嗎？被關在一間一踏進去就會被吞沒的房子裡？

解脫之道只有一條。她知道，她一直都知道，到了八月，她滿腦子都在想著紐奧良。創鎮人紀念日當天早上，已經害怕到不想再回杜彭家的她用手肘撞了撞床上另一邊的絲黛兒，說道：「我們走吧。」

絲黛兒呻吟一聲，翻過身來，床單纏在腳踝處。她向來都是睡沒睡相，經常做著她從來不說的噩夢。

「去哪？」絲黛兒問。

「妳知道的。我懶得再說，我們走就是了。」

她開始覺得眼前出現了一道逃生門，要是再拖延，門可能會從此消失。可是沒有絲黛兒，她走不了。她和妹妹從來都是形影不離，她甚至有些懷疑：兩人若是分開，她還活得下去嗎？

「走吧。」她說：「難道妳想替杜彭家打掃一輩子？」

她永遠無法確知是什麼原因造就的。或許絲黛兒也累了。或許務實的絲黛兒領悟到去紐奧良能賺更多錢，寄回家來對媽媽更有幫助。又或許她也看到那道逃生門正在消失，並發覺她想要的一切都在野鴨鎮外面。管她為何改變心意，重要的是絲黛兒終於說：「好。」

下午時，雙胞胎在創鎮人紀念日野餐會上逗留，懷抱著祕密讓德姿蕾覺得胸口快要爆裂。但絲黛兒平靜得就像沒事人一樣。她是德姿蕾唯一會分享祕密的人。她知道德姿蕾考試不及格，試卷沒拿給母親看，而是自己模仿母親的字跡在背後簽名。她也知道德姿蕾在方特諾家的店裡偷了哪些小東西——一條唇膏、一包鈕釦、一枚銀袖釦；德姿蕾偷竊是因為能得手，是因為鎮長女兒從身旁翩翩而過時，心知自己奪走了她某樣東西的感覺很好。絲黛兒會聽她說，偶爾會批評，但從不會告密，這點才是最重要的。把祕密告訴絲黛兒，就像對著罐子說悄悄話以後把蓋子旋緊。她守口如瓶。可是當時她做夢也想不到絲黛兒有自己的祕密沒告訴她。

韋涅家的雙胞胎離開野鴨鎮數天後，河裡漲了大水，所有道路淹成一片泥濘。只要再多待一天，暴風雨就會害她們洩漏形跡，不是因為雨，就是泥巴。她們會在山鶉路上辛苦跋涉，到了半路便心想，還是算了吧。她們不是意志堅定的丫頭，在泥濘的鄉村道上走不了五哩路——她們會渾身濕透回到家，一上床就睡著，德姿蕾會承認自己太衝動，絲黛兒會說自己只是不想背棄姊姊。然而那天晚上沒下雨，天清氣朗，姊妹倆就這麼頭也不回地離家了。

德姿蕾回鄉那天早上，差點迷了路，找不到母親家。「半迷路」比全然迷路更糟，因為無從得知內心哪一部分認得路。山鶉路逐漸沒入林中，然後呢？到了河邊要轉彎，但朝哪邊轉？返回的小鎮看起來總是不一樣，就像家裡的家具全都移位三吋，你不會把它誤認為陌生人的房子，但走動時小腿會不斷撞到桌角。她在樹林入口處停下腳步，見到那一大片松樹橫無涯際，不禁瞠目結舌。她試圖尋找一絲一毫的熟悉感，手裡一面玩弄著絲巾。有這藍色薄紗遮著，幾乎看不到瘀傷。

「媽媽，」茱德問道：「我們快到了嗎？」

她仰頭用那雙圓月般的大眼睛看著德姿蕾，神情像極了山姆，德姿蕾不由得轉開頭。

「是啊，就快到了。」她說。

「還要多久？」

「再一下下而已，寶貝。穿過這片樹林就到了。媽媽只是要確定一下方向。」

山姆第一次對她動手後，德姿蕾就開始想著要回家。當時他們結婚三年，她卻覺得還像在度蜜月。每當山姆舔去她手指上的糖霜，或是在她嘟起嘴抹口紅時親吻她脖子，都依然讓她悸動不已。華盛頓特區開始有家的感覺，她或許能夠想像下半輩子在此展開沒有絲黛兒的人生。不料，六年前春天，某一夜，她忘了替他縫襯衫釦子，他提醒了一句，她回說她在弄晚餐沒空，他得自己縫。她下班回來累了，時間也已不早，可以聽到客廳電視在播《蘇利文電視秀》，黛安．卡洛正以黃鶯出谷般的嗓音唱著〈非你莫屬〉。她把雞肉放進烤箱，才一轉身，山姆的拳頭便重重打在她嘴巴上。她二十四歲。一生中從未被人呼過巴掌。

「離開他。」友人蘿貝妲在電話上勸她。「妳要是不走，他會以為這事就不了了之了。」

「事情沒這麼簡單。」德姿蕾說著瞄向寶寶的房間，摸了摸腫起的嘴唇，腦中瞬間浮現絲黛兒的面容，那還是她自己的臉，但沒有傷痕。

「為什麼？」蘿貝妲問道：「妳愛他嗎？還是他因為太愛妳，所以打得妳滿地找牙？」

「沒那麼慘啦。」她說。

「所以妳打算繼續待到那種慘況發生？」

直到德姿蕾終於鼓起勇氣離開時，她都沒有和絲黛兒說過話，自從她去當白人以後就音信全無，無從聯繫，甚至不知道她現在住在哪裡。儘管如此，當女兒一臉茫然，緊緊抓住她的臂膀，隨她穿梭在聯合車站時，她心裡只想打電話給妹妹。幾個小時前，在又一次的爭吵中，山姆一手掐住她的喉嚨，還拿手槍瞄準她的臉，眼眸清澈得一如兩人初吻時。*他總有一天會殺了她*，即使在他鬆手後，她側翻過身子大口喘氣時，也深知這一點。當天晚上，她假裝在他身旁入睡，然後摸黑打包行李，這是她人生當中的第二次。到了火車站，她拿著從山姆皮夾偷來的現金奔向售票櫃台，同時緊緊拉著女兒的手，用力呼吸到胃都痛了起來。

現在怎麼辦？她默默地問絲黛兒。我要上哪去？但絲黛兒當然沒回答。而她當然也只有一處可去。

「還要多久？」茱德問。

「再一下子，寶貝。馬上就到了。」

馬上就到家了，但這還有什麼意義嗎？她恐怕還沒跨上門前台階，就會被母親轟出來。在她手指著道路趕她們走之前，會看茱德一眼。那個黑皮膚男人當然會打妳，不然妳以為呢？為了報復結的婚是不會長久的。她彎身抱起女兒，托靠在自己身上。這時她腦袋空空地走著，只專注地讓身體移動。也許回到野鴨鎮是個錯誤。也許她們應該去其他地方，重新開始。不過現在後悔太遲了。她已經聽到河水聲，便起步朝聲音走去，女兒攀掛在脖子上沉甸甸的。河道會指引她，站到河岸邊就會想起路來了。

在華盛頓時，德姿蕾學會了判讀指紋。

她原先根本不知道這是可以學得會的事，直到一九五六年某個春日，她走在運河街上，忽然看見一間麵包店的櫥窗外貼了一張宣傳海報，說聯邦政府在徵人。她在門口停下腳步，盯著海報看。當時絲黛兒已經走了六個月，時光在乏味的日常中緩緩、穩定地流逝。聽起來也許奇怪，但她有時候的確會忘記。譬如在電車上聽到好笑的笑話，或是與昔日某個熟人擦肩而過，她都會轉頭對絲黛兒說：「欸，妳有沒有……」話說到一半才想起她已經不在了，這是她有生以來第一次丟下德姿蕾一個人。

然而，儘管已過了六個月，德姿蕾仍懷抱希望：絲黛兒會來電，她會寫信。可是每天晚上，她伸手摸索，箱空都空如也，一旁的電話也始終不響。絲黛兒已經去開創一個沒有她在內的新生活，而德姿蕾則在被絲黛兒拋棄的城市裡，過著悲戚的日子。她將麵包店櫥窗上黃色宣傳單的電話記下來，工作一結束便去了招聘服務處。

負責徵人的主管原本覺得找遍全城，恐怕也找不到一個像樣的人，因此見到一個儀容端正的年輕女子坐在眼前十分驚訝。她看了一眼申請表，無意間發現女孩勾選的是有色人種。接著她拿著筆敲了敲「出生地」的欄位。

「野鴨鎮。」她說：「從來沒聽過這個地方。」

「那只是個小鎮，」德姿蕾說：「在這裡的北邊。」

「胡佛先生喜歡小鎮。他常說最優秀的人都來自小鎮。」

「是嗎？」德姿蕾說：「那妳再也找不到比野鴨鎮更小的城鎮了。」

到了華盛頓特區，德姿蕾努力將憂傷埋進心裡。她跟指紋鑑定部門另一名黑人女同事蘿貝妲・湯瑪斯分租了一個房間，其實應該說是地下室——陰暗無窗，但乾乾淨淨，最重要的是她負擔得起。「不是太好的地方，」她第一天上工，蘿貝妲就這麼對她說：「但如果妳真的需要找地方住的話還可以。」她帶著試探口吻提議，彷彿希望德姿蕾能拒絕似的。她有三個小孩要照顧，實在筋疲力盡，而德姿蕾看起來就像另一個需要照顧的孩子。不過她同情這個女孩，才十八歲不到，就獨自來到新的城市，所以騰出了地下室：一張單人床、一個梳妝台，還有每晚隆隆作響伴她入睡的電暖爐。

德姿蕾告訴自己要過全新的生活，偏偏卻更想念絲黛兒，也好奇她對這座新城市會有什麼看法。離開紐奧良就是為了逃避對她的記憶，但如今入睡前仍免不了要翻身去摸尋躺在旁邊的絲黛兒。

在調查局裡，德姿蕾學會辨識弧形紋、箕形紋和斗形紋；反箕紋是開口流向大拇指，正箕紋則是開口流向小指；囊形斗紋與雙箕螺紋的差異；年輕與年老指紋的差異，後者的脊脈會隨著年月的磨損而較不清晰。她能靠著指紋的脊脈，包括它的寬度、形狀、毛孔、線條輪廓、裂口、皺褶等等，從百萬人群中認出一個人來。每天早上，出現在她辦公桌上的全是指紋：從失竊車輛、彈殼、破窗、門把與刀子採集到的指紋。她要處理反戰抗議者的指紋，要辨識固定在乾冰上運回來的士兵遺骸。山姆．溫斯頓第一次從旁走過時，她正在研究從一把失竊槍枝上採到的指紋。他打了一條薰衣草色的領帶，還搭配同色系的絲質手帕，領帶的亮麗色彩以及這位黝黑兄弟竟敢打這種領帶的勇氣，都令她大感震驚。稍後，她看見他和其他檢察官一起吃午餐，便轉頭對蘿貝妲說：「我怎麼不知道有黑人檢察官。」

蘿貝妲嗤之以鼻。「當然有了。」她說：「這裡可不是妳生長的那個落後鄉下小鎮。」

蘿貝妲聽都沒聽過野鴨鎮，聖蘭德利堂區以外的人，誰也沒聽過，德姿蕾跟山姆說的時候，他只是聳聳肩，連想像都懶得想像。

「不可能吧？」他說：「全鎮的人都跟妳一樣白？」

有一天下午，他來到她的座位旁，從隔板探頭進來詢問一組指紋的事，然後便邀她吃飯。後來他告訴她，那些指紋根本不急，他只是想找個藉口自我介紹。此時他們正坐在國家植物園裡，看著鴨子在池塘裡悠游。

「甚至更白呢。」她心裡想到方特諾太太，她老是誇口說她的孩子膚色像優格一樣。

山姆笑著說：「哪天妳一定要帶我去，我得親眼去瞧瞧這個白膚城。」

但他只是在調情罷了。他在俄亥俄州出生，從未涉足過維吉尼亞州以南的地方。他母親想送他到亞特蘭大念莫爾豪斯學院，結果沒有，早在所有宿舍取消種族隔離制度以前，他就進了俄亥俄州立大學。他坐在教室裡，面對那些拒絕回答他提問的白人教授。每年冬天都要刮除擋風玻璃上被尿黃的積雪。和膚色淺淡、不肯在公開場合和他牽手的女孩交往。總之，北方的種族歧視，他懂。南方的那種，妳就自己留著吧。對他來說，他的親戚們逃離南方是有原因的，他有什麼資格質疑他們的判斷？搞不好那些白人老粗還不肯讓他回老家呢，他不時這麼說笑。說不定造訪南方後，會被強留下來在棉花田裡鋤草。

「你不會喜歡野鴨鎮的。」她對他說。

「為什麼？」

「不為什麼。那裡的人很奇怪。好像被黑色電到。所以我才離開的。」

不盡然如此，只是德姿蕾想讓他認為她和她生長的地方截然不同。他要怎麼想都好，除了真相之外：她只是年輕，覺得煩膩，才拖著妹妹到城裡，卻迷失了自己。他安靜片刻，思索著她的話，然後將裝麵包屑的袋子朝她傾斜。他把三明治的麵包皮弄碎了，好讓她可以餵鴨子，一種體貼的紳士風度，她後來學會了愛上他這項特質。她微微一笑，把手伸進袋內。

她對他說自己從未和像他這樣的男人交往過，但事實上她根本從未和男人真正交往過。因此他所做的每件小事都令她又驚又喜：山姆會陪她上鋪著白色桌巾、擺著華麗銀器餐具的餐廳；山姆會請她去看戲，會買艾拉．費茲潔拉演唱會的票，給她一個驚喜。當他第一次帶她回家，她在那間單身公寓裡踱來踱去，對他乾淨整齊的衣物、依色調分類的衣櫥、寬敞的大床，在在覺得不可思議，之後再回到蘿貝姐的地下室，幾乎都要哭了。

他再也沒有提議要和她回老家看看，她也從未開口要求。一開始她就跟他說了，她討厭野鴨鎮。

「我不信。」他說。他們躺在他的床上，聽著雨聲。

「有什麼相不相信的？我只是告訴你我的感覺。」

「黑人永遠都愛自己的家鄉。」他說：「即使我們永遠來自最糟的地方。只有白人有討厭家鄉的自由。」

他從小在克里夫蘭的公宅長大，深愛那座城市，程度之強烈彷彿沒有太多東西可愛似的。而她所擁有的只是一座她一直想逃離的小鎮，和一個擺明了不歡迎她回家的母親。她還沒有向山姆提過絲黛兒，這似乎又是關於野鴨鎮一件令人難以了解的事。可是當雨水劈哩啪啦打在金屬防火梯上，她忽然轉頭面向他，說出自己有一個決定去當另一種人的雙胞胎妹妹。

「演戲演久了，她會厭倦的。」他說：「我打賭她會跑回來，覺得自己很蠢。妳這麼溫柔體貼，誰捨得離開妳？」

他親吻她的額頭，她則將他摟得更緊，只聽見他的心跳聲在她耳畔怦怦響。這是一開始的時候。他還沒有握起拳頭，也還沒有罵她「自以為了不起的黃皮賤人」或是「跟妳妹妹一樣瘋癲」或是「自以為是白人的神經病」。當時她已經開始信任他。

許多年後，當視力逐漸退化，她會埋怨都是因為長年瞇著眼睛盯指紋表格，瞄指紋脊脈的緣故。有一次蘿貝妲告訴她，再過不久整個指紋鑑定系統都會改由機器操作。日本人已經測試過這項技術了。但機器怎麼可能比受過訓練的人眼分析得更準？德姿蕾能看出多數人看不出來的紋路模式，她能從指紋看出人的一生。受訓時，她會拿自己的指紋練習，分析那些將她標記為獨一無二的複雜紋路。絲黛兒曾被刀劃傷，在左手食指留下疤痕，這是她倆指紋的眾多差異之一。

有時候，你是什麼樣的人，往往展現在一些小事上。

愛蒂兒．韋涅住在一棟隱藏於樹林邊上的白色狹長房屋，屋子最初是創鎮的先人蓋的，之後狄奎爾家族便世世代代居住於此。她剛結婚時，新郎雷昂．韋涅曾緩步走過長廊，細細檢視那些古老家具。他是個修理工人，成為木匠是他的心願，因此他順著細長桌腳撫摸，欣賞那精緻手藝。他做夢也想不到有一天會住進如此飽含歷史感的家，不過話說回來，他也萬萬沒想到會娶狄奎爾家的女兒為妻。一個擁有家世的女孩。回溯他自己的家族，長久以來都在法國釀酒，後來移居新世界希望開闢一片葡萄園，卻發現路易斯安那太熱太潮濕，不適合葡萄生長，只好改種甘蔗。遭現實粉碎的遠大理想——這就是他所繼承的東西。他的雙親比較腳踏實地，在野鴨鎮外圍經營一家賣私酒的酒館「暴躁山羊」。日後，一些較虔誠的野鴨鎮民將這家人的悲慘遭遇歸咎於那椿理該遭天譴的營生：韋涅家有四兄弟，沒有一個活過三十歲，而第一個走的就是最幼小的雷昂。

屋子已年久褪色，但不知為何，似乎還是和德姿蕾印象中分毫不差。她步入空地，將女兒抱得更緊，每走一步肩膀就刺痛一下。黃銅柱子、藍綠色屋頂、狹窄的門廊，母親就坐在門廊的搖椅上，將揀好的四季豆丟進水碗中。母親依然纖瘦，長髮披在背上，雙鬢已些許花白。德姿蕾停下腳步，女兒沉重地攀掛在脖子上。多年歲月宛如一隻手按在胸口，將她往回推。

「正在想妳們什麼時候才會到呢。盧已經來過電話，說看到妳們了。」母親在跟她說話，眼睛卻直勾勾盯著她懷裡的孩子。「這麼大了還要人抱。」

德姿蕾終於將女兒放下。她的背很痛，不過疼痛至少是熟悉的感覺。身體的疼痛會讓人保持警覺、清醒，總比在火車上那種雖然在動，卻又被困在原地的麻木感來得好。她推推女兒。

「去親親嬤嬤。」她說：「去啊，沒關係的。」

女兒牢牢抱著她的腿，害羞得不敢動，但她又推了一次，最後小丫頭聽話地爬上階梯，遲疑了一秒才伸手摟住外婆。愛蒂兒把身子往後拉開，以便好好看看她，並摸摸她雜亂的辮子。

「去洗個澡。」她說：「妳們全身都是外面的味道。」

進浴室後，德姿蕾跪在龜裂的地磚上，往四腳浴缸裡替女兒放洗澡水。她試試水溫，不知怎地像在做夢一樣。頂端角落發黑的鏡子，缺角的貝形水槽，老地方依然吱嘎作響的木地板，以前要想在門禁時間過後溜進家門，她都知道該避開那些地方。母親在門廊上揀四季豆，就像個尋常的上午。然而，自從絲黛兒走後，她們便沒再說過話。德姿蕾曾強忍住淚水打電話回家，母親說：「妳是自作自受。」她又能說什麼？當初就是她慫恿絲黛兒離家的。如今妹妹決定寧可去當白人，母親只能怪她，因為已經沒有絲黛兒可怪了。

到了廚房，她一屁股坐到椅子上，片刻後才發覺那是她以前都會坐的老位子，絲黛兒的椅子則空在一旁。母親在爐子前忙著，有好長一段時間，德姿蕾只是愣愣盯著她直挺挺的背。

「所以說妳一直在搞那個。」母親說。

「什麼意思？」

「妳知道我什麼意思。」母親轉過身來，雙眼滿是淚水。「妳就那麼恨我們是不是？」

德姿蕾按著桌子往後一推。

「我就知道我不該來……」

「坐下……」

「如果妳沒有其他的話好說……」

「不然妳要我怎樣？天曉得妳是從哪跑來的，還拖著一個沒有一丁點像妳的小孩……」

「我們會走。」德姿蕾說：「妳怎麼生我的氣都沒關係，媽，但妳不可以對我女兒發火。」

「我叫妳坐下。」母親又說一遍，這回口氣放軟了些。她將一塊方方的黃色玉米麵包推過桌面。「我只是驚訝而已。我不能驚訝嗎？」

一直以來，德姿蕾都想著要打電話回家。無論是搬到華盛頓，住進蘿貝妲家的地下室，母親無法聯絡到她的時候；還是山姆向她求婚，他們在櫻花樹下拍了訂婚照以後。她把照片放進信封，甚至寫好了地址，卻怎麼也鼓不起勇氣寄出去。不是因為以他為恥——山姆是這麼想的——而是因為和一個無法真心為妳高興的人分享好消息，又有什麼意義？她已經知道母親會說什麼。妳並不愛那個黑皮膚男人，妳只是因為叛逆才嫁給他，而對一個叛逆的小孩，最不該給的就是關注。等哪天妳自己有了孩子就會明白了。婚禮結束，蛋糕切完後，朋友們酒酣耳熱笑著走上街道，她穿著皺褶白禮服跌坐在禮堂後方，痛哭失聲。她從來沒想過會有這麼一天，結婚時妹妹和母親都不在身邊。

甚至在黑人自由民醫院生下小女兒時，她也想過要打電話。茱德出生時，黑人護士頓了一下才用粉紅毯巾將她包起。「這是好運氣，」最後她將女嬰遞給她時說道：「女兒長得像爸爸。」說完後微微一笑當作安慰，因為她認為這名產婦會需要。但是德姿蕾凝視著女兒的臉，陶醉入迷。換作其他女人，看見女兒這麼不像自己或許會失望，但她只覺得感恩。她最不想要的就是去愛一個和自己長得一模一樣的人。

「妳要是先說一聲，我會多準備一點。」母親說。

「其實是最後一刻才決定的。」德姿蕾說。

她在火車上幾乎沒有進食，稍微吃了點餅乾，倒是喝了不少黑咖啡，直到咖啡因引起心悸。她需要計畫一下。野鴨鎮，然後呢？接下來上哪去？她們不太可能住下來，但又不知道還能上哪去。此時，她環顧老舊廚房，想念著她在華盛頓的公寓、她的工作、她的朋友、她的生活。也許是她反應過度了，那些暴動讓每個人都繃緊了神經。一星期前，她親眼看見山姆在主播華特・克朗凱播報那則新聞時大哭，當時她還一起坐在沙發上，抱著全身顫抖的他。那個槍手也許是個瘋子，或者是軍方的地下工作人員，甚至可能是調查局的情報員在替政府做事。或許他們也有罪，為錯的一方工作的黑人共犯。他嘴裡叨叨念念，她則緊摟著他直到播報結束。那天晚上，他們瘋狂做愛，用這種方式悼念金恩牧師也許很奇怪，可是當晚的她好像失控了，為了一個不認識的男人傷心到不能自已。

天亮後，她經過許多飽受蹂躪的店面，木板封起的櫥窗上滿是「靈魂兄弟」之類的塗鴉，用麥克筆倉促寫下的擁戴宣言就貼在玻璃上。當天，局裡提早下班。她下了巴士走路回家途中，有一個神情驚恐的黑人青年——瘦得有如他握在手上的球棒——叫她交出手提包。

「快點，妳這個白人婊子！」他大吼著，同時將球棒往地面砸，那力道彷彿可以直鑽地球核心。她手忙腳亂地取下手提包皮帶，心裡太過害怕不敢糾正他，也在他身上看見了自己的恐懼與憤怒，就在這時候山姆跳出來擋在她身前，高舉雙手說：「兄弟，她是我女人。」少年於是跑開來，遁入喧囂聲中。山姆急忙將她拉進公寓大樓，讓她安全地依偎在他懷裡。

城裡連續四夜亮如白晝。到了最後一夜，山姆抓著她的裸體低聲說：「我們再來一個。」過了片刻她才領悟到他在說孩子。她感到遲疑。她不是故意的，可是想到再多一個孩子把她綁在他身邊，想到每當山姆發起脾氣，又多一個孩子要擔心——她實在無法再替他生小孩。這她當然沒有說出口，但她的遲疑已表達得清清楚楚，稍後他為何掐住她的脖子，她自然心知肚明。他還在為逝者哀傷，她卻傷害他，也難怪他要生氣，所以他得稍微展現一下自己的權威。活在一個不肯把他當人對待的世界裡，又怎能怪他呢？她大可不必這麼多嘴，可以更努力一點打造一個和諧的家。當時擋在她和憤怒少年球棒中間的不正是這個男人？在妹妹拋棄她、母親拒接她電話後對她付出心意的，不也是這個男人？

也許還不算太遲。她們只離開了兩天。她還是可以打電話給山姆，承認自己錯了。她只是需要一點時間理一理思緒，當然絕不是真心想要離開。母親又再次將盤子推向她。

「妳惹上什麼樣的麻煩了？」她問道。

德姿蕾勉強笑了一聲。「沒有麻煩，媽。」

「我又不是傻子。妳以為我不知道妳離開那個男人了嗎？」

德姿蕾低頭看著桌子，眼中慢慢湧出淚水。母親往玉米麵包上倒牛奶，再用叉子搗碎，就像德姿蕾小時候的吃法。

「現在他不在了。」母親說：「吃妳的玉米麵包吧。」

當天深夜，遠在野鴨鎮東南方一百多英里外，早早．瓊斯接到一份將會改變他一生的工作。當時他沒有意識到。什麼工作對他來說都一樣，就是一份工作，因此當他踏進恩奈斯托酒館，伸長了脖子尋找「大西爾」時，唯一擔心的就是自己付不付得起酒錢。口袋裡的幾枚零錢搖得叮噹響，他身上就是留不住錢。兩個星期前，他替西爾幹了檔差事，到現在錢已經燒得差不多了，全都花在一個獨居於紐奧良的年輕人所需的花費上：打牌、喝酒、玩女人。現在他急需另一份工作。一來當然是為了錢，二來也因為他不喜歡在一個地方待太久，而對當時的他來說，兩個星期都待在同一個地方的確太久了。

他不是個能安定過日子的人，只擅長迷失，從小居無定所，已讓他練就這項特殊本事。童年時期——如果他有所謂的童年的話——他都受雇在各地農場上做事，從珍斯維爾和吉納，再往南到新路和帕爾梅托。他八歲時過繼給叔叔嬸嬸，因為他們沒有孩子，而他父母則是孩子太多。他不知道雙親如今落腳在哪裡——如果他們還活著的話——他說他從來沒想過他們。

「他們不在了。」被問起時他會這麼說：「不在的人就是不在了。」

但事實上，從他一開始追蹤隱藏的人，便試著尋找父母。失敗以羞辱人的速度飛快而至，他對父母的了解不夠多，該從何處著手？甚至連猜都無從猜起。或許這樣也好。小時候他們都不要他了，長大以後哪還會想和他有瓜葛？但無論如何，這番挫敗讓他難以釋懷。自從他當了賞金獵人以後，始終沒找到的人就是他的雙親。

保持迷失狀態的關鍵在於絕不能愛上任何人事物。早早一次又一次地愕然驚覺，逃亡的人之所以回來，多半都是為了女人。在傑克遜，他曾逮到一個因殺人未遂被通緝的男人，因為他繞回來找老婆。哪裡都能再找到新的女人，但偏偏最暴力的男人往往也最多情。不管怎麼看，都純粹是感情用事。真正讓他不解的是為了財物回來的人。天底下的車多到數不完，往往有人心繫一輛開了多年、不捨得丟下的爛車。在托雷多，他曾逮到一個回到兒時的家拿一個舊棒球的人。

「我也不知道，老兄。」他上了手銬，坐進早早的雪佛蘭 El Camino 後座時說道：「我就是很愛那玩意。」

早早從未在任何地方被愛拖住。只要一離開某地，他就忘得一乾二淨了。名字褪去，面容模糊，建築物糊成一團無法辨識的磚塊。所有教過他的老師的名字、他住過的街道的名稱，甚至於父母的長相，他都忘了。這是他的天賦：不長記性。記性太好會把人逼瘋。

他斷斷續續地替西爾做事，至今七年了。他從來不想讓人覺得他是在執法，他抓罪犯只為一個原因，就是錢。白人的司法正義，他根本不當一回事。抓到人以後，他從來不好奇那人是否被判刑或是否熬過了牢獄之災，而是根本將他拋到九霄雲外。雖然曾有一次在酒吧被人認出，肚子上也依然留著幾道刀疤作為紀念，但只有遺忘，他才能繼續做這份工作。他喜歡追蹤罪犯。每回西爾為了失蹤兒童或不負責任的父親來找他，早早總是搖頭。

「那些人我一點也不了解。」他說著頭往後一仰，一口乾了威士忌。

在恩奈斯托酒館，西爾聳聳肩。他在第七區有正式的辦公室，但早早不愛去那裡見他，因為對街就是教堂，總有一大堆道貌岸然的信徒一面步下階梯一面瞪著他看。這間酒吧才是屬於早早的地方，有點陰暗又安全。西爾身形魁梧，紙板似的膚色，還有一頭絲柔黑髮。他隨身帶著一個銀色打火機，談話時拿在手指間繞來繞去。許多年前，也在一間像這樣的酒吧裡，他就是一邊繞著打火機一邊找上早早攀談。早早態度冷淡地聽著，同時看著打火機反射的銀光在吧台上跳動。

「小伙子，想不想賺點錢？」西爾問道。

他看起來不像幫派分子或皮條客，但言談舉止間透著一種低劣，恐怕不是什麼規矩做事的人。他是保釋擔保人，正在找新的賞金獵人，而他注意到了早早。

「你看起來不多話，」他說：「那很好。我就需要一個會看會聽的人。」

當時早早二十四歲，剛出獄，獨自一人在紐奧良，因為他覺得在這裡重新開始也不錯。他接受了，因為他需要這份工作，卻萬萬沒想到自己會如此出色，甚至出色到西爾一再找上門，而且往往是和保釋擔保無關的工作。

「你聽我說就會了解了。」西爾說：「我什麼都還沒說呢。」

「算了，我不想捲進別人的私事。你不能給我其他案子嗎？」

西爾笑說：「我從來沒聽誰說過這種話，你大概是唯一一個。跟我談的其他人要是能不去追那些兇惡的王八蛋，他們才高興呢。」

不過，早早至少能了解通緝犯的思路。筋疲力盡、走投無路、只求活命的自私心理。除此之外，銷聲匿跡的人都令他困惑。夫妻的事他肯定無法理解，也無意介入其中。話雖如此，工作無非就是工作，何不撿個省事的做？他才剛剛花了兩星期追一個人追到墨西哥，車子在沙漠裡拋錨，他還心想自己會不會死在那裡——只為了追一個他甚至不在乎會不會受懲罰的人。既然一樣是賺錢，何不就答應這麼一次也落得輕鬆？

「我可不抓她。」他說。

「不必做到那樣。只要找到人的時候打個電話就好。她老公在找她。她帶著孩子跑了。」

「幹麼要跑？」

西爾聳聳肩。「不關我的事。男人想找到她。她是北邊一個小鎮的人，叫野鴨鎮。聽說過嗎？」

「小時候曾經路過。」早早說：「怪怪的地方。裝模作樣的。」

關於那座小鎮他記得的不多，僅有的印象就是每個人膚色都很淡，而且一副高高在上的模樣，還有一次做彌撒時，有個皮膚蒼白的高大男人打了他一巴掌，因為他在男人妻子之前把手伸進聖水盆。當年他十六歲，脖子上突如其來的刺辣感把他嚇呆了，叔叔則一把抓住他的肩膀，低頭瞪著裂開的地板，向對方道歉。他在那裡待了一個夏天，在小鎮邊上的一座農場幹活，還會送貨賺外快。他沒有交上一個朋友，卻在送貨時，對一個在門廊階梯上碰見的女孩生出了癡心妄想。他也不知道她是怎麼進入他心裡的。他們相遇時，他是那麼年輕，對她幾乎一無所知，而且到了秋天，他便又搬到另一個城鎮的另一座農場了。但他腦海中還會浮現她赤腳站在客廳清洗窗戶的身影。當西爾把照片滑過來，早早的心突了一下，幾乎相信這是自己的念力造成的。十年後，他再度凝視著德姿蕾．韋涅的臉龐。

二

韋涅家的雙胞胎不告而別，因此一如所有驟然失蹤的情形，她們的離開被賦予了無限意涵。在她們現身於紐奧良之前，在發現她們只是因為無聊追求樂趣之前，也只有以如此戲劇化的方式失去她們才合理。一直以來，這對雙胞胎似乎是既受天佑又遭天譴，一方面她們從母親那邊繼承了一整個城鎮的遺產，另一方面卻又從父親那邊繼承了因死亡而凋零的血脈。韋涅家四個兒子，全都在三十歲以前離世。老大與其他囚犯鏈在一起服勞役時突然心臟病發；老二在比利時的戰壕裡吸入毒氣身亡；老三在一場酒吧鬥毆中被刺死；而老么雷昂兩度遭到私刑，第一次在家裡，他的雙胞胎女兒就躲在衣櫥門內透過裂縫偷看，緊緊摀住彼此的嘴直到手心全被口水沾濕。

那天晚上，他正在削裁一隻桌腳，忽然來了五名白人破門而入，將他拖到屋外。他重重摔趴在地，滿嘴的土和血。帶頭的暴徒是一個人高馬大的白人，頭髮金紅得有如秋天的蘋果，他揮著一張皺巴巴的紙條，聲稱雷昂給一名白人女子寫了一些下流字眼。雷昂目不識丁、手不能寫——他的客戶都知道他全是用打叉做標記——但那群白人重踩他的手，踩斷每根手指與關節，然後朝他開了四槍。他活下來了，結果三天後，那些白人又衝進醫院，如風暴般狂掃黑人病房區的每個房間，直到找到他為止。這次，他們對著他的頭開兩槍，棉布枕頭套立刻渲染成鮮紅。

德姿蕾目睹了第一次私刑，至於第二次，她永遠只能想像；當時父親應該正在睡覺，頭低垂著，就像他晚飯後在椅子上打盹那樣；被雷鳴似的靴子聲吵醒後，他大聲尖叫，也可能來不及出聲，纏著繃帶的腫脹雙手無用地垂在身側。她從衣櫥裡看著白人將父親拖到屋外，他的一雙長腿像鼓槌一樣咚咚敲打著地板。她忽然覺得妹妹可能會尖叫，便連忙用力摀住絲黛兒的嘴，幾秒鐘後，也感覺到絲黛兒的手掩住了她的嘴。在那一刻，她們之間起了某種變化。以前，絲黛兒就像倒影一樣，一舉一動都在預料中。但在衣櫥裡，德姿蕾有生以來頭一次不知道妹妹可能做出什麼事來。

守靈時，姊妹倆穿著同款的黑洋裝，裡面的連身襯裙搔得腿發癢。幾天前，裁縫師柏妮絲・勒葛羅斯到家裡來致哀，看見愛蒂兒正試著縫補雷昂做禮拜穿的西裝褲，好讓他當壽衣。她的手抖得厲害，柏妮絲便取過針線，自己縫起褲子來。她不知道愛蒂兒要如何獨自應付。狄奎爾家的人已經習慣長壽輕鬆的人生，吃不了苦。雙胞胎女兒甚至連喪服都沒有。隔天早上，柏妮絲搬來一綑黑布，拿著布尺蹲跪在客廳裡。她還是無法分辨這兩姊妹，又不好意思問，便只簡單地發號施令，例如「妳，把剪刀拿給我」或是「站直一點，親愛的」。她對動個不停的那個說：「別再扭來扭去了，丫頭，不然會被扎到。」另一個就會抓住姊妹的手直到她安靜下來。柏妮絲在姊妹倆身上瞄來瞄去，不禁暗想，真叫人心裡發毛，好像在替一個身體分裂成兩半的人縫製衣裳。

葬禮過後，柏妮絲擠在愛蒂兒家人滿為患的客廳裡，看見雙胞胎匆匆走過，忍不住欣賞起自己的手藝來。好動的那個（她後來得知她叫德姿蕾）拉著姊妹的手，穿梭在聚攏起來交頭接耳的大人群間。那張紙條不可能是雷昂寫的，那些白人肯定是為了其他事情不滿，誰知道他們在生氣什麼呢？威利．李聽說那些白人是氣雷昂用較低的標價搶了他們的生意。但怎麼能因為一個人出價比你低就開槍殺人啊？

「不管你要得太多還是太少，白人都會殺你。」威利．李搖著頭說，一邊將菸草填入菸斗。「你得照他們的規矩來，偏偏他們想改就改。要我說啊，跟惡魔沒兩樣。」

臥室裡，雙胞胎坐在床邊，四條腿懸空晃著，小口小口捏著一塊磅蛋糕吃。

「爸到底做了什麼呀？」絲黛兒不斷地問。

德姿蕾嘆了口氣，第一次覺得回答問題也是個負擔。老大就是老大，儘管只早了七分鐘。

「就像威利．李說的，他的工作做得太好了。」

「可是那沒道理啊。」

「不必講道理，他們是白人。」

多年過去後，父親只會在她腦海中閃現，例如當她撫弄一件牛仔布襯衫，會覺得又回到小時候，貼靠著父親胸口的粗布。在野鴨鎮，那個與世隔絕的奇怪小鎮，隱身在自己人當中，應該是安全的。但儘管在這裡沒有人會和黑皮膚的人結婚，你還是黑人，這意味著白人可以因為你不肯死而殺了你。韋涅家的雙胞胎時時在提醒鎮民這一點，這對穿著喪服的小女孩從小就失去父親，因為白人決定該當如此。

後來她們長大了，長成了少女，無論相似度或差異度都令人吃驚。不久，大夥一想到從前竟有人會分不清這兩姊妹就覺得好笑。德姿蕾老是躁動不安，就好像腳被釘在地上，讓她不停地想拔起來；絲黛兒則是文文靜靜，即便是薩爾．德拉佛斯那匹壞脾氣的馬，也從不曾在她身旁猛跳亂踢。德姿蕾在學校演過一次舞台劇，要不是方特諾家賄賂校長，她差點就能登台兩次；絲黛兒則是聰明過人，如果母親能負擔得起，她一定能上大學。德姿蕾和絲黛兒，野鴨鎮的女兒。隨著年齡漸增，她們不再像是一個身體分裂為二，而像是兩個身體合而為一，她們則各自往不同方向拉扯。

失蹤的女兒之一回家後，隔天早上，愛蒂兒一早就起床煮咖啡。前一晚她幾乎都沒闔眼。十四年的獨居，除了沉寂，其他聲音聽起來都很陌生。地板的每一聲吱吱嘎嘎，被褥每一次窸窸窣窣，每一回呼吸吐納，都會讓她驀然驚醒。此時她拖著腳步走過廚房，束緊便袍的腰帶。一陣微風從前門飄進來，只見德姿蕾斜倚著門廊欄杆，煙從她頭頂繚繞而過。她總是那副站姿，一腳勾在另一腳後面，像隻白鷺。或者那是絲黛兒？在她的記憶中，已經把兩個女兒搞混了，有一些細節互相對調，到最後重疊成單一的損失。一對。她本該有一對女兒。如今一個回來了，失去另一個的感覺反而變得鮮明。

她將水壺放到爐子上，轉身發現那個黑小孩站在門口。

「天哪！」她說：「妳差點把我嚇到心臟病發作。」

「對不起。」女孩細聲細氣地說。她很靜。怎麼會這麼靜呢？「我想喝水可以嗎？」

「要說『好嗎』。」愛蒂兒糾正道，但還是倒了滿滿一杯水。她靠在流理台邊，看著女孩喝水，端詳她的五官想找出一點和女兒相似之處，卻只能看到這孩子的壞爸爸。她不是告訴過德姿蕾了嗎？黑皮膚的男人對她沒好處。從小到大，她不都是這麼警告她的嗎？黑皮膚男人會糟蹋她的美。一開始他會珍愛，但正如他所渴望卻永遠得不到的東西，他很快就會心生憎惡。如今他就是為了她的美在懲罰她。

孩子將喝完的杯子放到流理台上。她表情顯得茫然，彷彿在陌生的異地醒來。她的外孫女。天哪。她有外孫女了。這三個字即使只是浮現在腦海，都顯得滑稽。

「妳去玩吧。」愛蒂兒說：「我來弄一點早餐。」

「我什麼都沒帶。」女孩說，心裡想的恐怕是留在家裡的那些玩具。城市的玩具，像是有真正馬達驅動的玩具火車，或是有真人頭髮的塑膠娃娃。不過，愛蒂兒還是走進雙胞胎的房間，看見亂糟糟的床愣了一下──德姿蕾睡在她習慣睡的那一側──然後打開霉臭的衣櫥。在衣櫥深處的一只紙盒內，她找到一尊玉米娃娃，是以前絲黛兒做的德姿蕾。女孩有些躊躇，相較於她在店裡買的玩具，這娃娃想必顯得畸形，不過她還是小心地抱著絲黛兒的娃娃去了客廳。

愛蒂兒原本有一對女兒，一對健康的雙胞胎女兒，而且還是她第一次懷孕呢。她在自己的臥室裡生產，外頭冷不防地下起雪來，也不知道產婆能不能及時趕到。瑟露太太到了以後，跟她說她運氣太好了。他們兩邊家族都已經三代沒有出過雙胞胎。產婆告訴她，既然受到庇佑生了雙胞胎，就得供奉瑪拉撒，也就是結合天與地的神聖雙胞胎。這對孩子神威力強大，但嫉妒心強，祭拜時要公平，祭壇上要放兩份糖果、兩罐汽水、兩個娃娃。愛蒂兒在聖佳琳教堂上過主日學，知道自己聽到瑟露太太在接生時談論她的異教信仰，理應感到震驚，只不過聽這些故事能讓她分心，減少痛感。接著德姿蕾出現了，七分鐘後換絲黛兒，她一手抱一個，兩個女兒全身粉紅又皺巴巴，她們只需要她。

雙胞胎出生後，愛蒂兒始終沒有擺設祭壇。但後來女兒失蹤，她不禁懷疑自己是否過於自大。不管聽起來多荒謬，也許還是應該設個祭壇。也許這樣一來女兒就不會走了。又或許這一切都要怪她。說不定是她給雙胞胎的愛不公平，才會把她們趕跑。她向來對德姿蕾比較嚴厲，她太像她爸爸，滿心以為只要堅信好事會降臨，就什麼也傷不了她。任性倔強的孩子就得好好約束。她若是不愛德姿蕾，大可放任她我行我素。可是德姿蕾卻覺得不被愛，絲黛兒則覺得被忽視。這正是問題所在：對兩個人的愛絕不可能一模一樣。她的福氣從一開始就受到詛咒，她的這雙女兒就和善妒的神一樣難以取悅。

愛雷昂就很簡單。她早該知道他不會陪她太久。在她人生之初，所有福氣都來得太輕易，結果在後半人生，一一地全都失去了。不過她不會再度失去德姿蕾。

她踏上咿咿呀呀響的門廊，手裡端著兩杯咖啡。德姿蕾急忙將香菸捻熄在欄杆上。愛蒂兒險些失笑——都長這麼大了，還像個偷糖果吃的小孩。

「我想來弄點早餐。」愛蒂兒說。將馬克杯遞給德姿蕾時，又瞥了一眼德姿蕾的黑青瘀傷，儘管圍了那條可笑的圍巾也難以掩飾。

「我不太餓。」德姿蕾說。

「妳不吃點東西會昏倒的。」

德姿蕾聳聳肩，啜飲一口。愛蒂兒可能已經感覺到她正努力想掙脫，彷彿在她手心裡振翅欲飛的小鳥。

「待會兒我可以帶妳女兒去學校。」愛蒂兒說：「把該辦的手續都辦好。」

德姿蕾以嘲弄的口吻說：「妳幹麼要那麼做？」

「總不能讓她課業落後太多……」

「媽，我們沒想住下來。」

「妳打算上哪去？妳又打算怎麼去？我敢說妳口袋裡連十塊錢都沒有……」

「我不知道！哪裡都好。」

愛蒂兒噘起嘴來。「妳寧可隨便找個地方，也不想跟我待在這裡。」

「我不是那個意思，媽。」德姿蕾嘆了口氣。「我只是不知道現在應該去哪裡……」

「妳應該要和家人在一起，親愛的。」愛蒂兒說：「留下來吧。在這裡很安全。」

德姿蕾不發一語，怔怔望著樹林深處。頭頂上的天空逐漸甦醒，一片漸淡的薰衣草色與粉紅，愛蒂兒伸手摟住女兒的腰。

「妳想絲黛兒現在在幹麼？」德姿蕾問。

「不知道。」愛蒂兒說。

「母親大人？」

「我不去想絲黛兒。」她說。

在野鴨鎮，德姿蕾隨處都會看到絲黛兒。

一身丁香色洋裝，斜靠在汲水幫浦旁，一根指頭伸進襪子裡搔腳踝的癢；跑進樹林裡躲在樹後面玩捉迷藏；拿著白紙包的雞肝走出肉店，把那包東西抓得緊緊的，彷彿抓著什麼祕密寶貝。絲黛兒，鬈髮紮成馬尾，綁上緞帶，衣服一如既往漿得筆挺，鞋子擦得晶亮。仍是女孩模樣，因為德姿蕾只認得這個模樣的她。但這個絲黛兒在她的視線範圍閃進閃出，一下子靠在圍籬邊，一下子推著推車走過方特諾店內的走道，一下子又坐在聖佳琳教堂的石階高處吹著蒲公英。當德姿蕾第一天送女兒去上學，絲黛兒又出現在她們後面，為了踢起的沙土跑進襪子裡大驚小怪。德姿蕾盡可能無視她的存在，並將茱德的手握得更緊。

「妳今天要跟人家說話。」她說。

「我會跟我喜歡的人說話。」茱德說。

「可是妳還不知道呀，不知道妳會喜歡誰。所以妳要對每個人都好，然後再看看。」

她將女兒衣領的褶邊拉整一下。昨晚她蹲在院子裡，用洗衣盆刷洗茱德的衣服。她們的衣服都沒帶夠，當她雙手泡在宛如蒙上一層薄紗的水中，腦中不禁出現女兒輪流替換同樣的四套衣服直到穿不下為止的畫面。她為什麼沒有先想好計畫？絲黛兒就不會這樣。她會早在真正逃跑前的好幾個月就預先計畫，一次藏一隻襪子，慢慢累積衣物。另外偷存錢，買好車票，準備好要去的地方。德姿蕾知道，因為絲黛兒在紐奧良就是這麼做的。從一個人生溜進另一個，輕鬆得就像跨進隔壁房間。

操場附近，一群膚色灰褐的孩童貼在圍牆邊，看得目瞪口呆，德姿蕾重新又抓緊女兒的手。她將茱德做了最美的打扮，白色洋裝搭配粉紅背心裙，蕾絲花邊的襪子，加上瑪莉珍鞋。「妳沒有什麼咖啡色的衣服嗎？」母親在門口磨磨蹭蹭，這麼問道，但德姿蕾不加理會，自顧自地替茱德的辮子綁上粉紅緞帶。鮮豔顏色對比黝黑膚色顯得很低俗，大家都這麼說，但她不肯用單調的橄欖綠或灰色把女兒包藏起來。直到此刻，她們像遊行似的經過其他孩童眼前，她才覺得愚蠢。也許粉紅色太招搖了，也許她把女兒打扮得活像百貨公司裡的娃娃，便已經毀了她融入的機會。

「他們怎麼都在看我？」茱德問道。

「因為妳是新學生嘛。」德姿蕾說：「他們只是好奇而已。」

她面帶微笑，努力保持愉快的聲調，但女兒卻心懷戒懼地瞄向操場。

「我們要在這裡住多久？」她問道。

德姿蕾在她跟前蹲跪下來，說道：「我知道這裡很不一樣。不過我們只待一下下，等媽媽想出辦法來就可以了，好嗎？」

「一下下是多久？」

「我不知道，寶貝。」德姿蕾好不容易說出口。「我不知道。」

「暴躁山羊」閒散地高踞在木樁上，漆成紅色的屋頂上懸垂著長滿青苔的樹枝。德姿蕾小心翼翼繞過泥濘小徑，發現第一級階梯殘破不堪。野鴨鎮是一個蒙在煉油廠陰影下的小鎮，附近沒有電影院、夜總會或棒球場，這只意味著一件事：會有許許多多無聊的粗人。莫麗・韋涅是鎮上唯一不把這件事當成問題的人，反而將父母留給她的農場改成酒館，讓四個兒子負責洗酒杯、搬酒桶，偶爾還要制止鬥毆。她本來打算將來把酒館留給其中一個兒子，不料她還沒死，他們就都先走了。雙胞胎在父親的葬禮過後便幾乎沒再見過她，因為母親一點也不想和那間私酒酒館或那個粗俗的酒館女主人扯上關係。雷昂在世時，有他當潤滑劑，她們對彼此還算客氣，但他這麼一走，兩個女人內心被憂傷填滿，再也容不下對方。

因此雙胞胎只聽說過關於莫麗的傳聞，說她會替野鴨鎮上粗魯無比的男人倒威士忌，說她在吧台底下放了一把獵槍，還取了爵士大師的名字叫「納京高」，每當店裡的老粗開始因為打牌起爭執互相推搡，或是為了女人打起架來，她就會請出「老納」來，那些吵得臉紅脖子粗的男人平時可不把一個穿家居服的女人當回事，此時卻都變得像輔祭男童一樣乖順。然而德姿蕾頭一回踏進「暴躁山羊」的感覺，幾乎是失望。她一直把酒館想像成一個神奇的地方，多少能讓她多想起關於父親的一些事情，殊不知，這裡不過就是一間鄉下的低級酒館。

下午三、四點她就進了酒吧，因為想不到其他地方好去。上午，她擠在威利．李的貨車前座，一路坐到奧珀盧薩斯。她無意間看見他在店門外裝車準備送貨，便對他說她想找份工作，能不能讓她搭便車進城？當送肉貨車逐漸駛離野鴨鎮，她還是記掛女兒，回頭一瞥，正好瞧見她消失在校舍內，肩膀瘦弱單薄，兩手緊握著拳頭貼在身側。

「我要載妳到哪？」威利．李問道。

「到保安官辦公室就好。」

「保安官辦公室？」他轉頭看她。「妳去那裡幹麼？」

「跟你說過啦，找工作。」

他嘟囔著說：「要找打掃的工作不用跑這麼遠。」

「不是打掃。」

「那妳打算在保安官辦公室做什麼？」

「申請當指紋鑑定師。」她說。

威利．李笑起來。「所以妳就那樣走進去，然後怎麼說？」

「說我要申請工作啊。我不知道你在笑什麼，威利．李。我鑑定指紋已經超過十年了，如果我都能替調查局做事了，在這裡怎麼就不行？」

「我倒是能想出幾個理由。」威利．李對她說。

但自從她離開後，世事難道沒有一些變化？她走進聖蘭德利堂區保安官辦公室時，難道不是帶著天大的自信？她可是一腳就跨進那棟外表髒兮兮、四周鐵絲網環繞的黃褐色建築，直接對一個留著沙金色頭髮的肥胖郡警說她要申請工作。「妳說聯邦調查局，是嗎？」他揚起一邊眉毛問道，她不由得覺得有希望。她坐在等候區的角落，快速做著指紋鑑定師測驗，很慶幸終於能動動腦，不是最近一直在做的那種後勤腦力活動，譬如思考手裡的錢能撐多久之類的，而是真正的分析思考。郡警說她動作很快，還詫異地笑了笑，說不定能創紀錄。他從牛皮紙文件夾抽出解答卷對答案。但一開始他很快瀏覽一下申請表，看見她寫的地址在野鴨鎮，眼神立刻覆上寒霜。他將解答卷收進文件夾，轉身回到座位。

「就到這裡為止吧，小姐。」他說：「不必浪費我的時間。」

此時，她從迎客招牌「冷冰冰的女人！熱騰騰的啤酒！」底下跨進「暴躁山羊」店內，擠過一排穿著油膩工作服的男人後，找到一個空位。

「喲，有稀客大駕光臨囉。」老酒保蘿娜．埃培爾開口道。德姿蕾都還沒點，她就倒了一杯威士忌。

「看到我，妳好像不是很驚訝。」德姿蕾說。她回鎮上已經兩天，當然是無人不知。

「偶爾還是得回家。」蘿娜說：「來，讓我好好瞧瞧妳。」

在幽暗的酒館裡，她還是圍著藍色絲巾。不知蘿娜有沒有發現什麼，總之她沒說出來。她又回到吧台後面，德姿蕾則一口把酒乾了，從那嗆辣感中獲得慰藉。她自覺可悲，大白天就獨自喝酒，但不這樣還能做什麼？她需要工作，需要錢，需要計畫。但那些小孩直盯著她女兒看，郡警把她趕出來，山姆掐著她的喉嚨。她又招手喚來蘿娜，想把這一切都忘了。

一杯接著一杯，看見他的時候，她已經微醺。他坐在吧台最末端，穿了一件破舊的褐色皮夾克，一隻髒皮靴蹺放在椅凳上。旁邊的人不知對他說了什麼，他對著自己的酒微笑不語。那對高聳的顴骨刺進她心坎裡。儘管過了這許多年，到哪裡她都認得早早．瓊斯。

在野鴨鎮的最後一個夏天，德姿蕾．韋涅遇見了不該遇見的男孩。她這輩子，直到那時候為止，都只認識「該認識」的那種男孩：膚色淺淡、野心勃勃的野鴨鎮男孩，會扯她馬尾的男孩，上主日學時坐在她身邊喃喃誦念《宗徒信經》的男孩，在學校舞會會場外面求著要親她的男孩。她應該要嫁給這些男孩的其中一個才對，當強尼．赫魯在她的歷史課本裡留了心形記號，或是吉爾．達寇特請她當畢業舞會的舞伴時，她幾乎可以感覺到母親將她往他們推去。選一個，選一個。這卻只讓她更想站定腳跟。被人逼著去喜歡男孩，這真是再無趣不過了。

野鴨鎮的男孩熟悉又安全，像自家表兄弟，但是除了他們，也就只剩某人偶爾來訪的姪子，或是搬到小鎮邊上住的佃農了。她從未和這些年輕佃農說過話，只會在他們經過鎮上時看見，個個高大、肌肉結實、全身曬成焦褐色。這些男孩看起來很成熟，所以能跟他們談什麼呢？何況也不被允許和黑皮膚的男孩交談。有一次，有個人舉起帽子向她致意，母親便嘖了一聲，並將她的手臂抓得更緊。

「看都別往他那邊看。」母親說：「那種男生肯定在打什麼歪主意。」

野鴨鎮的黑皮膚男孩滿腦子只想泡妞，母親總是這麼說。他們想追白人女孩又不能追，只好退而求其次找個皮膚較白的女孩。不過德姿蕾從沒與黑皮膚男孩說上話，直到六月某天傍晚在洗客廳窗戶時，透過模糊的窗玻璃，忽然看見有個高大的男孩站在門廊上，他沒穿襯衫，只穿了件連身工作褲，皮膚是焦糖般的深褐色。他一隻手臂抱著紙袋，另一手拿著一顆紫色水果咬了一口，然後反手擦嘴。

「可以讓我進去嗎？」他問道，兩眼直盯得她臉紅。

「不行。你是誰？」她說。

「妳說呢？」他說著將袋子轉向她，好讓她看到方特諾的店家標誌。「開門。」

「我又不認識你。」她說：「你有可能是斧頭殺人犯。」

「我身上看起來像有斧頭的樣子嗎？」

「說不定從我這裡看不到。」

他大可以把紙袋放在門廊上就好，見他沒有這麼做，她才發覺他們在打情罵俏。

她將抹布丟在窗台上，看著他嚼東西。

「你到底在吃什麼？」她問道。

「妳來看啊。」

她終究還是拉開了紗門門閂，赤腳走上門廊。早早小心緩慢地朝她移動。他身上有檀香木和汗水味，當他靠近，有那麼一剎那她幾乎無法呼吸，以為他可能會親她。但是他沒有。他將無花果舉到她唇邊，她則咬了他剛才咬過的地方。

後來她得知了他的名字，那根本也不像個名字，但每當在嘴裡念啊念，總忍不住面露微笑。早早，早早，彷彿在呼喚著時間。整個月，他都像送花似地留下水果。每天傍晚當姊妹倆從杜彭家回來，她都會在門廊欄杆上發現一顆李子，或是一棵桃子，或是用紙巾包起的一大包黑莓。然後又是甜桃又是梨子又是大黃，多到她吃不完的水果，或是藏在圍裙裡留待稍後再細細品嘗，或是烤成派餅。有時傍晚時分他去送貨順路經過，會在她家門廊階梯上逗留。他是兼差送貨，白天在小鎮近郊一座農場給叔嬸當幫手，可是農忙過後他打算遠走高飛，去一個像紐奧良那樣道地的大城市。

「你家人不會想你嗎？」德姿蕾說：「你要是走了的話。」

他嗤之以鼻。「錢啦，」他說：「那是他們會想的東西。他們只會想那個。」

「錢的事情非想不可啊。」德姿蕾說：「大人都是這樣。」

她母親若非時時刻刻牽掛著錢，會是什麼樣呢？也許會像杜彭太太，整天夢遊似的在家裡晃來晃去。但早早搖了搖頭。

「那不一樣。」他說：「妳媽媽有房子，這整個該死的小鎮都是妳們家的。我們什麼也沒有。所以我才把這些水果送人，反正也不是我的。」

她伸手從他的紙巾裡拿了一顆藍莓。這時候她已經吃得太多，指尖都染紫了。

「你是說這些水果要是你的，你就不會給我？」她說。

「這要是我的，我會全部給妳。」他說。

話畢，他親吻她的手腕內側、手心，並將她的手指放入自己嘴裡，嘗著她皮膚上的水果味。

就這樣，黑皮膚男孩穿過屋後草地，留下水果給她。她從來不知道早早何時會來，或究竟會不會來，於是她開始會在太陽西斜時，坐在門廊欄杆邊等他。絲黛兒警告她要小心。絲黛兒一向都很小心。「我知道妳不想聽，」她說：「可是妳對他幾乎一無所知，而且他好像不安好心。」但德姿蕾不在乎，她從來沒見過像他這麼有意思的男生，更是唯一幻想過離開野鴨鎮謀生的人。或許，絲黛兒不信任他正合她意。她始終不希望他們碰面。他會咧著嘴，在她們之間瞄來瞄去，尋找相似處中的差異。她討厭那種沉默的評鑑，討厭看著別人拿她和原本可能是她的版本比較。而那個版本甚至可能比較好。萬一他在絲黛兒身上發現他更喜歡的特點呢？那一定無關長相，不知為何這種感覺更糟。

她絕不可能和他交往。這點他也知道，只是兩人從未談及。他總會在她母親還沒下工時到門廊上來，天色一轉黑就離開。然而有一天傍晚，母親下工回家發現她在和早早說話。他急忙躍下欄杆，腿上的黑莓撒了一地，宛如一顆顆大型鉛彈。

「趕緊走吧。」她母親說：「要給女孩獻殷勤到別處去。」

他舉起雙手作投降狀，彷彿自己也覺得做錯事了。

「對不起，太太。」他說完拖著腳步走進樹林，看都沒看德姿蕾。她哀戚地看著他消失在群樹之間。

「妳為什麼要這樣，媽？」她說。

母親領她進屋，說道：「總有一天妳會感謝我。妳以為妳什麼都懂嗎？女兒啊，妳不知道這個世界有多殘酷。」

關於世界的無比殘酷，母親也許沒說錯，她已經嘗到苦果，也看得出德姿蕾即將走上同一條路，因此不希望有個黑男孩加速她的腳步。不過母親也可能只是和其他人一樣，覺得黑皮膚醜陋不堪，極力想遠離。無論是什麼原因，早早．瓊斯再也沒來過。在杜彭家打掃時，德姿蕾會想著他暗自納悶。週六下午，儘管沒有東西要買，她也會流連在方特諾的店裡，希望能瞥見他載貨經過。最後終於忍不住開口問了，方特諾先生才告訴她，男孩一家已經搬到其他農場去了。

就算知道怎麼聯繫早早，要跟他說什麼呢？對母親說的那番話道歉？或是對她沒有出聲為他辯護道歉？說她和家鄉的父老不一樣，雖然她也不確定是否還真是如此。她是因為被逮到感到羞愧，還是對行為本身感到羞愧，實在說不清。如果不是有一絲一毫覺得和早早在一起是不對的，她怎麼從來不邀他上盧的酒館喝杯麥芽飲料？或者是到河邊散步或閒坐？在早早眼中，她和她母親恐怕沒有差別，所以才會不辭而別。

如今早早．瓊斯又回到野鴨鎮，而且已是個成熟漢子，不再是那個用破衣捧著水果的瘦長少年。她想都沒想，手一推，搖搖晃晃起身，朝他走去。他回頭看了一眼，棕褐色皮膚在黯淡燈光下發亮。看見她，他似乎並不訝異，一度還對她微微一笑。一度，她彷彿又變回少女，不知該說些什麼。

「我想應該是你。」她過了半晌才說。

「當然是我，不然會是誰？」他說。

在某方面，他完全還是她記憶中的樣子，高瘦精壯得像隻野貓。但即使在氤氳朦朧的酒館裡，仍看得出他眼神中的風霜，他的疲態令她吃驚。他搔搔下巴的雜亂鬍碴，招手喚來蘿娜，懶洋洋地指著德姿蕾的酒杯。

「你怎麼會在這裡？」她問道。她壓根沒想到會在野鴨鎮再見到他。

「我只待一陣子，」他說：「有點事情要處理。」

「哪一類的事情？」

「妳知道的，雜七雜八的事。」

他又笑了笑，但笑容透著些許不安。他的目光往下瞥向她的左手。

「妳老公是哪一個？」他朝著滿屋子男人努努嘴。

她都忘了自己還戴著婚戒，連忙蜷握起手來。

「他不在這裡。」她說。

「妳一個人坐在這種地方，他沒關係嗎？」

「我自己的事情自己管。」

「是喔。」

「我只是想來看看我媽。他無法一起來。」

「他還真放心哪，敢讓妳離開視線。」

他只是在調情，懷念一下舊時光，她知道的，卻仍感覺臉皮脹紅。她心不在焉地玩弄著藍色絲巾。

「那你呢？你手上沒看見戒指。」她說。

「不會看見的，對那種玩意沒興趣。」他說。

「你的女人不在乎？」

「誰說我有女人了？」

「說不定不只一個。」她說：「誰知道你幹了些什麼？」

他笑起來，頭往後一仰喝乾了剩下的酒。她已經好多年沒跟陌生男人調情，山姆卻常常這麼誣賴她，說她和電梯服務生眉來眼去，說她對門房笑得太溫柔，說她對計程車司機的笑話笑得太誇張。在公開場合，若有其他男人注意到她，他會顯得與有榮焉，但私底下卻會為此處罰她。而此刻她待在這種地方，早早近在咫尺，只要她一伸手就能碰到他的衣釦，山姆知道了會怎麼說？

「妳什麼時候回去？」他問道。

「不知道。」

「沒買來回票嗎？」

「你問題還真多。」她說：「而且你也還沒告訴我你在做什麼。」

「我在狩獵。」他說。

「獵什麼？」她問道。

他停頓了好一會兒，雙眼定定地望著她，她感覺到他的手摸上她的後頸。近乎溫柔的感覺，像在安撫哭泣的孩童。此舉太令人詫異，與他粗魯的調情口吻迥然不同，使她一時無言以對。緊接著，他扯下她的絲巾。已經逐漸淡了，然而即便在幽暗的酒館內，他仍能看見她脖子上瘀痕斑斑。

年輕時，大夥兒只顧著興奮吹捧她美麗的白皙膚色，誰也沒有警告過她：暴怒的男人多麼輕易就能在她的皮膚留下印記。

早早皺起眉頭，她覺得好像被他撩起衣服似地暴露在外。她推了他一把，他往後踉蹌，吃了一驚。隨後她倉皇地用絲巾圍起脖子，奪門而出。

野鴨鎮彎曲了。

一個地方並不是固定不變的，這點早早已經有了經驗。一座城鎮猶如果凍，始終順著人的記憶塑形。在酒館裡被德姿蕾推了一把之後的隔天早上，早早躺在膳食旅社的床上，細細端詳西爾給他的照片。他本來沒打算在「暴躁山羊」待那麼久，後來雖然改變心意，卻根本沒預期會遇見德姿蕾，只不過想消磨時間，順便打聽打聽消息。兩天來，他在紐奧良到處探聽，其實心裡知道德姿蕾不會在那裡。

「她在紐奧良，我確定。」她丈夫在電話上告訴他。「她的朋友全在那裡，她還能上哪去？妹妹沒了，和媽媽又不說話。」

早早緊握著電話，光著的腳趾在木板上磨蹭。

「她妹妹去哪裡了？」他問道。

「媽的，我怎麼知道？總之頭款已經匯給你了，你到底找不找得到人？」

這就是為什麼早早專只追捕罪犯：罪犯與擔保人之間絕無私人情感的牽扯，有的只是金錢糾紛。可是找老婆的男人就不一樣了。他們會拚死拚活。他幾乎可以感覺到山姆．溫斯頓在他身後來回踱步。說不定德姿蕾會自行回到丈夫身邊。要是每次有女人氣沖沖地丟下他走人，能讓早早賺到十分錢，他早就發了。但山姆深信她不會再回去。

「她一聲不響就溜了。」他說：「打包了行李還帶走我的孩子啊，老兄。趁著三更半夜就溜了。你要我怎麼辦？」

「你覺得她為什麼會這麼跑掉？」早早問道。

「不知道。」山姆說：「我們起了點口角，但你也知道夫妻都是這樣。」

早早並不知道，但沒照實說。他不想讓山姆知道任何關於他的事。因此當他改變心意，決定前往野鴨鎮，並未告知山姆。受傷的鳥總會回巢，傷心的女人也一樣。她會回家的，儘管對她的生活一無所知，但這點他很確定。在十號州際公路上，他不斷玩弄著西爾給他的那些照片。為了從中找到線索，他這麼告訴自己，但心裡清楚得很他只是在欣賞她。昔日在門廊上與他打情罵俏的漂亮女孩如今已是成熟美女，面帶微笑，跪在聖誕樹前，被一閃一閃的燈泡環繞。看起來很幸福。不像會打包逃家的人。那麼是什麼原因驅使她這麼做？算了，多想無用，無論如何都不關他的事。他會找到她，拍幾張照片證明。

照片寄出去，錢匯進來，他和德姿蕾．韋涅便再無瓜葛。

他沒想到會這麼快就在一間滿是煉油廠工人的酒吧裡找到她，當然更沒想到她脖子上會有那瘀痕。扯下絲巾時，他並無意冒犯，只不過吃驚罷了。但她嚇得退縮，好像掐她脖子的人是他，然後狠狠推他一把，他往後撞到身後的人，酒也灑了。他本該隨後追出去，但一時過於震驚，老實說也有點難為情，因為其他人都在起鬨大笑。

「她幹麼那樣？」老酒保問道。

「不知道。」早早拿起一張紙巾擦拭外套。「我們好多年沒見了。」

「你們本來是老相好？」一個瘦瘦的、頭戴史泰森帽的男人問。

「本來！」一個老人笑著拍拍早早的背說：「是啊，應該是本來沒錯。」

「她本來脾氣沒那麼壞。」早早說。

「說真的，我要是你才不會去招惹她。」戴史泰森帽的男子說：「那一家人全都有毛病。」

「什麼毛病？」

「她妹妹跑啦，現在把自己當白人了。」

「那可不。」老人說：「日子過得可高級了，像個白人淑女。」

「再瞧瞧德姿蕾生的那個孩子。」

「那個孩子怎麼了？」早早問道。

「沒怎樣。」史泰森帽男子緩緩說道：「只是黑得要命而已。德姿蕾離鄉背井找了個黑得不能再黑的男的嫁了，她還以為這裡沒人知道那傢伙會對她動手。」

「帶著一大片瘀青回到家鄉。」老人笑著說：「他大概是在訓練她吧，把她變成了拳王弗雷澤，所以她才會找上你！」

早早不認為打女人是可行之道——男人打架得講求公平，除非遇見一個能一拳還一拳、旗鼓相當的女人，否則他會用其他方法解決爭端。話雖如此，公事還得公辦，他又不是她跟班的，甚至連朋友也稱不上，他根本從未真正了解過她。只不過就是個在門廊上和他調情的女孩。她和丈夫之間出了什麼事，與他無關。

早上，他給一個男孩五分錢，問到了去愛蒂兒家的路。他踩過粗大樹根，側背的相機袋搖來晃去，印象慢慢回來。他彷彿又回到十七歲，意志消沉、心神渙散地穿過這片林子。愛蒂兒指著小徑趕他走，看起來是那麼嫌惡。德姿蕾站在一旁默不作聲，看都不敢看他一眼。他滿心屈辱，跌跌撞撞回到家，把事情告訴叔叔後，叔叔卻只是笑。

「你在做什麼春秋大夢啊，小子？」他說：「你不知道自己在這裡是什麼身分嗎？你是黑仔的黑仔。」

在那之後他再也沒跟德姿蕾說過話。還能說什麼呢？一個地方，不管穩不穩固，都有自己的規矩。多數時候早早覺得是自己笨，竟以為德姿蕾會為了他無視那些規矩。

此時他隱身樹木背後等待著，透過鏡頭聚焦於那棟白屋，一面傾聽著頭頂上撲飛而下的燕子，大概過了十分鐘吧，他也弄不清了。終於，德姿蕾步上前廊，點了根菸。昨天他在陰暗酒吧裡驚愕過度，對這一切幾乎沒有什麼真實感。如今在大白天裡，他才想起從前認識的那個女孩。苗條的身材，黑髮雜亂地披垂在背，赤腳緩緩踱步，渾身散發一種緊繃的能量，彷彿透過身體傳到香菸末端發出亮光。他終究還是舉起相機按下快門。德姿蕾走到門廊盡頭，喀嚓，然後轉過身來，又一聲喀嚓。一旦開始便停不下來，他不斷透過小方框看著她，看她走動時藍色洋裝如何搖曳生姿，同時將他的目光帶向那雙纖細腳踝。接著紗門開了，一個黑黝黝的小女孩踏上門廊。德姿蕾轉身，帶著淺笑彎身將女孩摟抱入懷。早早放下相機，凝視德姿蕾抱著女兒進屋。

「有什麼消息？」當晚打電話時，山姆問道：「找到她了嗎？」

早早斜倚著衣櫥，腦中浮現德姿蕾在門廊上抱著女兒的身影，還有絲巾被他拉下時，她手伸向瘀青處，手指在肌膚上輕輕撫動，彷彿在調整項鍊。當時他也想伸手去觸摸。

「我還需要一點時間。」他說。

三

離開野鴨鎮是德姿蕾的主意，但想留在紐奧良的是絲黛兒，多年來德姿蕾都想不通原因。姊妹倆初抵城裡，在狄克西洗衣店找到工作，一塊兒在熨燙間摺整床單枕頭套，一天工資兩塊錢。一開始，乾淨衣物的氣味讓德姿蕾好想家，想到幾乎掉淚。城裡其他地方骯髒污穢，鵝卵石路面上處處尿跡，垃圾滿到溢出街頭，就連水喝起來也有金屬味。是密西西比河的關係，值班主任阿梅這麼說。天曉得大夥兒往河裡倒了什麼東西？她在肯納出生長大，離這座大城不遠，因此目睹這對姊妹初來乍到的驚惶失措，頗感有趣。某天早上，她們氣喘吁吁趕到狄克西卻已遲到——因為電車駕駛丟下在路邊翻找零錢的她們——阿梅不禁對這兩個可憐的鄉下女孩心生同情，也不管她們未成年，當下就雇用了她們。

「這是妳們的小辮子，不是我的。」檢查員總會出其不意地現身，這時她會搖四次午餐鈴，姊妹倆便在其他女工的笑聲中衝進廁所，躲到檢查結束。日後想起狄克西洗衣店，德姿蕾只記得自己蹲坐在馬桶蓋上，緊貼著絲黛兒的背。她實在討厭像這樣幹活，老是提心吊膽，但又能如何呢？

「我才不管要衝進幾間廁所呢，」她說：「反正我是不回野鴨鎮了。」

她倔強到發此豪語，事實上卻沒有那麼肯定。拋下母親，依然讓她感到內疚。絲黛兒對德姿蕾說，她不可能一輩子生她們的氣，等找到好一點的工作，開始寄錢回家以後，媽媽就會知道離開家是她們所能做的最體貼的事。有一陣子，這個想法平息了德姿蕾的愧疚，她覺得大大鬆了口氣，甚至不覺得奇怪，怎麼被她拖著來紐奧良的絲黛兒似乎更一心想留下來。絲黛兒已經開始變了嗎？不，那是後來的事。當時，至少一開始的時候，她還是原來那個絲黛兒。工作一絲不苟，靜靜地摺疊燙得平整的枕頭套，而德姿蕾老是在不知不覺中，就被那群七嘴八舌計畫晚上外出遊樂的女孩給吸引過去。絲黛兒把兩人賺的每分錢管得牢牢的，絲黛兒睡在她身邊，偶爾仍會深陷噩夢，直到被她輕輕撞醒。

隨著一週一週累積成數月後，原本興之所至的城市之旅開始有了較安定的感覺，讓她們既興奮又害怕。這蠢事，她們做得到，那麼以後呢？還有什麼她們做不到的？

「頭一年最辛苦。」法拉．席波多對她們說：「只要熬過一年就成了。」

第一個月，姊妹倆在法拉家的地上堆高毛毯睡覺。她們到了城裡便從電話簿找到她的地址，法拉靠在門邊，看著眼神困頓、蓬頭垢面又餓著肚子的她們笑了起來。她經常笑她們，譬如在看到櫥窗裡的脫衣舞孃目瞪口呆的時候，或是被人行道上搖搖晃晃的醉漢嚇得跳開來的時候，又或是看起來就像兩個完全沒見過世面的鄉下女孩的時候。

「她們是我的雙胞胎。」她總是向朋友這麼介紹她們，德姿蕾只覺得尷尬，那份窘迫更因為妹妹而加倍。法拉在一間名叫「裝飾音」的爵士吧當服務生，輪到她負責關店的晚上，她會從小巷把姊妹倆偷偷帶進來，再從廚房偷渡食物給她們吃。她的多明尼加男友是薩克斯風手，穿一件亮晶晶的銀色襯衫，鈕釦一路開到肚臍；演奏空檔，他會從舞台上俯下身來，問姊妹倆想聽什麼。接著一整晚姊妹倆就在舞池裡，被長著招風耳的男生轉得頭昏眼花。她們開始與常客交上朋友：有個擦鞋男孩會和德姿蕾跳舞跳到她腳痛；有個軍人不停懇求要請絲黛兒喝一杯；蒙特萊昂酒店的一個門僮總會讓德姿蕾吹他的哨子召喚計程車。

「我敢說妳們現在不想野鴨鎮了吧。」有一天晚上，當姊妹倆玩累了，笑著跳上車子後座時，法拉這麼說。

德姿蕾笑說：「當然了。」

她很善於逞強。她絕不會向法拉承認自己想家，而且總是為錢煩惱。法拉很快就會厭倦讓她們占據自家地板、占用洗手間、吃她的東西，還老是黏著她，等她厭倦這雙倍的不速之客。然後該怎麼辦？她們要上哪去？也許她們只是一對惹出了大麻煩的傻村姑。也許是德姿蕾太笨，才會以為自己不只如此。

也許她們應該乾脆回家算了。

「可是妳一直都說來了就再也不回去。」絲黛兒說：「現在就已經想回家了？為什麼？好讓大夥笑話妳嗎？」

直到後來，德姿蕾才發現每次她一動搖，絲黛兒都知道該說什麼來打消她回家的念頭。但如果絲黛兒自己想留下，何不直說呢？德姿蕾怎麼就沒問過呢？她年方十六，以自我為中心，唯恐自己的一時衝動害她們姊妹倆流落街頭。

「我不該拉妳一起來的，」她說：「我應該一個人走。」

絲黛兒一臉驚嚇，彷彿被德姿蕾給打了。

「妳不會的。」她說得好像這突然變成可能發生的事。

「對，」德姿蕾說：「但我應該這麼做。我就不該拖妳下水。」

當時德姿蕾是這麼看待自己的：絲黛兒生活中的唯一動力，一陣足以將她連根拔起的強風。德姿蕾必須這麼告訴自己，絲黛兒也配合演出，這樣兩人都會覺得安心。

德姿蕾回野鴨鎮滿一個星期後，推人事件便傳得人盡皆知，而且已經演變成呼巴掌、揮拳頭，甚至上演全武行。據說韋涅家的女兒又踢又叫地被拖出酒館。那些不至於因為自命清高而不敢承認當天下午自己在「暴躁山羊」的人則說，他們親眼看見她在攻擊一個黑皮膚男人之後自行離開。那人是誰？又說了什麼話激怒她呢？有人覺得可能是她丈夫，來接她回家。也有人認為是個言行輕佻的陌生人，她只是自衛罷了。德姿蕾向來是兩姊妹中高傲的那個，受了冒犯當然會發作，不像絲黛兒，寧可死也不願當眾大吵大鬧。在理髮廳裡，波希．魏肯斯一面在革砥上磨剃刀，一面聽著客人爭辯這兩姊妹誰更漂亮。事後看來，絲黛兒因為人不在了，而變得更為稀奇、美麗。但回家來的德姿蕾身價也跟著高漲。她脾氣依然火爆，任誰都看得出來。至少有三個男人打趣道，她愛怎麼推，他們都奉陪。

「她們一直就不太對勁，」理髮師說：「自從她們老爸的事以後。」

韋涅家的雙胞胎見到了小女孩不該目睹的情景。葬禮上，他覷了雙胞胎幾眼，想看看她們有些什麼改變。但她們就像一般的小女孩，和以前一人挽著雷昂一邊胳臂，在城裡蹦跳來去的小女孩沒兩樣。他依然認為這兩個丫頭是不可能正正常常長大的。她們都有點瘋狂，德姿蕾或許更加瘋癲。為了發跡而假扮白人，只能說是聰明理智。但嫁給黑皮膚男人，還為他生了個黑不溜湫的孩子？德姿蕾可給自己找了個永遠甩不掉的麻煩。

在盧的「蛋屋」，德姿蕾學會了同時端捧幾盤炒蛋加培根加吐司，或是攪了奶油的玉米粥、泡在糖漿裡的厚煎餅。她學會了穿梭在小桌之間、急轉彎也不會打翻咖啡、默記下客人點的餐。她學得很快，因為應徵時她告訴盧說她當過三年的餐廳女侍。

「妳說三年嗎？」上工的第一天早上，她吃力地為客人點餐時，他狐疑地問。

「有一段時間了，但沒錯，」她微笑著說：「在紐奧良。」有幾次她又說是在華盛頓。她也被自己的謊搞混了，儘管盧注意到了，卻從未當面戳破。他認為指責女生撒謊沒什麼好處，再說他知道德姿蕾需要工作，雖然她自尊心太強不肯承認。想想看，創鎮人的曾曾曾外孫女在端盤子，而且還是在野鴨鎮，不是替白人端。誰想得到這輩子能活著見到這一天？狄奎爾家族世代過著自由的生活，後來愛蒂兒嫁了韋涅家的子孫，如今她女兒則在替煉油廠工人端咖啡、替農場的小伙子端核桃派。一旦混到下等血統，就永遠都是下等人。

「她算不上好的女侍，」盧對主廚說：「但也沒啥壞處。」

他要是誠實的話，就該承認雇了德姿蕾之後，生意確實變好了。老同學受好奇心驅使，會坐在吧台邊啜飲著平常可能不會點的咖啡。就連那些年紀太輕不記得她，如今邁入青春期的青少年，也會擠在後側雅座背著她竊竊私語，彷彿目睹某個小有名氣的人做尋常裝扮。她注意到了，當然會注意到。但每天早上，她還是深吸一口氣，綁上圍裙，掛上笑容。她想到女兒，將羞辱感硬吞下肚。第一個星期，即使當她走出廚房看見早早．瓊斯坐在吧台前，她也按捺住了。有一刻，她把弄著圍裙遲疑不前，但若是不替他點餐，只會吸引更多人注意。於是她低下頭，做她該做的事。

他又穿著那件皮夾克，在她遞過咖啡杯時搔了搔鬍子。旁邊的空凳上擺了一只破舊袋子。她拿著咖啡壺準備要倒，他卻伸手蓋住杯口。

「對妳做那件事的傢伙，」他說道：「他知道妳媽媽住哪裡嗎？」

她的瘀青已經褪成一種病態黃色，但她觸摸時仍小心翼翼。

「不知道。」她說。

「妳媽媽給妳寫過信之類的嗎？」

「我們沒有聯絡。」

「那好。」他將食指滑進空杯的平滑手把。「那妳妹妹呢？」

「她怎樣？」

「妳最後一次聽到她的消息是什麼時候？」

她笑哼一聲。「十三年前。」

「她是怎麼回事？」他問道。

「她找了一份工作。」她回答。大聲說出來，一切聽似再簡單不過，而事情確實是這樣開始的。絲黛兒需要找份新工作，看見報上刊登白宮百貨大樓的某部門要找祕書便去應徵了。那樣的部門絕不可能雇用黑人女孩，可是住在城裡一切生活開銷都需要錢，而且絲黛兒完全具備打字能力，為什麼黑人身分一曝光就要失去資格，姊妹倆也要跟著挨餓？那不是撒謊，她對絲黛兒說。如果他們以為她是白人而雇用她，怎麼能說是她的錯呢？事到如今再去澄清又有什麼意義？

絲黛兒找到好工作，然後她也找份好工作，這是她們的計畫。所以絲黛兒得假裝一下，但稍作隱瞞能讓她們免於流落街頭似乎是值得的。結果一年後的某天晚上，德姿蕾從狄克西洗衣店回到家時，發現已人去樓空，絲黛兒的所有衣物都不見了，好像她根本沒在那兒生活過。

絲黛兒用工整筆跡留了一張字條：對不起，親愛的，但我得去走自己的路了。接下來幾個星期，德姿蕾都隨身攜帶著紙條，直到某天晚上，忍不住一時氣憤將它撕成碎片撒出窗外。現在她感到後悔，好希望還保有些什麼，哪怕只是有著絲黛兒字跡的一小張紙。

早早沉默了片刻，然後終於將空杯推向她。

「如果我幫妳找到她呢？」他說。

她蹙眉，慢慢地倒咖啡。

「什麼意思？」她問道。

「德州有份新差事，結束後我會回這邊來。」他說：「我們可以開車到紐奧良，到處問問。」

「你為什麼想幫我？」她問。

「因為我很厲害。」他說。

「厲害什麼？」

他將一只破損的牛皮紙信封袋放上吧台，收件人叫西爾・劉易士，但她認得是山姆的筆跡。

「找人。」他說。

在德州阿比林郊區一座小鎮，早早幻想著德姿蕾。

夕陽下，他躺臥在他的El Camino後座，懷抱著她的一張照片。他把西爾給的照片全還給她，只剩一張已被他塞進皮夾克內袋，他可以感覺到照片的四角戳刺著胸口。他也不知道為什麼要留下那張照片。或許是想留個紀念，以防萬一她決定再也不跟他說話。當她得知他真正目的時，表情是那麼震驚，也不能怪她，而他在那之後沒有留下，所以不知道她是否能原諒他。早早啟程來了德州，追捕一名機械工人，罪名是傷害與殺人未遂：他老婆、老婆的情夫、一把扭力扳手。血跡斑斑的車庫登上了《皮卡尤恩時報》頭版。開車西行途中，早早想像機械工像《聖經》裡參孫揮擊驢腮骨一樣揮舞著扳手，被自己的正義感與遭背叛的痛所蒙蔽。從前，能追捕一個犯下如此轟動罪行的人，他可能會很興奮，但現在的他心有旁騖，每當閉上雙眼，腦海浮現的只有德姿蕾。

他在卡車休息站買了一瓶可樂，走進電話亭，告訴山姆．溫斯頓說他妻子不在紐奧良。

「很可能往東部跑了。」他說：「紐約、紐澤西那邊吧。」

「她幹麼要跑到那邊去，老兄？」山姆說：「不對，告訴你，她回紐奧良了，你就是不夠認真找。」

「你去問西爾看我找得有多認真。她要是在這裡，我早就找到了。」

「如果我再多匯點錢給你呢？」

「那也還是同一句話，」早早說：「她不在這裡。找找其他地方吧。」

他掛斷電話，歪斜身子靠著電話亭，心思開始往回倒帶，他知道怎麼找到藏匿的人，但該如何藏起一個女人，讓人永遠找不到呢？散播錯誤訊息，到處留下軌跡線索？就算山姆再雇用其他人，也不知該從何找起。他摸索口袋想找根菸，手卻抖個不停。在此之前，他從未捨棄過工作。底片放到太陽下曝光，德姿蕾站在門廊上的照片逐漸變黑。口袋裡的錢飛了。當他告訴西爾人沒找到，他需要另一份工作，而且要快，西爾只是聳了聳肩，便遞上機械工的照片。

「真不敢相信你會敗在那個小女子手下。」他將身子推離吧台，笑著說道。

就是啊，早早慢慢承認了。也不知道她有什麼魔力，總之就像芒刺一樣緊黏著他，甩都甩不掉，也不想甩掉。在電話亭內，他從口袋掏出一張發皺的菜單，撥打到盧的「蛋屋」。一聽到她的聲音，他就緊張到差點掛掉電話，但他仍清清喉嚨，問她還好嗎。

「還好啊，」她說：「你也知道就是那樣。你現在在哪？」

「德州尤拉，」他說：「妳來過嗎？」

「沒有，什麼樣的地方？」她問。

「乾巴巴，」他說：「灰撲撲，很偏僻，覺得好像只有我一個活人，彷彿從地球邊緣掉出去了。妳知道那種感覺嗎？」

他想像著電話另一頭的她倚在廚房門邊，手握電話。餐館快打烊了，客人應該漸漸都走了。也許只剩她一人，巴不得時間快點過去，心裡想著妹妹，說不定甚至也想著他。

「我再清楚不過了。」她說。

當時不管問誰，都沒人相信德姿蕾會在野鴨鎮住下來。鎮上的人紛紛打賭她頂多待一個月。她會受不了關於女兒的風言風語，每回母女倆在鎮上走動，儘管聽不見旁人竊竊私語，肯定感覺得到：有些人眼看德姿蕾牽著那個黑皮膚小女孩的手，總希望她們甚至別待到一個月。鎮民們不習慣與黑小孩為伍，更沒想到這件事會讓他們如此心煩氣躁。每當女孩沒戴帽子從旁經過，對他們來說，就像當初湯瑪士・利查從戰場上少了半條腿回來，在鎮上走動時老把褲管往後摺固定住，好讓大家都能看見他的犧牲。倘若醜陋無法可治，至少也應該表現出試圖隱藏的努力。

然而一個月過去了，大大出乎眾人意料。即使德姿蕾沒有因為女兒離開，光是無聊的生活肯定也讓她難以落地生根。她在城裡過得那麼多采多姿，怎麼可能受得了小鎮生活？循環不息的教堂糕餅義賣募款活動、各種義賣會、才藝表演、生日派對、婚禮與葬禮，即便是離家前，她對這些活動從來就興趣缺缺，反而是另外那個，絲黛兒，會做核桃派拿到聖佳琳教堂義賣、會乖乖地參加學校合唱團、會待滿兩個小時為七十歲的崔妮蒂．提耶里慶生。德姿蕾可不會，她只是被絲黛兒拖著去參加，百無聊賴地板著張臉，還在壽星切蛋糕之前溜之大吉，讓人後悔邀請她來。

不知為何，同一個德姿蕾卻回來了，星期天還會跪在母親和女兒中間做禮拜。有一天早上，她發覺自己已經回家整整一個月，不禁也和所有人一樣詫異。如今她已經有了規律的作息，陪茱德走路上學、打掃家裡、在盧的店裡為安靜用餐的客人服務，同一時間茱德則坐在吧台邊看書。每天晚上，她都會等候早早．瓊斯來電。她從來不知道他會從哪裡打來，甚或會不會打來，可是每當接近打烊時間，店裡的電話一響，她都會去接。那尖銳鈴聲總是讓心不在焉補充糖罐或擦拭桌面的她驚跳起來。

「只是想跟妳問聲好。」早早總是這麼說。這天過得好嗎？她媽媽好嗎？女兒好嗎？好、好、好。有時候他問起她的工作，她跟他說那天不得不退三份單，因為廚子整個人都恍神了，客人點半熟荷包蛋，他卻給炒蛋。有時是她問起他的路程狀況，他告訴她在奧克拉荷馬碰上了沙塵暴，伸手不見五指，只好開得很慢很慢，希望不會被撞。他說的事哪怕再無聊，她都聽得興味盎然。他的生活似乎和她的天差地別。一段時間過後，他開始聊起過往，像是童年某天晚上他被父母丟到叔嬸家，之後就由叔嬸撫養長大。她聽說過有小孩像這樣送人。父親死後，姨媽就曾經提議要領養她們兩姊妹其中一個。

「這樣太辛苦了。」當時蘇菲姨媽握住母親的手說：「讓我們替妳減輕一點負擔吧。」

她們緊貼著臥室房門豎耳傾聽，各自憂慮著會不會是自己要走。蘇菲姨媽會不會把她們當成籃子裡的小狗一樣挑選？或者會是媽媽自己決定，割捨哪個女兒？最後母親告訴蘇菲姨媽，她無法和女兒分開，不過後來德姿蕾聽說姨媽要的是她。蘇菲姨媽住在休士頓，德姿蕾常常想像自己去那邊的生活：一個到處悠遊來去的城市女孩，穿的是漿得筆挺的洋裝和晶亮皮鞋，而不是母親從教堂舊衣箱撿回來的褪色印花布衣。

早早說，離開野鴨鎮後，他厭倦了替別人耕地，便出發到巴頓魯治去碰運氣，結果碰上的全是壞運。他在那裡待了一年，為填飽肚子去偷汽車零件，最後被逮到送進安哥拉州立監獄。當年他二十歲，在法律眼中已是成年人，不過說實話，自從父母親丟下他不告而別的那天晚上，他就覺得自己成年了。他從來沒想到世界是這個樣子。你愛的人可能會離開，而你完全束手無策。一旦了解到這點：離開是無可避免的結果，他在自己眼中便長大了幾歲。

他坐了四年牢，這段時間他跳過不談，終其一生都極少提起。

她想像他身處某座電話亭，靴子蹺放在玻璃上。

「會有什麼改變嗎？」他問她。

「什麼會有什麼改變？」她反問。

他靜默片刻才說道：「我不知道啊。」

但她明白他的意思：知道這些，她會對他改觀嗎？但她根本也說不上來自己對他是什麼想法。她曾經迷戀過他，很久以前，卻不了解長大以後的他。她不知道他想從她身上得到什麼。幾星期前，他提議要去找絲黛兒，她告訴他自己無法馬上付錢，他說：「沒關係。」

「沒關係是什麼意思？」她問道。

「意思是我不急著用錢，我們可以想想其他辦法。」

她從未遇見過一個靠勞力賺錢的人對錢這麼隨性，但話說回來，她也從未遇見過一個靠勞力賺錢的人像早早這樣謀生。他追獵的是那些棄保潛逃、消失得無影無蹤、希望到其他地方重新來過的人。但只要夠仔細留意，總會發現一些蛛絲馬跡，沒有人能消失得無影無蹤。她再次想到他交給她的那包照片。在餐館裡，她拿著那個信封袋，心跳怦然。

「別擔心，」他說：「我會把那個王八蛋趕得遠遠的。」她想必露出懷疑的表情，他才會說：「相信我，我不會丟下妳不管。」

但這是為什麼？他對她認識又不深，山姆還給了重賞，他有什麼理由要忠於她？幾個星期下來，她不斷猶豫是否應該帶著茱德重新上路。如果山姆繼續找，難道最後不會被他找到？他難道不會自己跑到野鴨鎮來？不過，如今野鴨鎮恐怕是最安全的地方。山姆雇用的人回報說她不在路易斯安那，山姆有什麼理由懷疑他？也許她可以信任早早，假如他有意傷害她，山姆早就找到她了。但是可以信任，並不代表他對她無所求。

「他只是說妳想聽的話罷了。」某天晚上，母親把一只濕盤子遞給她時說道：「絲黛兒在哪裡，那傢伙跟妳一樣沒有頭緒。」

德姿蕾嘆了口氣，伸手取過擦碗巾。

「可是他知道怎麼找人。」她說：「我們何不試試看？」

「她不想被找到。妳得放她走，讓她去過自己的人生。」

「那不是她的人生！」德姿蕾說：「要不是我叫她去做那份工作，這一切都不會發生。簡單一句話，我就不該拖她去紐奧良，那個城市對絲黛兒沒好處，從一開始妳就說對了。」

母親噘起嘴來，說道：「她不是第一次這樣了。」

「母親大人？」

「我是說假裝白人。」母親說：「紐奧良剛好給了她弄假成真的機會。」

以下是她母親一直藏在心裡的一段往事：

絲黛兒在城裡失蹤的一週後，威利・李一臉羞愧地來到她們家，說是有話對愛蒂兒說，而且這話早在創鎮人紀念日的幾星期前就該說了。有一天下午他載絲黛兒到奧珀盧薩斯。平常週末時她會進肉店來幫忙，因為她心算很厲害，目測一磅絞肉的準確度也比他高，每次她目測後過秤，從沒出過錯。她是個聰明又細心的丫頭，不過那年夏天，他發現她有點不一樣，好像有心事，老是一個人發呆出神。他猜想應該是休學的關係，雖然他自己九年級就因為成績太差退學，不太能理解她的心情。一個能目測一磅肉的女孩將來做什麼都沒問題，不管有沒有念大學。可惜不是每個人都像他這麼務實，所以當絲黛兒忽然當起收銀員，他心想她還是因為無法如願去念史貝曼學院而感到失落。

於是某天下午，他便邀她一起上奧珀盧薩斯。他有貨要送，心想：「好呀，她說不定會想出城走走。」他給了她五分錢買可樂，等卸完貨後，發現她站在貨車旁邊，滿臉通紅，上氣不接下氣。原來她剛剛進去一間叫「達琳飾品」的店，女店員誤把她當成白人了。

「很好玩吧？」她說：「白人真的很好騙！就跟大家說的一樣。」

「這不是鬧著玩的。」他對她說：「裝成白人，這很危險。」

「可是白人又看不出來。」她說：「看看你，你也跟卡萬諾神父一樣是紅頭髮，為什麼他可以是白人，你就不行？」

「因為他就是白人啊，」他對她說：「而且我不想當白人。」

「我也不想，」她說：「我只是想去看看那間店。你不會告訴我媽，對吧？」

在野鴨鎮，關於有人假裝白人的事從小聽到大。華仁．方特諾搭火車時坐白人車廂，遇到疑心的服務員詢問，便滿口法語說服對方相信他是個膚色較深的歐洲人；瑪琳娜．古鐸充當白人獲得了教師證書；路賽．席波多被工頭註記為白人，領取較多工資。像這樣偶爾假裝一下很好玩，甚至很英勇。誰不想偶爾換個口味，占占白人的便宜？然而那些「假白人」終究是神祕的。若有人假扮得天衣無縫，絕不可能讓你遇見，就像若有人成功裝死，你也絕不可能知道；唯有始終無人識破，此舉才算成功。德姿蕾只知道一些失敗的例子，那些人要不是想家，就是被逮到，再不就是厭倦了假裝。但就德姿蕾所知，絲黛兒已經以白人的身分過了半輩子，演了那麼久，現在或許根本不必演了。也許假裝白人到頭來都會這樣。

「我工作收尾了，」兩天後的晚上，早早從什里夫波特郊外來電說道：「準備回妳那邊去，如果妳還想找妳妹妹的話。」

她做夢也想不到絲黛兒有祕密瞞著她。那個睡在她身邊、彷彿和她有心電感應、腦子裡甚至能聽見她聲音的絲黛兒，不可能。她怎麼可能一整個夏天都不知道絲黛兒已經決定去當另一個人？她已經不了解絲黛兒了，也或許她從來就沒了解過她。

她用食指將電話線纏得更緊。在空蕩的餐館裡，茱德坐在吧台前看書。她老是在看書，老是一個人。

「應該吧，我想。」德姿蕾說。

早早．瓊斯抵達的那天早上，天壓得低低的，下著雨，十分悶熱。德姿蕾坐在沙發邊上，一邊聽著暴烈春雨一邊給茱德綁辮子，不禁想起初抵紐奧良那幾個星期，每當冷不防下起大雨，便和絲黛兒躲在屋簷下。後來她倒是習慣了那反覆無常的雨，不過在當時，每次突然下起大雨，她都會尖聲大叫，和絲黛兒笑著貼靠在建築物牆邊，被雨水濺濕腳踝。坐在跟前地毯上的茱德扭了扭身子，手指向門廊。

「媽媽，一個男生。」她說道，只見早早站在前門階梯上，夾克衣領翻起，鬍子上雨珠點點。德姿蕾站起身來，感覺異常緊張，直到打開門她才發覺，他們就站在許久許久以前，兩人第一次邂逅時站的位置。

「你可以進來。」她說。

「真的嗎?」他說:「不想弄得髒兮兮的。」

他看起來和她一樣緊張,給她壯了膽。她招手要他進屋,於是他在門廊上踢踢靴子,抖落泥巴。隨後跟著她進去,站在門口,一手握拳插在夾克口袋裡。

「這是茱德。」她說:「茱德,過來跟早早先生打個招呼。我要搭他的車出去一下,記得嗎?」

「叫我早早就好,我不是什麼先生。」他說。

他微笑著伸出手。茱德將手滑進他手中,不一會兒便衝進臥室拿她的書袋。稍後在州際公路上,早早問說茱德總是這麼安靜嗎?

德姿蕾注視窗外,看著陽光輝映在龐恰特雷恩湖上。

「總是這樣,」她回答:「她一點也不像我。」

「那是像她爸爸囉?」

她不喜歡和早早談論山姆,甚至不想去想像自己的某段人生中,有這兩個男人同時存在。再說了,茱德也不像山姆。就某方面看來,她倒是像絲黛兒,很重隱私,好像要是說出一點關於自己的事,就等於送出一樣永遠收不回的東西。

「不,」她說:「誰都不像,就像她自己。」

「那很好,女孩可以當自己。」

「在野鴨鎮可不好。」她說:「像茱德這樣的女孩可不好。」

早早觸摸她的手,嚇了她一跳,接著他彷彿回過神,連忙抽手。

「是不簡單，」他說：「當時對我來說也不簡單。妳知道嗎？我在教堂裡被一個男人打過。直接打在我的後頸。只因為我比他老婆先把手放進聖水裡，好像水就被我污染了。我以為我叔叔會替我打抱不平，不知道為什麼，我就是這麼認為。沒想到他跟那個人說對不起，好像我做了什麼錯事。」

他乾笑一聲。在公路另一邊，一輛貨運列車轟隆隆駛過，雨水從軌道濺起。她回過頭看他，眼眶也濕了。

「我媽媽那樣趕你走的時候，」她說：「我應該說句話的」

他聳聳肩。「老早以前的事了。」

「那你為什麼要幫我？說真的，為什麼？」

「我也不知道。」他說：「大概是想到妳和妳妹妹，心裡難過吧。」他凝視前方，不願看她。「我想我就是喜歡跟妳說話。我這輩子沒有跟哪個女人說過那麼多話。」

她笑起來。「你每次頂多也就說個一、兩句。」

「那就夠了。」他說。

她又笑了，同時伸手撫摸他的頸背，日後他告訴她，那就是他幫她的原因，就為了開車過橋時，他頸背上那隻溫柔的手。

他們追逐往昔，沿著大街小巷與梯道尋找絲黛兒。

爬上了雙胞胎住過的三層樓無電梯公寓，如今是一對黑人老夫婦住在這裡。德姿蕾盡可能禮貌地問他們有沒有收過任何寄給德姿蕾或絲黛兒．韋涅的信件，不料他們只在這裡住兩年而已，早在他們搬來之前，雙胞胎姊妹的生活便已褪入了公寓牆壁深處。姊妹倆一起煮飯，聽著小小電晶體收音機，那是她們買的第一樣奢侈品；姊妹倆熬夜直到天亮，終於覺得像想像中的成熟女子；接著姊妹倆簽下第一間公寓的合約，也許早在當時，絲黛兒就知道那只是暫時性的，也許她已經開始在找出路了。

整個下午，他們都在一些老地方找絲黛兒，還去狄克西洗衣店和「裝飾音」酒吧詢問。德姿蕾從電話簿找到幾個老朋友，但誰都沒有絲黛兒的消息。法拉如今已是議員夫人，接到德姿蕾的電話時大笑起來。

「真不敢相信小絲黛兒跑了，」她說：「要跑的應該是妳吧，我覺得……」

「還是多謝了。」德姿蕾說著就要掛電話。

「等一下。」法拉說：「妳急什麼？我要告訴妳，我看見妳妹妹了。」

她立刻心跳加速。「什麼時候？」

「噢，有好一陣子了。在妳離開以前。她走在皇家街上，自由自在得跟什麼似的，還挽著一個白人男人的手。兩眼明明跟我對上了，卻又看向其他地方。我發誓她看見我了。」

「妳確定是她嗎？」

「那百分之百不是妳。」法拉說：「從她的眼神看得一清二楚啊，親愛的。那個白人男人也很英俊，八成是這個原因她才會露出那樣的笑容。」

絲黛兒離開她去追求男人。絲黛兒偷偷戀愛了。那個從來不瘋迷男孩的絲黛兒，那個見德姿蕾想早早想到發呆時會翻白眼的絲黛兒，那個連一個男朋友都沒交過的絲黛兒。冷冰冰的雙胞胎妹妹，男生都這麼喊她。但早早對她說，最簡單的解釋往往就是正確答案。

「感情能讓人做出什麼事來，妳想都想不到。」他說。

「可是我了解她。」她說到這裡隨即打住。她再也無法推斷任何關於絲黛兒的事。她不已經學到教訓了嗎？

早早提議到白宮大樓去問問看時，她已精疲力竭。那個地方她只壯起膽子進去過一次，就在絲黛兒剛失蹤的幾天後。當她搭著電車駛過運河街時，告訴自己：絲黛兒不可能永遠不回來。絲黛兒會這樣一定又是心情不好，躲在晾衣繩上的床單後面玩捉迷藏。她不斷說一些自己都不相信的話自我安慰。絲黛兒會忽然再次出現，現身在公寓的門口台階，向她解釋。她不會就這樣丟下她這輩子所做過最好的工作。她不會拋棄姊姊的。

進了百貨公司後，德姿蕾毫無目的地閒晃，慢慢走過香水區的通道。她知道絲黛兒工作的辦公室在高樓層，卻不知道是哪一樓。她在入口大廳研究樓層導覽，看得太久了，警衛粗暴地問她想幹什麼。她支支吾吾，唯恐洩漏絲黛兒的身分，最後就被趕出去了。

「太躁進了。」早早說：「妳應該緩著點。要是表現得太急切，別人會感覺得到。把嘴閉上。」

他們此時坐在白宮百貨對街的一家咖啡館內。她點的濃縮咖啡幾乎一口也沒喝，心裡依然想著法拉看見和絲黛兒在一起的那個白人男人，她看起來多麼快樂，她不想被找到。德姿蕾試圖將她拖回她已經不想要的人生，這又何苦？

「妳走進去的時候要像個他們願意服務的對象，」他說：「要像個能得到自己像要的東西的人。」

「你是說當白人。」

他點點頭說：「那樣比較簡單。我不能陪妳進去，會洩底。總之妳就走進去，說妳要找人，一個老朋友。別說是妹妹，那會引來太多問題。跟他們說妳和她失去聯繫之類的，說得雲淡風輕一點，就像個無憂無慮的白人女士。」

於是她把自己想像成絲黛兒——不是她以前認識的絲黛兒，而是現在的絲黛兒。握著巨大的消光黃銅門把往裡推，踏入百貨公司，帶著想買什麼就能買什麼的自信，通過香水區，欣賞展示櫃裡的珠寶首飾，瞄一眼高級手提包，櫃姐上前時露出猶豫神色。在大廳跨入電梯時，黑人服務員低頭盯著地板，她視若無睹，就像絲黛兒可能會有的態度。事情竟然如此簡單，令她感到不安。要當白人只需把自己當成白人就行了。

當她進到第一個辦公樓層，一名白人警衛急忙趕來協助。她照著早早的話說，雲淡風輕，無憂無慮。她對他說想找一個以前在市場行銷部門工作的老朋友。

他當然無法在大樓導覽中找到一個名叫絲黛兒．韋涅的人，但指引她前往該部門。她搭乘電梯來到六樓，一進入辦公室便做好心理準備，也許會被誤認為絲黛兒。不過紅髮祕書只是愉快地對她面露微笑。

「我想找一個老朋友。」德姿蕾說：「她以前在這裡當祕書。」

「她叫什麼名字？」

「絲黛兒．韋涅。」她環顧安靜的辦公室一周，彷彿說出她的名字就可能召喚她現身。

「絲黛兒．韋涅。」祕書重複一遍，隨即轉身走到後面的資料櫃，邊找邊哼歌，除此之外只聽見微弱的打字聲。德姿蕾試著想像待在這種地方的絲黛兒，加入其他禮貌的白人女孩的行列，端坐在自己的辦公桌前。

祕書拿著一個資料夾回來。

「恐怕是沒有目前的地址，」她說：「前幾年寄的聖誕卡都被退回來了。」

她道歉連連，非常遺憾只能給德姿蕾資料上的最新地址，只見資料卡上有絲黛兒工工整整的字跡，留下一個聯絡地址將她帶往麻薩諸塞州波士頓。

「不是什麼有力證據。」當晚早早這麼說道：「但總算是個開始。」

他們一起坐在「暴躁山羊」的一個陰暗雅座裡，早早慢慢地啜著威士忌。明天早上他又得走了，有個新差事得去一趟德罕。但事情辦完後，他會到波士頓的那個地址去，看看能挖到什麼。她無法想像絲黛兒怎會那麼剛好就在那個城市，但無所謂。那張資料卡所提供關於絲黛兒的新消息，比德姿蕾以往打聽到的都來得多。

早早的協助再次讓她感到不勝負荷，實在不知道自己怎能報答得了。喝完酒，她陪他走回旅社。爬上泥濘階梯時，他將她的手塞到自己胳臂底下，她沒有抽掉，即使進了他的房間也沒有。她沒喝醉，但突然覺得房裡好熱。她已經多年沒在陌生男子面前寬衣解帶。

那麼，慢慢來吧。他倚在破舊的梳妝台邊，等候著，她貼靠在他身上，手順著他的腹部往下滑，到腰帶處被他制止了。

「這只是個開始。」他說：「離找到她還早得很。」

他拉著她的手，彷彿明白這是他們再更進一步的條件。

「好。」她說。

「也可能找不到。她可能就是不見了。妳知道的，對吧？」

她頓了一下。「我知道。」

「只要妳願意，我就會繼續找。」他說：「要我停只要說一聲，我就會停。」

她手一扭，掙脫出來，滑入他的黑色T恤底下，手指拂過他腹部一道長長粗粗的疤痕。他打了個哆嗦。

「別停。」她說。

第二部

地圖（一九七八年）

四

一九七八年秋，一個黑女孩從一座地圖上不存在的小鎮來到洛杉磯。

她從一個地圖上找不到的地方搭了長途灰狗巴士，兩只行李在行李倉內碰來碰去、卡嗒作響。一個來自窮鄉僻壤、一文不名的女孩，若是問其他乘客，唯一讓他們注意到的特點就是她好……好黑。除此之外，十分安靜。翻著一本破破爛爛的偵探小說，那是十七歲生日時，母親男友送的禮物，這是她第二次讀，想把之前錯漏的線索全找出來。在各個休息站，她總是把書夾在腋下，緩緩地繞著圈子走動伸腿。神經緊繃。那模樣讓義大利裔司機想到在籠子裡踱步的獵豹。就算得知她是跑步選手，他也絲毫不會覺得詫異，瞧瞧那像男孩子似的細瘦體型，還有那雙長腿。他抽著菸，看著她又繞了巴士一圈。太可惜了，那雙腿配上那張臉，那身皮膚。老天爺，他從來沒見過這麼黑的女人。

她沒發現巴士司機在看她。現在她幾乎再也不會注意到別人盯著自己看，即使注意到了，也很清楚他們在看什麼。要忽略她是不可能的事。很黑，沒錯，但同時又人高馬大、手長腳長，跟父親像是一個模子印出來的，而這個父親她已經十年沒見，也沒任何消息。她又慢慢轉了一圈，一面試著在那本頁角翻捲、書脊裂開的書上找到先前讀到的段落。她從小就愛聽偵探故事，常常坐在門廊上，聽母親的男友一邊清理槍一邊述說他追捕的人。

日後看來，一個大男人和一個小女孩以這種方式聯絡感情似乎很奇怪，但她已經知道早早．瓊斯是個怪人。他不是她父親，卻是她這一生所接觸過最近似父親的人。她喜歡一面看他慢條斯理地拆解槍枝，一面如連珠砲似地向他提問。他告訴她，只要善於撒謊，大概沒有找不到的人。追捕過程有大半時間得假裝成另一個人，例如老友在找死黨的住址、失聯許久的姪子想打聽叔叔的新電話、父親要查探兒子的下落。總之一定會有某個接近標的的人可供你操縱。假如找不到門，必定有一扇窗可以進去。

「很刺激對吧？」他咬著牙籤對她說：「大部分都只是在電話上花言巧語向老太太套話而已。」

他把尋找失蹤者說得那麼易如反掌，有一回她問他能不能去找她爸爸，他卻沒有抬頭看她，只顧著用清槍管刷擦拭槍管內部。

「妳不會希望我去找他的。」他說。

「為什麼？」

「不為什麼。」他說：「他不是好人。」

他說的當然沒錯，但她就是討厭他說得那麼理直氣壯。他又怎麼會知道呢？他根本沒見過她爸爸。她總會想像父親開著那輛亮晶晶的別克來拯救她。總有一天，當她走出校門就會發現他在那兒等她。她的父親，高大英俊，微笑著對她張開雙臂，其他學生一個個看得目瞪口呆。然後他會帶她回華盛頓，她會去上學、交朋友、和男生約會、賽跑、上大學，那個地方和野鴨鎮截然不同，差異大到她幾乎無法相信野鴨鎮真的存在，而不只是她的想像而已。

但十年過去了，沒有一通電話或一封信。最後是她救了自己。她在全州錦標賽大會上贏得了四百公尺金牌，奇蹟中的奇蹟是，大學發掘新秀的探子看見了她。她一直拚盡全力地跑，如今終於要離開這裡了。在巴士站時，早早替她放行李，她則站在金屬梯的最底層，外婆將自己的念珠串掛到她脖子上，母親隨即一把將她拉入懷中。

「我還是不明白，妳怎麼會想大老遠地跑到加州去？」她說：「這裡就有一些好得不得了的學校。」

她輕笑一聲，好像只是在開玩笑，好像她之前沒有想方設法說服茱德留下。她倆都知道她沒辦法，她已經接受了加州大學洛杉磯分校的田徑獎學金——難道她有可能考慮拒絕？——現在正站在巴士前面，等著上車。

「我會打電話回來。」她說：「也會寫信。」

「最好是。」

「不會有事的，媽。我會回來看妳。」

但她倆都心裡有數，她永遠不會再回到野鴨鎮。在車上，她玩弄著念珠，暗自想像母親搭著這樣的巴士離開野鴨鎮的情景。只不過她不是一個人，旁邊有絲黛兒凝望著深沉夜色。茱德將破爛的平裝書擺在腿上，臉貼著朦朧不明的窗玻璃。她以前沒看過沙漠，看起來好像沒有盡頭似的。隨著時間流逝，又走了一哩路，她也更加遠離了自己的人生。

大夥兒會叫她「焦油寶貝」。

午夜。黑妞。泥餅。笑一個，不然看不見妳。他們還會說：「妳太黑了，完全融入黑板裡了。」「妳肯定可以光著身體去參加葬禮，白天裡螢火蟲肯定會跟在妳後面飛，妳游泳的時候看起來肯定像漏油。」他們想出許許多多的玩笑話，有一次，年屆四十好幾的時候，她在舊金山一場餐宴上一一細數了出來。**蟑螂肯定是妳的表親，妳肯定找不到自己的影子**等等，她好驚訝自己竟然記得這麼清楚。在那場餐會上，她強迫自己笑，儘管當下一點也不覺得好笑。那些玩笑並沒有錯，她確實是黑，藍黑色，不對，是黑到發紫，黑得像咖啡、像柏油、像外太空，黑得像世界的起點與盡頭。

起初，外婆會盡量不讓她曬太陽，給她戴上一頂大大的園藝帽，下巴的帽帶綁得老緊，幾乎害她不能呼吸。戴著帽子無法跑步，但她熱愛跑步，而且情不自禁，愛蒂兒則求她至少等到太陽下山。她整個夏天都在屋裡看書，有時候覺得被關到快發瘋了，就到院子裡追著陰影跑，頭上戴著那頂令人窒息的大帽子，還有長袖子蓋住汗涔涔的雙臂。她沒有變得更黑，可是在野鴨鎮住得愈久，她好像就愈黑。學校團體照裡的一個黑點，禮拜彌撒座位上的一個黑斑，其他孩子游泳時，逗留在河岸邊上的一道黑影。黑得那麼透徹，讓人只會看到她。像牛奶裡的蒼蠅，污染了一切。

在級任教室裡，她後面坐著拉尼．古鐸，是校隊投手，整節課都拿紙團丟她的背。他有雙灰色眼睛，赤褐色頭髮遮蓋了頸背，臉頰布滿雀斑。是個漂亮的男孩。所以想到他正瞪著她看，捲起衣袖，露出白皙到能看見棕色毛髮的前臂，屈起夾著紙團的手指，就讓她如坐針氈。接著她感覺到脖子被輕拍了一下，後面幾個男生低聲竊笑。她從未回過頭。有一回，拉尼被嚴希老師逮個正著，被罰放學後留下。出教室時，茱德從正在擦黑板的他身旁經過，他扁嘴笑了笑，將板擦滑過瀰漫的粉塵。回家的整條路上，她一再回想那一刻，回想他的嘴唇，介於苦相與微笑之間。

拉尼．古鐸是第一個喊她焦油寶貝的人。她搬到野鴨鎮一個月後，他在教室的置物箱裡發現一本《布雷爾兔》，立刻興高采烈地敲敲封面上那團又黑又亮的東西。「你們看，這是茱德。」他說道，她卻嚇壞了，沒想到他知道她的名字，直到全班笑成一團，她才發覺他在取笑她。他因為擾亂自修而遭到處罰，老師脹紅了臉，立刻將書取走。不過當天晚上吃過飯後，茱德問母親什麼是焦油寶貝。母親頓了一下，把髒盤子泡入洗碗槽。

「就是個很老的故事，」她說：「怎麼了嗎？」

「今天有個男生這樣叫我。」

母親慢慢地將手擦乾，然後在她面前蹲下。

「他只是想惹妳生氣。」她說：「別理他，等他自己覺得無聊就不會再那樣了。」

可是他沒有。拉尼會把她的襪子弄得全是泥巴，把她的書丟進垃圾桶，在考試時撞她的椅腳，扯她綁頭髮的緞帶，還會在她聽得到的地方大唱改了歌詞的「什錦水果，黑茱德」。五年級上課最後一天，他絆了她一跤，害她摔下學校階梯擦破膝蓋。外婆在餐桌旁將她的腳抬放到自己腿上，用棉球輕輕擦拭血跡。

「說不定他是喜歡妳。」嬤嬤說：「小男生總會想盡辦法整自己喜歡的女生。」

她試著想像拉尼牽著她的手，從學校替她抱書回家，親吻她，他的長睫毛甚至搔得她臉頰發癢。她想像拉尼摟著她，和她並肩坐在戲院裡，或是巡迴式遊樂場的摩天輪頂端。但無論如何，腦中出現的畫面總是拉尼把她推進泥巴坑，或是把口香糖黏在她頭髮上，或是罵她臭女生，再不就是揍得她嘴唇綻裂、眼睛腫得睜不開。記憶裡的畫面，父親總會奪門而出，母親坐在地上啜泣，臉埋進沙發軟墊裡。有一次，他沒有馬上離開，反而拉過母親，讓她的臉貼在他的肚子上，然後輕拍她的頭髮。母親嚶嚶飲泣，但沒有縮離，彷彿在他的觸摸下獲得安慰。

最好還是想像拉尼揍她。另外那個情景，那溫柔的部分，更令她驚恐。

在羞辱與玩笑之前，在嘲笑捉弄、襪子被泥巴弄髒、椅子被踢翻、午餐桌邊空無一人之前，在這一切都尚未發生之前，先來了一堆問題。她叫什麼名字？她從哪兒來？為什麼要來這裡？第一天上學時，與她共用課桌的露易莎．盧比杜探過身來，問說剛才陪她來的那位太太是誰。

「我媽。」茱德說。不是一看就知道嗎？她陪她到學校來，還牽著她的手。不然還會是誰？

「不過不是妳的『真媽媽』，對不對？」露易莎說：「妳們看起來一點也不像。」

茱德略一停頓後說道：「我像爸爸。」

「那他在哪裡？」

她聳聳肩，但其實她知道答案。在華盛頓的家，她們離開的地方。她已經開始想念他了，儘管仍可看到母親頸子上的瘀青，儘管仍記得長期以來在她身上看過的大大小小瘀痕，在身體曲線中出現的深暗污點。有一次在泳池的更衣室，她瞪大眼睛看著母親換泳衣，換到一半卻突然停住，因為發現大腿上有一塊褪了色的瘀青。她靜靜地重新穿好衣服，然後告訴茱德，她決定今天在池邊看她游就好。回家後，父親以親吻迎接母親進門，茱德發現只要努力一下，就能假裝那些瘀傷來自其他地方。說來神奇，她與父母一方的關係並不會影響到與另一方的關係。因此對父親的記憶是，他躺在她身邊的地毯上翻漫畫書，而不是拉著母親的頭髮將她拽進臥室——不，那是另一個男人。當碎玻璃掃乾淨了，地磚上的血跡擦掉了，當母親躲進浴室拿冰袋摀著臉，她真正的爸爸便回來了，帶著微笑撫摸她的臉頰。

「為什麼我長得不像妳？」那天晚上她問母親。她坐在沙發前的地毯上讓母親綁辮子，因此看不見她的表情，卻感覺到她的手停下來。

「不知道。」母親過了好一會兒才說。

「妳就長得像嬤嬤。」

「有時候事情就是這樣啊，寶貝。」

「我們什麼時候要回家？」她問道。

「我是怎麼跟妳說的？」母親說：「我們得在這裡住一陣子。好了，別再扭來扭去，讓我把辮子編完。」

她漸漸確定，母親根本沒有回家的打算，甚至沒有去其他地方的打算，每次母親假裝說有，都是在撒謊。第二天，她獨自吃午餐時，露易莎在三名米褐色肌膚的女孩陪同下堵住了她。

「我們不相信妳，」露易莎說：「那個人是妳媽？她那麼漂亮怎麼可能是妳媽。」

「她不是。」茱德說：「我真的媽媽在其他地方。」

「哪裡？」

「我不知道，就是其他地方。我還沒找到她。」

不知為何，她想的是絲黛兒——這名女子同樣一點也不像她，卻會是較好的母親樣板。絲黛兒不會因為招惹父親而挨打，不會半夜叫醒茱德，逼她坐火車去一個會被其他小孩嘲弄欺負的小鎮。她會遵守承諾，絲黛兒不會一而再、再而三答應要離開野鴨鎮，結果還是賴著不走。

「妳要小心媽媽。」有一次父親這麼警告她：「她還是跟那些人一樣。」

「哪些人？」她躺在他旁邊的地毯上，看他玩拋接子，一雙大手在她眼前模糊晃動。

「她家鄉那些人。」他說：「妳媽媽還是有那麼一點基因，她還是覺得自己高我們一等。」

她不完全明白他的意思，但是能身為「我們」的一分子覺得很開心。一般人以為獨一無二會讓人變得特別，其實不然，那只會讓你變得孤單。能歸屬於另一個人才是特別。

上了高中，衝擊她生活的已不再是那些外號，而是孤單。孤單的心情始終令人難以適應；每回以為自己適應了，其實是陷得更深。午餐時她一人獨坐，翻閱著便宜的平裝書。週末時從未有人來找過她，從未有人邀她上館的餐館吃飯，也從未有人來電只為了問她好不好。放學後，她獨自去跑步。她是田徑隊上跑得最快的女生，若換作另一座城鎮、另一支隊伍，她說不定可以當上隊長。可是在這座小鎮的這支隊伍中，她只能在練跑前獨自做伸展操，在校隊巴士上落單獨坐，贏得全州錦標賽金牌後，也只有韋佛教練向她道賀。

儘管如此，她還是照跑。她跑步是因為喜歡跑，因為她希望有一項專長，因為父親也參加過俄亥俄州的賽跑，每回穿上防滑跑步鞋繫鞋帶時，她都會想起他。有時候，在棒球場休息區後面繞圈跑步時，她會感覺到拉尼凝視的目光。她跑步時會有個猛拉步伐的動作，不美觀也不平穩，是個壞習慣，教練曾試圖糾正但沒有成功。拉尼八成覺得她姿勢怪異，或者只是想取笑她，笑她一身烏漆墨黑還穿了強烈對比的白上衣白短褲。只有跑步時，她覺得自己其黑無比，但也只有跑步時，她覺得自己的黑皮膚變淡了，什麼都變淡了。

她穿的金色跑步鞋是某年聖誕節向早早求來的禮物。母親聽了嘆氣。「妳就不想要一件漂亮的洋裝嗎？」她問道：「或是新耳環？」每年將盒子推過地毯時，她都一副受不了、碰也不想碰的模樣。「又是運動鞋。」她神情抑鬱地看著茱德取出薄紙，說道：「說真的，我一輩子也無法了解一個女孩家怎會想要這麼多運動鞋。」

十一歲那年，早早買了第一雙跑步鞋給她，是他在芝加哥找到的白色紐巴倫。隔年，他去堪薩斯辦差，沒來過聖誕；再隔年，他回來了，好像從未離開過似的，還帶了一雙新鞋，那時候對他的來來去去，她早已習以為常，就像四季的更迭一樣。

「那傢伙又在到處拈花惹草了。」外婆老是這麼說。她從來不喊早早的名字，總是說「那傢伙」，有時候只說「他」。她不贊成女兒和人同居，但早早從來待得不久，稱不上同居，這樣也不知是好是壞。不過現在想來，每當早早季一到，母親便會開始產生變化。首先，屋子蛻變，母親會踩上椅子扯下窗簾，拍打地毯除塵，清洗窗戶。接著是她的服裝：母親會去買雙新絲襪，會將幾個月前開始縫製的衣裳完成，會把鞋子擦得閃閃發亮。最後也是最令人難為情的部分：母親會像個虛榮的女學生對鏡梳妝打扮，將長髮披到一邊肩膀上，然後換另一邊，還會試用有草莓味道的新洗髮精。早早很喜歡她的頭髮，所以她總會格外用心。有一回，茱德看見他從母親背後靠上前去，將臉埋在她的一把秀髮中。她不知道當下希望自己是誰，早早或母親？美麗的人或注視的人？那種渴望讓她難受到不由得別過頭去。

母親從來不會意識到早早季開始了，但嬤嬤知道。這也是早早季的一個特徵：她和外婆這對暫時的盟友會建立起加倍的革命情感。

「男人那麼多，」嬤嬤說：「整個鎮上男人那麼多，她偏偏就要追著他跑。」

在外婆房裡，茱德費力地探身到床的另一邊拿眼藥水，那是外婆抱怨眼睛乾澀後，布萊納醫師開的藥方。每天晚上就寢前，外婆都會把頭枕在茱德腿上，花白頭髮散成扇形，茱德則小心翼翼地往她兩眼各滴一滴藥水。

「真該讓妳瞧瞧。」外婆說：「有多少男生喜歡她們。」

她偶爾還是會這樣，談起茱德的母親時會用「她們」。茱德從未糾正過她。她緩緩滴下藥水，外婆往上朝著她眨眨眼睛。

德姿蕾從巴士站朝著女兒的車揮手，一直等到灰狗巴士駛過轉角看不見了，她才揩去淚水。如果女兒真的從後車窗往外看的話，她不希望她最後看見的是母親傻傻地哭得好像再也見不到她。早早遞上一條手帕，她笑著輕輕擦了擦眼睛說：「我沒事，我沒事。」雖然沒有人問，她也不是沒事。後來搭他的車到盧的「蛋屋」當班，在穿圍裙時她才領悟到過去十年來，一天都是這樣展開的，只不過這次卻不知何時才能再見到女兒。

十年．她回家十年了。有時候她會環顧屋內，搖搖頭，似乎仍然不明白自己是怎麼回來的。她好像身在《綠野仙蹤》裡，但不是房子掉到她頭上，而是她從屋頂墜落後醒來，事隔多年，卻赫然驚覺自己仍在原處。盧給的工資不夠她搬到別處去。她不能再次丟下母親不管。她依舊希望絲黛兒會自行返家。而即便絲黛兒沒回來，在這裡，遊走在絲黛兒的舊物當中，也讓德姿蕾覺得離她較近。絲黛兒坐過的餐椅，絲黛兒取名叫「珍妮」的玉米娃娃。屋裡的各個角落，絲黛兒曾碰觸過的門把或毛毯或沙發墊，都有她殘留的隱形指紋。

她在這裡也算過著安樂的生活，不是嗎？和母親、女兒、早早一起，早早會離開，持續不斷地離開，但也會持續不斷地回來。他來的時候，德姿蕾彷彿又變成小女生，歲月驀地遠去，猶如肉脫離了骨頭。他的到來總顯得有些神奇。有一次，她端著一份炸牛排加蛋上桌，忽然發現早早坐在吧台末端，嘴裡咬著牙籤。還有一次，她關好店門一轉身，便看見早早斜靠在對街的電話亭。她疲累不堪，但見到他還是開心地笑了，那種出乎意料的感覺有如春天乍然降臨，前一天還是霜寒時節，第二天便花團錦簇。

「我剛好想到妳。不知道妳在做什麼。」他會這麼說，就好像只是回家途中順路經過，而不是老遠從南卡的查爾斯頓徹夜兼程趕路，強睜著惺忪睡眼，以便早一點回到她身邊。

當然了，她從來也沒做什麼特別的事，一成不變的日子全混在一起，事後想想覺得安心。沒有驚喜，沒有突如其來的憤怒，沒有男人一下子抱著她一下子揍她。現在的生活很安定。她知道每天會是什麼樣子，除了早早的出現之外。他是她生活中唯一料不準的元素，總是只待一、兩天就又走了。有一回，他說服她向盧請病假，說要帶她去釣魚。當然什麼也沒釣到，但下午過了一半，兩人漂浮在如鏡的湖面，他吻了她，手指溜伸到她衣服底下輕輕摩挲。這是近幾個月來最令她心蕩神馳的事了。

當早早進城，德姿蕾溜出門去旅社見他時，她母親會變得陰沉，緊抿雙唇死盯著門看。

「妳為什麼要跟那傢伙鬼混？」她說：「又定不下來，又找不到像樣的工作。」

「他有工作。」德姿蕾說。

「不像樣啊！」母親說：「外面說不定有一大堆女人追著他跑，什麼樣的都有……」

「那是他的事，我管不著。」

她沒問過早早在野鴨鎮外面和誰過夜，他也沒問過她。每當他離開，她會想念他，但也不禁納悶是不是正因為他總是離開，他們才能處得來。他不是甘於安定的人，或許她也不是。當她想到婚姻，就想到和山姆一起困在一間不透氣的公寓，時刻提高警覺，準備迎接他無可避免的怒氣，就算氣氛平靜也是如此。但是和早早很輕鬆。他沒有黑暗面。他們不會爭吵，就算哪天生他的氣也不用擔心，因為他很快就會再次離開。他不會困住她，因為他也不肯困住自己。他來的時候，她都得費盡唇舌說服他住在家裡。

「唉，不知道耶，德姿蕾。」他會緩緩搓著下巴說。

「我又不是跟你討戒指，」她說：「也不是真的想討什麼東西。要我每次跑到旅社來，實在很沒道理。而且我覺得對茱德來說，最好還是……」但她沒把話說完。她從來不想讓早早以為她期望他為她女兒盡父親的責任。他完全不欠她們母女倆。他們之間的關係絕對不涉及虧欠。

「那妳媽媽呢？」他問。

「不用擔心她，我會處理的。我只是覺得……反正就是沒道理嘛。我們兩個都成年人了，這樣偷偷摸摸很累人。」

「那好吧。」他說。

下一次他再到鎮上來，便去她母親家找她。他站在門廊上，仔細地解開髒靴子的鞋帶，進屋後的模樣就像進到一家高級商店，唯恐打破什麼東西。可笑的是他帶了可以擺在餐桌上的花，她給花瓶裝了水，感覺宛如在玩家家酒扮夫妻。早早就像電視裡面的丈夫，在門口對她說「親愛的我回來了」。他還在旅途中買了禮物：送她一只新皮包，送她母親一瓶香水，但母親不肯謝他，還有送茱德一本書。她已經向女兒解釋過，早早會來同住。

「就不走了？」茱德問。

「不，不是不走了。」德姿蕾說：「只是有時候，他進城的時候。」

女兒頓了一頓，接著說：「也許不應該是他來這裡，也許我們應該跟他走。」

「沒辦法，寶貝。他連一棟房子都沒有。所以我們才得留在這裡。不過他會來找我們，會給妳帶來好東西。這樣不好嗎？」

她當然清楚得很，女兒一心只想離開。打從到達野鴨鎮的那天起，她就想離開這裡，而德姿蕾則心懷羞愧地一再承諾她們會走。她無法向茱德保證其他同學會對她好、會跟她一起吃午餐、會找她一塊兒玩，因此當又有人開生日派對卻沒有邀請茱德，德姿蕾便對女兒說，只要離開野鴨鎮，這些都不要緊了。離開是她唯一能給的承諾。可是看著早早和茱德一起在地毯上看書，她忍不住暗忖，對茱德來說，留下來或許不是最糟的選擇，至少她在這裡有家人，有人愛她。夜裡，德姿蕾抱著女兒，跟她說自己童年的事。一開始她說：我有個妹妹叫絲黛兒；後來變成：妳有個姨媽；再後來則是：很久以前，有個叫絲黛兒的女孩住在這裡。

多年來，早早僅僅確定絲黛兒·韋涅如今已經不再叫絲黛兒·韋涅。

她在紐奧良和波士頓都叫絲黛兒·韋涅，後來線索斷了——他猜想是她結婚了，但在她待過的地方卻完全找不到絲黛兒·韋涅的結婚登記。這麼說她是在其他地方結的婚。他認為她仍然叫絲黛兒，連名帶姓都改，太難適應了。只有專業的騙子才可能採納全新身分，絲黛兒可不是什麼專業人士。如果沒有預期會有人找妳，何必小心謹慎呢？她確實太草率了，才會讓他找到她在波士頓的住處。

「噢，她人很好。」接到他電話的房東太太說道：「安靜不多話，在市區上班。大概是百貨公司吧？後來忽然就走了。不過她人真的很好，從來不惹麻煩。」

他想像絲黛兒站在香水櫃台後面，拿著粉紅香水瓶對著經過的女士噴灑，或是聖誕期間包裝玩偶作為禮物。他做過一、兩次這樣的夢：他在西爾斯百貨裡面追著她跑，絲黛兒則躲到衣架和鞋架後面去。

「她有男朋友嗎？」他問道。

房東太太一聽沉默下來，隨後說她得去忙了。一個黑人男性在打聽白人女性——她已經說得太多。但對早早而言還不夠，連個聯絡地址都還沒打聽出來呢。絲黛兒沿路撒麵包屑，這簡直比毫無線索還糟。簡直是——因為他根本不想找到絲黛兒。

至少，一開始有一陣子，他是真心想找到她，他這麼告訴自己。如今回想起來，倒不那麼確定了。也許從頭到尾都是德姿蕾的意志牽著他走。他想取悅她，所以才會主動提議要去找絲黛兒。他想找絲黛兒是因為德姿蕾希望找到她；那些希望交疊成一個單一欲望，促使他循線追蹤多年。可是絲黛兒並不想被找到，那份執念似乎更加強烈。德姿蕾拉了一把，接著絲黛兒又更用力地扯一把。早早就這麼卡在中間。

結果他一不留神，光陰就直接掉出了口袋。一天早上，他爬下德姿蕾的床時，發現自己多了根花白鬍子，便在浴室鏡子前花十分鐘翻找其他白鬚，也是第一次對自己的長相感到震驚。他懷疑自己愈來愈像父親了，這就跟變成陌生人一樣令人惶惶不安。忽然感覺到一雙臂膀環抱住自己的腰，德姿蕾隨即貼到他背上。

「你照鏡子照夠了嗎？」她問。

「我發現一根白鬍子，喏，就在這裡。」他說。

她大笑起來。經過這麼些年，這笑聲依然讓他感到愉悅，當她的笑聲如爆破般襲來時，他也仍會被震懾住。

「拜託，難不成你還以為自己會永遠年輕可愛？」她說著將他拉到一旁，好讓她可以刷牙。他靠在門邊看著她。多數清晨，她要在四點去替盧開店門，所以他醒來時她都已經出門了。但話說回來，多數清晨他都不是在這張床上醒來。他會躺在車子後座或是手腳大開仰臥在某間破汽車旅館的髒污床墊上，想像著德姿蕾的房間：深色木板牆、擺滿照片的梳妝台、藍色印花床罩。她兒時的房間，曾經與絲黛兒共用的床。早早已養成睡在絲黛兒那側的習慣，有時候兩人雲雨時，他會覺得害羞，好像絲黛兒就坐在梳妝台上看著。

德姿蕾潑水洗臉。他好想再把她拉回床上。和她在一起怎麼都嫌不夠。他永遠無法隨心所欲地愛她，付出滿滿的愛。滿滿的愛會嚇著她。每次回野鴨鎮，他都想著要帶一枚戒指，這麼做至少她母親終究會尊重他，說不定還會開始拿他當兒子對待。可是德姿蕾始終不想再婚。

「那一切我都經歷過了。」她說話的口氣疲累得有如軍人在談論戰爭。就某方面來說，那的確是一場戰爭，她永遠贏不了，只希望能倖存。她把山姆怎麼傷害她的事全告訴他了：抓她的臉撞門、拉著她的頭髮拖行過浴室地板、反手掮她的嘴，在手上留下一條條口紅印與血痕。她輕摸早早的嘴，他順勢親她的指尖，同時試著將十年前他在電話上聽到那個溫文的聲音與她描述的這個男人結合在一起。她不知道山姆現在住在哪裡，但早早當然已經追蹤到了。他和新娶的妻子還有三個兒子住在維吉尼亞的諾福克，那三個兒子長大都成了凶惡之人，正是這世界最不需要的那種人。不過他從未告訴德姿蕾。說了又有何益？

「昨晚茱德打電話來了。」德姿蕾說。

「是嗎？她過得怎樣？」他問道。

「你也知道她那個人，從來不會跟我多說什麼，但我想她過得不錯，她喜歡那個地方。她要我跟你問好。」

他嘟囔一聲，不太相信遠在千里之外的她還會想到他。他只會讓她想起不在身邊的父親。德姿蕾拍拍他的肚子。「水槽漏水了，你去瞧瞧好嗎，寶貝？」

至少她是溫柔地問。不像愛蒂兒，隔著餐桌幾乎看都不看他，最後出門上工從他身邊經過時，高喊一聲「椅子腳會晃」，對待他有如高一等的雜工。或許他就是吧。他是一棟自己幾乎不住的屋子的男主人。他是一個根本不像他的女孩的父親。

廚房裡，他擠在水槽下方，背隱隱作痛。現在所有問題都漸漸追趕上來了，夜裡窩睡在車上、長時間躲藏在狹窄空間，他已經不年輕，不再是那個每次接到新工作啟程出發時總會瞬間精力勃發的小伙子了，如今有的只是疲憊，甚至於厭倦。他已追捕過各式各樣的人，卻依然沒有找到他搜尋最久的人。

在最美好的夜裡，他會安坐在德姿蕾床上幫她的腳按摩，看著她梳理頭髮，聽著她哼歌。他脫下外褲，她穿著睡衣爬上床來，即便如此感覺還是太多層——其實這是他們告訴自己的謊言——因此她一關燈，他的四角褲已經褪到腳踝處，她的睡衣也撩高到腰際。他們盡可能地安靜，但不一會兒，他便不在乎被人聽見，因為這樣的夜晚何其少。旅途上，他總得努力回想如何獨自入睡。

「愈來愈難了，妳知道嗎？」有天晚上他對德姿蕾說：「時間愈久就愈難。人有時候會疏忽，可是……」

「我知道，」她說。她的肌膚在月光下顯得銀白，他朝她翻過身去，觸碰到她的臀部。她竟如此纖瘦，偶爾他會忘記，尤其是離開得太久之後。

「也許她自己會回來。」他說：「想家吧。也許等她年紀大一點，會覺得這一切都不值得。」

他伸長手摸摸德姿蕾的柔細鬈髮。他對她的感覺既飢渴又飽脹，幾乎到難以承受的地步。但她從他身邊翻轉開來。

「太遲了，」她說：「就算是她回來。她人已經不在了。」

在洛杉磯，誰也沒聽過野鴨鎮。

大一一整年，茱德都很樂於逢人就說地圖上找不到她的家鄉，起初相信的人少之又少，特別是瑞斯・卡特堅稱每個城鎮一定都存在地圖上某個角落。加州人不像他那麼多疑，輕易就相信路易斯安那的小鎮有可能太微不足道，地圖繪製者不一定會注意到。不過瑞斯也是南方人，從小在阿肯色的黃金城長大，這城名聽起來比她的家鄉還要奇幻，卻仍可在地圖上找到。因此四月某天晚上，她拖著他上圖書館，翻找一本大地圖。他們剛剛冒雨進來，瑞斯的額頭覆滿一綹綹鬆散濕髮，她很想把他滴水的頭髮往後撥，但卻轉而指向一張路易斯安那的地圖，阿查法拉亞河與紅河交會處的下方。

「你看，」她說：「沒有野鴨鎮。」

「不會吧？」他說：「真的沒有。」

他俯身越過她的肩頭凝神細看。去年萬聖節，她被室友艾莉卡拉著去參加一場田徑聚會，他倆就是在聚會上認識的。艾莉卡是短跑選手，來自布魯克林，對洛杉磯抱怨個沒完：空氣污染、塞車、沒火車。她的諸多不滿讓茱德更意識到自己滿心感激，而感激之情只會更加顯出她的匱乏，因此她盡量藏在心裡。入住當天，艾莉卡瞄了茱德的兩只行李箱一眼，問道：「妳其他東西呢？」她自己桌上亂糟糟的一堆唱片，牆上貼滿朋友的照片，衣櫥裡則塞滿閃亮的上衣。茱德靜靜地將自己所有的東西打開來，然後說其他東西還放在儲藏室。後來艾莉卡從未舊話重提，茱德便知道自己是喜歡她的。

萬聖節那天，艾莉卡套上一件亮晶晶又寬鬆的紫色洋裝，搭配一頂冠飾，茱德則拿了一對鬆垮的貓耳朵。在浴室裡，她坐在馬桶蓋上，艾莉卡彎腰站在她面前，替她刷上電音藍眼影。

「妳知道嗎？只要妳稍微用心一點，是可以很漂亮的。」她說。

可是鮮豔的藍色只會讓她看起來更黑，於是赴會的整趟車程中，茱德不斷輕按眼睛。後來瑞斯告訴她，他第一個注意到她的就是藍色眼影。進了狹小公寓後，她跌跌撞撞跟在艾莉卡後面，擠過一群女巫、幽靈和木乃伊。艾莉卡去裝滿冰塊的浴缸拿啤酒時，茱德從另一道門口潛身而入，這一切簡直讓她驚奇不已。她從未受邀參加過陌生人辦的派對，心裡緊張得要命，一開始根本沒注意到有個牛仔坐在沙發上。他有一頭金棕髮，長相俊美，下巴滿是鬍碴。他穿著生牛皮背心，內搭一件藍色格子花呢襯衫，下面是褪色牛仔褲，脖子上繫著一條紅領巾。她感覺到他在看她，不知如何是好，便說：「嗨，我叫茱德。」

她拉一拉裙襬，已然感到尷尬。但牛仔微微一笑。

「嗨，茱德，」他說：「我叫瑞斯。喝啤酒。」

她喜歡他的口氣，比較像命令而不是提議。不過她搖頭。

「我不喝啤酒。」她說：「我是說我不喜歡那口感，而且喝了會覺得遲鈍。我是賽跑選手。」

她說得拉拉雜雜，他的頭卻微微一偏。

「妳是哪裡人？」他問道。

「路易斯安那。」

「哪個地方？」

「一個小鎮，你沒聽過的。」

「妳怎麼知道我有沒有聽過？」

「相信我，」她說：「我就是知道。」

他笑起來，接著將啤酒斜遞過去。「妳真的不想喝一口？」

或許是他的口音，跟她一樣有南方腔。或許是他太俊美，也或許是因為滿滿一屋子人，他卻選擇找她說話。她朝他跨前一步，接著又一步、再一步，直到站進他兩腿之間。這時，一群男生吵吵鬧鬧抬著一只酒桶擠進來，瑞斯伸出手將她拉進安全範圍。他的手勾住她的膝蓋後側，接下來幾個星期，每當她想起那天的派對，都只記得他手指在她裙邊流連不去的感覺。

此時，在潮濕的圖書館內，她翻閱著地圖集，從路易斯安那，到美國，再到世界。

「我小時候，」她開口道：「大概四、五歲吧，我以為這些都只是我們這邊的地圖，就好像世界的另一邊畫在另一張地圖上。爸爸說我很笨。」

父親帶她去了公立圖書館，當他轉動地球儀，她才知道他說得沒錯。然而看著瑞斯的手指劃過地圖，她內心仍有一部分希望父親是錯的，希望無論如何，這世界都還有更多事情等著被發現。

五

出了黃金城的路上，泰芮絲．安妮．卡特成了瑞斯。

他在德州布蘭諾剪了頭髮，用一把偷來的獵刀，在貨車休息站的廁所裡胡亂割掉幾吋。到了阿比林外圍，他買了一件藍色格紋襯衫和一條有著銀色公馬帶釦的皮帶；襯衫現在還在穿，帶釦則是因為沒錢在艾爾帕索當了，但他提起時仍戀戀不捨，腰間也還能感覺到它垂掛的重量。到新墨西哥州的索科羅後，他開始用白色繃帶纏胸，接著來到拉斯克魯塞斯，他重新學習走路，兩腿開開的，抬頭挺胸。他對自己說這樣搭便車比較安全，但事實上他一直都是「瑞斯」。到了亞利桑那的土桑，他反而覺得泰芮絲才是變裝的那個。一個能在千里之內脫除的人，會有多真實呢？

到達洛杉磯後，他在洛加大附近一間健身房找到清潔工作，從那裡認識的一些健美選手得知到哪兒能找到好東西。在肌肉海灘上，他徘徊在一大群穿著無袖背心、在午後陽光下大秀肌肉的男子周邊。有人說，去找撒德；他見到人了，虎背熊腰，除了稀疏的鬍子，看不見一根毛髮。當瑞斯好不容易鼓起勇氣上前，卻被撒德大手揮撥到一旁。

「小子，帶五十塊錢來。」他說：「到時候才有得談。」

於是一整個月他省吃儉用，直到存夠了錢之後，來到木棧道旁的一間酒吧找到撒德。撒德帶他進入男廁，掏出一只小瓶。

「你以前打過嗎？」他問道。

瑞斯搖搖頭，瞪大雙眼直盯著針頭。撒德笑起來。

「我的天，小子，你幾歲啊？」

「夠大了。」瑞斯說。

「這玩意可不是好玩的。」撒德說：「會讓你覺得不一樣，會讓你的寶貝傢伙軟趴趴。不過我猜你還不必擔心這些吧。」

「是的，大哥。」瑞斯說，撒德便示範給他看。從那時起，他從無數撒德那邊買了無數類固醇，每次交易都和他第一次站在那間廁所裡面的感覺一樣污穢。他和一些四肢發達頭腦簡單的人約在暗巷碰面，握手時感覺到小瓶子被塞進自己手心，或是在健身房置物櫃裡收到全無標示的紙袋。如今七年過去了，泰芮絲．安妮．卡特只不過是猶尼昂郡政府檔案室裡一張出生證明上的姓名罷了。誰也看不出他曾經是她，有時候連他自己也難以相信。

在暗房裡亮著的紅燈底下，他不帶感情地說出這番話，手裡忙著將空白照片放入顯影液中，眼睛沒看茱德。萬聖節派對的數星期後，他們開始在這裡碰面。她原本並不期望會再見到他，要不是回家途中，艾莉卡在車上提起她見過那個帥哥牛仔，說他就在附近的健身房工作，兩人可能也不會再見。茱德開始上那兒去跑步，但其實她很討厭在室內跑步——沒有天空、沒有新鮮空氣，只能在原地盯著自己的倒影跑。沒有一點讓她滿意，除了當瑞斯慢慢走到她旁邊擦拭健身車的時候。他倚靠著手把問道：「妳的耳朵呢？」

她瞄了鏡子一眼，滿心困惑，後來才明白他說的是她那無聊的道具。她笑出聲來，沒想到他還記得她在派對上的打扮。但他當然記得了。在這校園裡，在整個洛杉磯，還有誰像她這麼黑？

「八成是忘了帶。」她說。

「可惜，我挺喜歡的。」他說。

他穿了件石板灰色T恤，胸前橫印著一副銀色啞鈴。當班時，有時覺得無聊，他就吊上單槓拉幾下。他之所以應徵這份工作就是因為可以免費使用健身器材，經理也不在乎他是外地人又沒證件。不過他真正的夢想是當專業攝影師。他邀她找一天去參觀他的工作，於是他們開始每週六約在學校暗房見面。此時，他看著照片，她則看著他，暗自想像泰芮絲的模樣，卻想像不出來。她只看見瑞斯，邋邋遢遢的臉，襯衫袖子捲到手肘高，一綹頭髮老是掉到額頭上。英俊得當他抬起眼來，她不敢逼視。

「聽了這些妳覺得怎麼樣？」他問道。

「我也不知道。」她回答：「我從來沒聽說過這種事。」

其實不盡然如此。一直以來她都知道人的一生當中可能有兩個不同分身，但也許只有一部分人做得到，也許其他人都始終沒變。她曾經試圖讓皮膚變白，就在她到野鴨鎮的第一年夏天。當時她年紀還小，相信這種事是有可能的，但也已經大到足以明白這需要一定程度的、不可言喻的神祕力量，魔法。她不至於笨到期望自己有一天會變白皙，但也許可以是深棕色，怎麼樣都比這一身無窮無盡的黑來得好。

這樣的魔法無法強求，但她極盡全力以念力召喚。她在《*Jet*》雜誌上看過一則Nadinola的廣告：一名焦糖膚色的女子——以野鴨鎮的標準算黑，但以她自己的標準算白——紅唇綻開微笑，一名褐色皮膚的男子在她耳邊低語。有清澈、透亮、Nadinola白的膚色，人生會更有趣！她立刻撕下這頁廣告，摺成小方塊，隨身攜帶了好幾個星期，由於開開闔闔過於頻繁，使得女子唇上出現白色摺痕。一罐乳液，她需要的只有這個。只要在皮膚塗上厚厚一層，到了秋天，她就能變得較白，煥然一新地回學校去。

可是她沒有兩塊錢可以買乳液，也無法向母親開口，那只會招來一頓罵。她會說，別去管那些孩子。但不只是因為同學，茱德也想改變，她不明白為什麼就這麼難，也不明白為什麼要對任何人解釋。

說也奇怪，她覺得外婆可能會理解，便將破爛的廣告紙拿給她。嬤嬤盯著看了片刻，又交還給她。

「有比這個更好的辦法。」她說。

一整個星期，外婆都忙著製作藥水。她往洗澡水中倒入檸檬和牛奶，叫茱德泡在裡面；她在外孫女臉上塗了蜂蜜面膜，然後再慢慢撕下；她榨柳橙汁，加入香料混合，然後塗在茱德臉上才讓她上床。沒有一樣見效，她始終沒有變白。一星期後，母親問她的臉怎麼看起來那麼油，茱德便從餐桌起身，洗掉臉上的乳液，事情就此告一段落。

「我一直很想變得不一樣。」她對瑞斯說：「我是說在我從小長大的小鎮，每個人皮膚顏色都很淡，我以為……總之沒有一個辦法有用。」

「這樣很好啊，」他說：「妳皮膚很美。」

他覷她一眼，她卻移開目光，低頭看著相紙上漾出了一棟廢棄建築。她討厭別人說她美。他們只是覺得應該說，才會說這種話。她想起了拉尼．古鐸會趁著夜色，在長滿青苔的樹下或馬廄內或德拉佛斯家的穀倉後面親她。在黑暗中，妳絕對不會太黑。在黑暗中，每個人都是同樣顏色。

到了春天，她每個週末都和瑞斯一起度過，兩人簡直形影不離，漸漸地，大家看見其中一人便會問另一人哪去了。有時候她和他約在市區，她散步他拍照，相機袋斜背在她肩上。他會教她認識不同鏡片，也會教她怎麼拿反光板反射光線。他的第一部相機是一名男性教友送的，他是在地的攝影師，曾經在野餐會上把相機借給他拍照。男子對瑞斯的天分感到驚豔，便送他一部舊相機拍著玩。整個高中期間，瑞斯面前都擋著相機，為年級紀念冊拍攝足球賽、學校戲劇表演和鼓樂隊練習。他還拍下死在路中央的負鼠、從雲間穿射而下的陽光、牙齒都掉光的牛仔競技明星緊緊抓著拱背跳躍的馬。他什麼都喜歡拍，除了自己以外。相機鏡頭裡的他從來不是他眼中的自己。

現在他週末會去拍攝用木板釘死的廢棄建築、畫滿塗鴉的公車站、布滿一道道刮痕的車身外殼。他只拍死去的、腐朽的事物。美讓他覺得無趣。有時候也會拍她，但總是平實自然的生活照，逗留在背景中的茱德，對空發呆的茱德。她總是到了沖洗照片時才知道。透過他的鏡頭看見的自己，每每讓她感到脆弱。他送給她一張照片，是她站在某處木棧道上，她不知如何處置便寄回家去。在電話上，外婆十分讚嘆。

「妳終於有一張好看的照片了。」她說。

她所有的學生照要不是看起來太黑就是曝光過度，除了眼白和牙齒，什麼也看不見。瑞斯曾跟她說過，相機鏡頭就像人眼一樣，意思是說它不是為了注意到她而發明的。

「又來了。」每次週六一大早茱德悄悄出門時，艾莉卡都會帶著睡意說：「又要去找妳那個帥哥男友了。」

「他不是我男友。」茱德一再地說。嚴格說來的確如此。他從來沒有找她約會過、沒有陪她上過餐廳、沒有替她拉過椅子、沒有親過她或牽過她的手。不過臨時遇上大雨時，他不是會撐起自己的外套替她遮雨，自己則淋成落湯雞嗎？她參加主場田徑大賽時，他不是場場出席，在預賽時為她加油，賽後在女子更衣室外給她一個擁抱嗎？關於母親與父親、早早，甚至於絲黛兒，她不是都告訴他了嗎？在曼哈頓海灘碼頭，她倚著青綠色欄杆，瑞斯則將鏡頭對準三名釣客，咬著嘴唇，他聚精會神時總會這樣。

「妳覺得絲黛兒是什麼樣的人？」他問道。

她玩弄著他相機袋的背帶，說道：「我也不知道。我以前常想，現在好像不想知道了。說真的，什麼樣的人會丟下家人不管？」

她頓時驚覺這正是瑞斯做的事，但話已收不回來。他將家人與全部的過往一併丟棄，如今他根本絕口不提。儘管他想多了解她的生活，她也知道別去問他的事。有一次他問起她的初吻，她說是一個叫拉尼・古鐸的男生在一座穀倉外逮到她。當時她十六歲，深夜偷溜出去跑步，他有點醉了，因為偷了一瓶櫻桃酒，在河邊和幾個朋友輪流喝了整晚。她一直很好奇，他親她，純粹只因為那瓶喝光的酒嗎？她跑完一圈來到德拉佛斯家的穀倉後面時，他為何還特地跑來找她，搖搖晃晃爬過圍籬？當時她猛地停下腳步，震得膝蓋一陣刺痛。

「妳——妳在這裡幹麼？」他問道。

她回頭看一眼，一副矬樣，他笑了起來。「妳啦。」他說：「這裡只有我們兩個。」出了學校，他從來沒跟她說過話。當然，她看過他和一夥朋友在盧的店內深處的雅座打發時間，也看過他從父親的貨車車窗探出身子。但他對她總是視若無睹，彷彿知道在學校走廊以外的地方取笑她不得其所，也或許是發覺，不理會她更殘酷，發覺她寧可他出言嘲笑，也不希望他不理不睬。但偏偏在她氣喘如牛、全身髒兮兮、皮膚布滿汗珠的這個時候決定跟她說話，只讓她覺得氣惱。

他說他正要回家，抄捷徑走德拉佛斯家的穀倉這邊。放學後他幫德拉佛斯太太照料馬匹。她想不想看馬？雖然已經老得要命，但還是很漂亮。馬晚上關在馬廄裡，但他有鑰匙可以進去。她不知道自己為什麼跟著他去。也許是因為那整個晚上的發展太奇怪了——拉尼逮到了她，拉尼好聲好氣地跟她說話——她非得看看會如何結束。進了馬廄以後，她盲目地跟在拉尼身後，被馬糞味嗆得難受。他忽然停下來，藉著灑下的月光，她看見兩匹馬，一匹褐色一匹灰色，比她想像的還要高大，強壯的身軀肌肉結實、光澤亮麗。拉尼撫摸著灰馬的脖子，她也慢慢伸手去摸，輕撫牠的細毛。

「漂亮吧？」拉尼說。

「嗯，漂亮。」她說。

「妳應該看看牠們跑起來的樣子。讓——讓我想到妳。我從來沒看過誰像妳這樣跑的。步伐會猛拉起來，像小馬一樣。」

她笑說：「你怎麼知道？」

「我注意到了。」他說：「我什麼都會注意到。」

這時褐色馬踏了踏地，灰色馬受到驚嚇，拉尼連忙趁德拉佛斯太太亮燈前，拉著她離開馬廄。他們腳步輕快地跑到穀倉後面，為了差點被逮而大笑，接著拉尼便湊上前來親了她。夜又沉又濕宛如泡了水的棉花。她嘗到了他唇上的甜味。

「就這樣？」瑞斯說。

「就這樣。」

「不會吧？」

他們站在他朋友巴瑞住的公寓頂樓。當晚稍早，巴瑞在西好萊塢一家名叫「迷幻」的夜總會扮演碧昂卡。在激盪人心的七分鐘裡，碧昂卡在台上昂首闊步，寬闊的肩上纏著一條紫色蟒蛇，引吭高唱〈把所有燈調暗〉。她塗了大紅色口紅，戴了一頂像桃莉．巴頓的金色假髮。

「光是當女人還不夠，」瑞斯看秀時調侃道：「還得是白人。」

巴瑞住處有一排排假人頭戴著各色假髮，既逼真又俗豔：有褐色鮑伯頭、有黑色侍童頭，也有像歌手雪兒的直髮染成粉紅色，齊劉海筆直切過額頭。起先她以為巴瑞可能和瑞斯一樣，但後來到了他家，發現他穿著polo衫配長褲，還會搔抓長出鬍子的臉頰。週間，他在聖塔莫尼卡教高中化學，每個月只有兩個星期六會在日落大道旁一間狹小陰暗的夜總會變身為碧昂卡，其他時候他都是個高大光頭男子，毫無女人味，正因如此，看到瘋狂的群眾便成了樂趣的一部分。正因為大家都知道那不是真的，所以好玩。

樓下公寓裡喧鬧嘈雜，希爾瑪．休斯頓的新歌從窗口飄出。閨密們都來了。巴瑞總是說閨密，其實指的是晚上和他一起表演變裝秀的其他男人。到了春天，茱德參加巴瑞的派對次數已經夠多，每個人卸妝後的長相她都認得：魯伊斯穿著粉紅毛皮大衣唱古巴歌手希莉亞．庫魯茲的歌，他是會計師；傑米戴了一頂「至上女聲」的假髮和一雙阿哥哥靴，他是電力公司的員工；哈利變身為貝蒂．米勒，他是一個小型劇團的服裝設計，會幫忙其他人找假髮。閨密們接納了茱德，最後她幾乎覺得自己也成為其中一員。以前她從未有過這樣的小圈圈。而他們接納她純粹是因為瑞斯。

「那你呢？」她問道：「你的初吻是誰？」

他斜靠在欄杆上，點了一根大麻菸。「不是很有趣。」

「那又怎樣？又不一定要有趣。」

「就是個女教友。」他說：「她是我姊姊的朋友。那是在那以前。」

意思是說他變成瑞斯以前。他從來不提「以前」，她甚至不知道他有個姊姊。

「她什麼樣子？」她問道。他姊姊，他吻的女孩。泰芮絲。說誰都不要緊，她只想了解他昔日的生活。她希望他能信任她告訴她。

「我不記得了。」他說：「結果那個養馬的男生怎麼樣了？」他撇嘴一笑，將大麻菸遞給她。聽起來幾乎像在吃醋，也可能只是她這麼希望。

「沒怎樣。」她說：「我們親了幾次嘴，但後來就沒再說話了。」

她覺得太丟臉不敢老實告訴他：連續好幾個星期她晚上都到馬廄和拉尼碰面。他會在陰暗的角落鋪一條毯子，點亮手電筒，說這是他們的祕密小窩。大白天見面太危險，萬一被人看見怎麼辦？晚上，誰也不會發現，他們可以真正獨處，她不希望這樣嗎？

他不是她男朋友。男朋友會跟她牽手，會問她這一天過得好不好。可是在馬廄裡，他只會摸她、撫摸她的胸部、將手指伸進她的短褲裡。在馬廄裡，她口含著，讓他滴入她的嘴巴，鼻子吸著馬糞味。可是在鎮上，他總是看著前方無視她。然而，要不是被早早逮到，她依然會每晚去和他碰面。有一天晚上，早早聽見她偷偷出門，暗中跟著她穿過樹林，然後用力敲門，直到拉尼一面慌張拉褲子一面推她出去。她都還沒跨出門口就哭了。早早一手攫住她的胳臂，無法正眼瞧她。

「妳在搞什麼?」他說:「妳想交男朋友，就叫他到家裡來。妳不能三更半夜隨便和男生幽會。」

「他在其他地方都不跟我說話。」她說。

她開始哭得更兇了，肩膀不停顫動，早早於是將她拉入懷中。他已經多年沒有這樣抱她，是她不想要。他不是她爸爸，永遠都不會是，那個男人的暴力尚未觸及到她，他的怒氣四射，唯有她能幸免。父親讓她自覺特別，後來她始終沒再體會到這種感覺，直到拉尼在穀倉後面吻了她。

他不是她男朋友。她絕不可能笨到以為他會是。但她也無法想像會有哪個男生愛她，拉尼能注意到她就足夠了。

一陣微風吹過，她打了個寒噤，雙手抱起身子。瑞斯碰了一下她的手肘。

「妳冷嗎，寶貝?」他問道。

她點點頭，希望他能張臂摟住她。但他只脫下外套給她穿。

「我不懂，」巴瑞說:「這好像無性婚姻一樣。」

在「迷幻」後台，他坐在化妝鏡前刷著腮紅。離表演還有一小時，再過不久，化妝間鏡子前就會擠滿變裝皇后，彼此交換眼影，空氣中瀰漫著髮膠味。但現在「迷幻」幽暗而安靜，她坐在地上看著巴瑞，化學課本攤開擺在膝上。他們做了約定:他幫她做化學作業，她則陪他到狐狸山購物中心，假裝買化妝品，其實是他要的。他帶著她走過商品架通道，她挽著他的手臂，在陌生人眼中，他們可能就像戀人，一個穿著灰色長褲的高大男子，和一個伸手去拿蜜粉的年輕女子。當他到櫃台付錢，收銀員會以為他是個體貼的男士。誰也想不到他浴室的洗臉台上擺滿了瓶瓶罐罐的芳香乳液、各種眼影盤、一條條金色外裝口紅，也想不到他身邊的女孩對這些毫無興趣，儘管他總想教她化妝。她不太相信能找到適合她的色調，何況她知道別人會怎麼喊一個塗紅色口紅的黑皮膚女孩：狒狒的屁股。

不，她沒興趣在巴瑞那各式各樣的瓶瓶罐罐之間挑揀，在她看來，那些就如同化學實驗室裡的試管一樣神祕難解。開學幾週後，她已經跟不上進度。巴瑞之所以答應教她，完全是因為瑞斯開口，他怎麼樣也無法拒絕瑞斯。七年前在一間迪斯可舞廳初次見面，他覺得瑞斯帥翻了，灌了好幾杯酒以後，才終於鼓起勇氣去告訴他。

「你是怎麼說的？」茱德問道。

「妳想呢？」他說：「我邀他回家了！結果妳知道他怎麼回我？『不用了，謝謝。』」巴瑞大笑。「妳相信嗎？他竟然說不用了謝謝，好像我要請他喝咖啡。噢，我一直都很喜歡鄉下的男生，有鄉土氣又可愛，我就喜歡他們那樣。」

她試著想像自己也如此大膽地走到瑞斯面前，要跟他說什麼呢？說她無時無刻不在想他嗎？即使是現在盯著一本充滿令人費解的符號的課本，一邊和一個塗口紅的男人說話時也不例外？

「我們是朋友啊，」她說：「那有什麼不對？」

「沒有什麼不對。」他從鏡子瞄她一眼。他正在嘗試新的妝容——經典好萊塢，拉娜．透納——但腮紅太過粉紅，把他的皮膚染成橘色。「我只是從沒看過瑞斯有妳這種朋友。」

有一次買完菜，瑞斯幫忙提東西上樓時，曾開玩笑說他有時候覺得很像她男朋友，她聽了笑起來，卻不知道有什麼好笑。因為他不是嗎？因為他永遠不會是？因為儘管不可能，他卻不知為何扮演著這個角色？她沒說的是：有時候她也覺得像他女朋友，而這種感覺令她害怕。這感覺太強烈，占滿她的胸臆，讓她無法呼吸。

「我們是朋友。」她又說一遍，「我不知道為什麼你看不出來。」

「我不知道為什麼妳看不出來你們不是，」他嘆了口氣，轉頭面向她，一邊臉頰已化好妝，另一邊還是素淨的。「也不知道為什麼妳這麼抗拒。有什麼比十八歲墜入情網更美好的事？唉，妳根本不懂，要是時光能倒流，我每個決定都會不同。」

「譬如說？」她問道。

「總之就是每件事。」他又重新轉向鏡子。「這個偌大的世界啊，我們只能經歷一次。要我說呢，這是最令人悲傷的事了。」

那年夏天，她搬出了宿舍，搬進瑞斯的公寓。

她給自己列了一堆理由證明這是深思熟慮後的決定：她要在學校打工，這個安排不難理解，可是當母親聽說她不回家時，那失望的口氣讓她聽得難受，而且下一學年的住處還沒找到，有人分擔房租和菜錢，可以省錢。她可以告訴自己，做出這個愚蠢的決定是為了省錢。因此當瑞斯開口，她便答應了，不久兩人便搬著她的箱子爬上狹窄樓梯。瑞斯說他睡沙發。

「相信我，我睡過更糟的地方。」他這麼說，讓她想起他從阿肯色一路搭便車，睡在貨車休息站，或是跑進像他照片中的廢棄建築過夜，一次又一次。

一開始，瑞斯的公寓讓她覺得陌生，感覺自己像個住了太久而令人生厭的訪客。後來漸漸自在了。早晨出去跑步時，躡手躡腳經過客廳，瑞斯還蜷縮在毯子底下，頭髮掉落在閉合的眼睛前。與他共用浴室洗臉台，手指撫過他的刮鬍刀柄。晚上回到家，看見他在煮熱狗當晚餐或是燙衣服，還連她的一起燙，或是兩人一起在沙發上聽唱片，她的腳緊貼著他的大腿。他會教她開車，以驚人的耐心陪她開著他那輛咿呀作響的水星「山貓」，在空蕩蕩的購物中心停車場繞圈。

「會開車的話，哪裡都能去。」他對她說：「要是厭倦了這個城市，車一開就能到另一個城市去。」她緩緩地再繞一圈時，他轉頭對著她微笑，一隻手臂伸出窗外。離開，他說得好像再簡單不過。

「我永遠不會厭倦這個城市。」她說。

週間，她到音樂圖書館打工，沿著通道推著沉重推車，將薄薄的樂譜放回架上，最後總會因為不斷觸摸那些積塵封面而手指發乾。回家時，感覺西好萊塢和那詩意般的校園截然不同。那些磚牆校舍依然讓她畏縮不前，進入後總會壓低聲音，彷彿進到教堂，還有那一望無際的青翠草坪，不時有單車飛掠而過。在學校宿舍，四周全是胸懷大志野心勃勃的人，但是在西好萊塢這棟公寓大樓遇見的鄰居，則都已經是名利夢碎的人：在柯達門市工作的攝影師、教移民英語的編劇、在低級酒吧表演低俗歌舞秀的演員。失敗的人都已深深嵌入這座城市，人們腳下踩著飾有他們名字的星標卻渾然不知。

每到週末，她和瑞斯會到聖塔芭芭拉的海灘閒晃，或是去逛國家歷史博物館，有一次甚至去長灘賞鯨。那天只看到海豚，但讓她記憶最深刻的是她在甲板上失去平衡時，他站到身後扶住了她。接著整趟航程她都這麼站著，頭靠在他胸口。

有些週六夜晚，他們鑽過瀑布似的彩虹旗進到「迷幻」，趕上了巴瑞表演。其他時候則會去新藝拉瑪圓頂戲院看電影，在陰暗的戲院裡，她以為瑞斯可能會牽她的手，但他從來沒有。在巴瑞辦的國慶派對上，所有人都爬上樓頂，看劈哩啪啦的煙火照亮天空。四周圍全是喝醉酒互相親吻的男生，她以為瑞斯說不定會親她，朋友之間的親吻，在臉頰上啄一下。結果也沒有，他反而進屋去喝東西，留下她獨自接受紅光藍光的洗禮。他想從她身上得到什麼呢？看不出來。有一回在「迷幻」看完巴瑞表演，瑞斯請她跳舞。那一晚已近尾聲，ＤＪ已開始播放慢歌引領戀人們離開。他伸出手，她由著他帶領自己進入舞池。她從來沒有被誰抱得這麼近過。

「我好喜歡這首歌。」她說。

「我知道。」他說：「我聽妳唱過。」

她沒有醉，但在史摩基．羅賓森的歌聲中，被瑞斯環抱著翩翩起舞，整個人感覺輕飄飄的。接著燈光大亮，成雙成對跳舞的人全都高聲哀嘆，瑞斯也放開了她。直到那時她才發覺亮起燈的「迷幻」看起來多令人沮喪：外露的管線、剝落的漆、被啤酒沾得黏答答的地板。當朋友們慢慢往大門走去，瑞斯張嘴笑著，彷彿和她跳舞就跟替她穿上外套一樣平常。但不知怎地，她感覺與他的距離既前所未有地近，也前所未有地遠。

後來七月的某天晚上，她提早下工回家，從敞開的浴室門看見瑞斯沒穿上衣，胸部纏著寬繃帶，但隱約能看到紅色瘀痕，而他正小心翼翼地觸摸胸腔。她第一個浮現的想法也是最愚蠢的想法：他被人攻擊了。當他抬起眼，兩人的視線在鏡中相會，他急忙穿上襯衫。

「別這樣一聲不響地嚇人。」他說。

「出什麼事了？」她問道：「那瘀傷……」

「其實沒有看起來那麼嚴重，」他說：「我已經習慣了。」

她慢慢聽懂了他想說什麼：沒有人攻擊他，是纏繞的綳帶吃進了胸腔肉裡引起的瘀傷。

「你應該把那東西拿掉，」她說：「既然會受傷的話。在這裡你不必纏著，我不在乎你的樣子。」

她以為他會鬆一口氣，不料他臉上反而掠過一抹陰沉陌生的神色。

「跟妳沒關係。」他說完砰地關上浴室門，整間公寓都晃起來，她也顫抖著把鑰匙掉在地上。他從來沒對她大聲過。

她想也沒想便出門去了。她從未見他如此生氣，他會咒罵亂開車的人，會因為同事發牢騷，有一次在酒吧還推過一個白人，因為他不斷喊她黑妞。他的怒氣很快地高漲、消退，然後便又回復原來的他。但這次他是對她發脾氣，她不應該看他的，從敞開的門縫瞥見他時就該轉頭。可是那些瘀傷太令她震驚，然後她又說了愚蠢至極的話，現在連道歉都沒辦法，因為他生氣了。他甩的是門，不是她的臉，但也許只是出於順手。如果她站得更近，或許他也會同樣輕易地抓她去撞牆。

到巴瑞家時她已經淚流滿面，他直接一把將她摟入懷裡。

「他討厭我。」她說：「我做了蠢事，現在他討厭我了……」

「他不討厭妳。」巴瑞說：「進來坐吧。明天早上就會沒事了。」

沒什麼大不了的，巴瑞這麼說，只不過是吵吵架罷了。

但她這輩子最討厭有人把爭執說成吵架。吵架是會見血的，會皮開肉綻、眼窩瘀青、斷筋折骨。不是為了上哪吃晚餐意見不合，從來不是「吵」，不是言語上的。男人生氣地扯開嗓門，這不叫吵架，這總會讓她想起父親。每當聽到男人離開酒吧時的叫囂，或是男生看足球賽轉播時的吶喊，她都會畏縮一下。還有甩門的聲音、砸破盤子的聲音。她父親曾經捶過牆壁，摔過盤子，甚至有一次還拔下自己的眼鏡往客廳另一頭的門摔去。憤怒得使自己眼前一片模糊。在當時，恐懼只是一種既陌生又再尋常不過的感覺，直到年紀漸長才能徹底體會。

那天她在巴瑞家的沙發上過夜，睜大雙眼瞪著天花板看。到了三點半，忽然聽見敲門聲。從門上的貓眼，她看見瑞斯站在亮著的門廊燈下，氣息粗重，兩手握拳插在牛仔褲口袋裡。他正要再敲，她才終於打開門鎖。

「你會把所有人都吵醒。」她壓低聲音說。

「對不起。」他說道，口氣甜甜的，像是啤酒味。

「你喝醉了。」她無比詫異地說。她從來不知道他心情不好的時候會躲進酒吧，但此時此地的他便是如此，身子還搖晃不穩。

「我不該對妳大吼大叫。」他說：「我不是故意的……真該死，妳知道我是不會傷害妳的。妳知道的對不對，寶貝？」

人永遠不會知道誰會傷害自己，知道時總是太遲了。但他的口氣是那麼絕望，站在階梯上哀求她，她把門又打開一些。

「有個醫生，」他說：「是魯伊斯跟我說的。得在手術前先付錢，不過我一直在存錢。」

「什麼手術？」她問道。

「胸部手術，到時就不用再纏這個鬼玩意了。」

「可是那安全嗎？」

「夠安全了。」他說。

她盯著他淺淺起伏的胸部。

「我也要說對不起。」她說：「我只是不希望你受苦。我不是故意……唉，我根本什麼都不知道。我不是想表現得好像自己很特別。」

「別說這種話。」他說。

「說什麼話？」

他靜默了片刻，然後傾身向前吻她。等她回過神來，他已經退開了。

「說妳對我不特別。」他說。

天亮後，她恍恍惚惚，信步穿過明亮的校園。自從瑞斯沿著陰暗的人行道離去後，她一刻也沒闔眼。即便此時想到他，胃也不安地擰絞著。或許他喝得太醉了，根本不記得吻過她，在家裡醒來後，只依稀記得自己做了某件尷尬的事。也或許他清醒後就後悔了。像她這種女孩，男生只會偷偷親吻，事後則假裝若無其事。

那天晚上，閨密們辦了個派對。在哈利家的擁擠客廳裡，她擠身坐到窗台上，小口小口啜飲著蘭姆可樂。她其實沒心情參加派對，但又太難為情，不想回家面對瑞斯。當然，他也來了派對，穿著黑色T恤和牛仔褲，剛洗完的頭髮還濕濕的。他一進門就朝她揮手，但沒有走過來打招呼。**也許是可憐她吧？**他會吻她只是因為吼了她以後太過內疚。他知道她希望那個吻帶有更多意涵，因此便避著她，遠遠地站在另一頭，連哈利都問說怎麼了。

「沒事。」她回答，同時又往自己杯裡倒蘭姆酒。

「那你們兩個怎麼一副怪里怪氣的樣子？」他說。

他跟法拉．佛西一樣留著羽毛狀的金色鬈髮，得不停撥開掉到眼前的髮絲。她聽了聳聳肩，望向窗外。她不能再繼續這樣，假裝一切如常。她需要空氣。但屋裡突然一片漆黑，音樂中斷，寂靜和黑暗同樣刺激神經。接著聲音紛紛響起，巴瑞在問去哪找手電筒，哈利說浴室裡可能有蠟燭，魯伊斯將身子靠向窗邊，召喚所有人過來。整個街區的其他建物也都陷入黑暗。

她說要去找蠟燭，便走進黑暗走廊摸索著前往浴室，忽然間瑞斯抓住她的手。

「是我。」他說。

「我知道。」她說。

在黑暗中，有可能是任何人，但他還沒出聲她就認出他來了。古龍水、粗糙的掌心，無論在哪個漆黑的房中，她都能找到他。

「媽的，什麼都看不見。」他輕笑一聲。

「我正要去找蠟燭。」

「等一下。我們能不能談一談？」

「不需要談。」她說：「我知道你不喜歡我，不是那種喜歡。沒關係。反正不需要談。」

他放開了她的手。至少現在不需要面對他。也許根本找不到蠟燭，那麼就不用看他的臉了。她又慢慢往前走，最後終於摸到浴室牆面的磁磚，但當她打開藥櫃，瑞斯卻猛力將櫃子關上。接著將她推靠在洗臉台邊便吻起她來。

走廊另一頭，朋友們開玩笑地喊著彼此的名字，並嘲笑自己伸手不見五指。但浴室裡，他們正激情熱吻，彷彿兩人都知道這一刻不可能持久。燈會忽然亮起，會有人來找他們，他們會在聽到腳步聲時掙脫開來，像怕被逮到似地心虛不已。不過當巴瑞從廚房回來，得意洋洋地揮舞著手電筒時，他們已經溜出門了。他們一路摸索下樓，直到來到外面的人行道，沒入闃黑的城市，都還是牽著手。頭頂上的紅綠燈毫無作用地一閃一閃，路上的車輛緩緩前行。高處的城市輪廓消失了，這是她近一年來第一次看到星星。

在這偌大城市的某個角落，有個老太太在變黑的電視機前聽孫子們講鬼故事；有個男人坐在門廊上，輕拍愛犬逐漸轉白的毛髮；有個深色頭髮的女子在廚房點起蠟燭，凝望著室外的游泳池；有一對年輕男女走路回家，踏上沉寂的階梯，關上家門，將城市其餘部分摒於門外。她拿著他的打火機，他翻找著櫥櫃裡的蠟燭。找不到，兩人都鬆了口氣。她不怕黑，他覺得在黑暗中比較安全。

上床後，他扯下她的襯衫，從頸子往下吻到胸部。一直到他親吻她雙腿之間，她才察覺到他根本沒有脫衣。

整座城裡，到處都有情侶在做他們做的事。沙灘上有青少年在毯子上擁吻，海水在黑暗中湧動；新婚夫妻在旅館房間裡胡亂摸索著彼此；有個男人在戀人耳邊喁喁細語；有個女人拿著火柴點燃一根細瘦蠟燭，從廚房窗戶可以見到火光照亮她的臉。城中處處，有暗有光。

六

「妳好像有點不一樣。」德姿蕾在電話上對女兒說。

八月底，一波熱浪席捲洛杉磯，即便窗戶全開也感受不到一絲涼風。外頭的路面猶如池塘般微光閃爍，水管裡有大隻的棕色蟋蟀在找水喝，每天早上洗澡時，茱德總會發現一、兩隻，她於是開始疑神疑鬼，擔心蟋蟀混入灰褐色地毯，不肯赤腳四下走動。天氣熱得讓人快發瘋了，但是她看著瑞斯將冰塊滑入口中，心中暗想，這樣的生活應該不算最糟。他穿著藍色泳褲和黑色T恤，鎖骨處流汗流得發亮。她用手指纏起電話線。

「母親大人？」她說。

「唉，少來這套，妳明明聽見我說什麼了。有點不一樣，從妳的聲音就聽得出來。」

「媽，我的聲音沒問題。」

「不是有問題，是不一樣。妳以為我聽不出來？」

他們和閨密們約在威尼斯海灘見，她才剛開始準備野餐籃，電話就響了。她已經一個月沒打電話回家，心裡太過愧疚，開不了口說晚一點再聊，但此時卻後悔接了電話。不一樣？母親是什麼意思？她怎麼可能聽得出來？茱德好討厭任何人看她都一目了然，連母親也不例外。再說，巴瑞不也馬上就注意到了嗎？停電的兩天後，她在梅伊大樓外的噴水池邊碰到他，人都還沒走近，他便一臉狐疑地睨著她看。

「發生什麼事了？」他問道：「妳怎麼那副表情？」

「什麼表情？」她笑著說。

這時他恍然大悟，低聲說：「不會吧，天哪，我真不敢相信！妳才坐在我家沙發上跟我說你們大吵一架……」

「是真的呀！我是說那時候什麼事也沒發生，我發誓……」

「你們怎麼沒告訴我？」他說：「我不懂，你們兩個怎麼都沒打給我？」

不過停電過後，她誰也沒說，甚至不知道該如何解釋她和瑞斯之間發生的事。前一晚還是朋友，後一晚就成了戀人。隔天早上她醒來時，他已經出門工作。她伸手撫摸發皺的床單，依然留有他的體溫。在白晝的光線下，前一天晚上宛如一場狂熱的夢。可是那依然溫熱的床單、她脫在地上的內褲、他留在枕頭上的古龍水味……她翻身將臉埋在他的氣味中。她一整天都在想像他會如何告訴她，昨晚是個錯誤，然而當天晚上他爬上她的床，親吻她的頸背。

「我們這是在做什麼？」她問道。

「我在吻妳。」他說。

「你知道我在說什麼。」

她轉身面向他。他面帶微笑，玩弄著她T恤的下襬。

「妳想要我走嗎？」他說。

「你想嗎？」

「當然不想了，寶貝。」

他再次親吻她的頸子。當他拉扯掉她的睡衣，她也將手伸向他的腰帶，他卻扭身躲開。

「不要。」他輕聲說，她頓時僵住，不知如何是好。拉尼想要什麼，從來不會畏縮：拉著她的手插入他的短褲內、把她的臉壓向他的大腿。但是愛瑞斯是有規矩的，經過一段時間後她學會了。關燈、不能脫他的衣服，可以摸他的腹部或雙臂，但絕不能碰他的胸部，大腿可以，但胯下不行。她很想自由地撫摸他，就像他撫摸她一樣，不過她從不抱怨。怎麼能呢？現在不能，現在的她是那麼幸福洋溢，巴瑞從購物中心另一頭就看出她臉上的光彩，母親甚至能從電話那頭聽出端倪。

來到沙灘，她坐在自己的浴巾上，看著巴瑞、魯伊斯和哈利潑水嬉戲。剛才他們在車陣中塞了一小時，慢吞吞地駛向海岸，好不容易抵達威尼斯後，閨密們脫去上衣，胡亂丟成一堆，便嘰嘰喳喳叫著奔向海邊。瑞斯把頭枕在她腿上，看著好友們泡入水中，皮膚在陽光下顯得油亮光滑。她用手指梳過他的頭髮。

「你不想去游泳嗎？」她問道。

他微微一笑，瞇著眼看她，說道：「也許等一下吧。妳不下水嗎？」

她跟他說她不喜歡游泳。小時候在華盛頓時，她很喜歡去市立游泳池。後來到了野鴨鎮，她從來不敢到河裡游泳——想想看，那麼暴露。如今已不在野鴨鎮了，但不知為何，那座小鎮並沒有離開她。即便此刻身在威尼斯海灘，她仍想像自己一脫下上衣，其他做日光浴的人就會發笑。他們也會竊笑瑞斯，不明白他到底為什麼穿得一身黑。

那天晚上，從海灘回到家後，瑞斯爬到她身上，她問能不能開燈。他輕笑一聲，臉埋進她的頸窩。

「為什麼？」他喃喃問道。

「因為我想看你。」她說。

他靜定片刻，然後從她身上翻落。

「可是我不想讓妳看。」他說。

幾個星期以來，他第一次睡沙發。第二天晚上又回床上睡了，她卻依然記得睡覺時少了他的寂寞感，哪怕只是一牆之隔。有時候她覺得那道牆似乎從未真正倒下。她從未有過她想要的感覺，與他肌膚相親的感覺。

「我有交往對象了。」下一次打電話時，她對母親說。

母親笑著回答：「那還用說，妳怎麼會以為我什麼都不知道？」

「他……」茱德頓了一下。「他人很好，媽媽。他對我很好，只是他和其他男生不一樣。」

「什麼意思？」

有一刻，她打算將瑞斯的事告訴母親，但後來只說：「他對我有所保留。」

「這個呀，」母親說：「我很遺憾要這麼說，不過他就跟其他男生沒有兩樣，完全一模一樣。」

這時門開了，瑞斯拖著腳走進來，把外套往椅背上一丟。經過時微微一笑，伸出手撫摸一下她的腳踝。

「茱德？」母親說：「妳還在嗎？」

「是的，媽，我在。」她說。

她必須找一份新工作。

有一天晚上，她看著瑞斯穿著被汗水浸濕的T恤爬下床時，心中忽然有了答案，而且沒想到就那麼簡單。他想要新的胸部，皮夾裡隨身帶著一張吉姆．克勞德醫師的破舊名片，一位在威爾夏大道上開業的整形科醫生。克勞德醫師也是「迷幻」的常客，曾經為朋友的朋友動過刀，但是要價不菲。三千美元現金，還要事先付款。其實合理，想想看他光是為了動這種手術要承擔多大風險？可能會被醫學委員會吊銷執照、診所關門大吉、被捕入獄。這些疑慮讓茱德惴惴不安，雖然瑞斯一再強調這個醫生是合法的。此外，她也把他抽屜裡那只褪色的灰襪子打開來，把裡面皺巴巴的紙鈔倒在床罩上算過了。兩百塊錢。單靠他一人，永遠也存不到。

「我需要一份新工作。」她對巴瑞說。

秋天到了，連帶颳起了聖塔安那焚風。夜裡，激昂的熱風吹得窗玻璃匡啷作響。大夥正在為滿三十歲的巴瑞慶生，一干人全擠在他的住處。

巴瑞聳聳肩，手抹了一下光頭。

「喂，別指望我。」他說。他這是第三杯馬丁尼，酒氣已經上來。「我也需要一份新工作。那些白人付我的薪水實在太低了。」

「你知道我在說什麼。」她說：「一份真正的工作，能真正賺到錢的工作。」

「我也希望能幫得上忙，親愛的，可惜我不知道有誰要請人。我表弟史庫特在做行動餐車，不過妳不會想做那種工作吧？」

第二天下午，史庫特就開著老舊的銀色廂型車來接她了，車身上有半剝落的草書體寫著「卡拉外燴」。車內一副破敗相，副駕駛座皮面裂開，露出一塊黃色海綿，頂篷布垂落下來像罩篷似的，後照鏡底下掛著一袋褪色的空氣清淨劑。看起來不怎麼樣，但冰箱還可以用，史庫特指著分隔冷藏食物的牆板說。他和巴瑞一樣高高瘦瘦，但膚色較黃，頭上戴著一頂紫色的湖人隊球帽。

「告訴妳吧，」他說：「不管妳聽說經濟怎樣怎樣的，一句都別信。根本沒影響，白人還是照樣開派對。」

他笑了起來，車子顛簸著駛上費爾法克斯路，她連忙去拉安全帶。史庫特開車時一手伸出窗外，一路都很親切地閒聊，而且老是話說到一半又重起新話題，好像在回答一個她其實沒問的問題。

「是啊，我本來有自己的店。」他說：「是個很不錯的小店面，在克倫蕭區。可惜保不住。我就是不太會理財，賺一塊錢花一塊錢，妳也知道會是什麼下場。我煮東西厲害，但不會做生意，這點就不用說了。不過結果還好，我現在是卡拉的得力助手。」

循著太平洋海岸公路朝馬里布緩緩駛去時，他解釋卡拉．史都華很強勢，但做事公道。女人想在餐飲界混就得兩者兼備。她在丈夫死後成立了這間外燴公司。在這個城市裡做這行很聰明，因為這裡多的是那些又喜歡辦活動又盡量不想自己費力的人。他往她腿上丟了一件黑色polo衫。

「把這個穿上。」他說。見她面露猶豫，他笑起來。「不是現在，是說進去以後！我又不是變態。放心吧，巴瑞說妳就像他妹妹一樣，最好別讓他聽說我想跟妳搞曖昧什麼的。」

這是巴瑞對她所說過最體貼的話，當然，他並無意讓她知道。

「巴瑞很古怪。」她說。

「是啊。」史庫特說：「他是個怪傢伙，但我喜歡他。不管怎麼樣我都喜歡他。」

史庫特知道碧昂卡的事嗎？巴瑞最引以為傲的是他能過兩種不同生活，有一次他對她說：「就像《聖經》裡說的，不要叫右手知道左手所做的。」每個月除了兩個週六是碧昂卡之外，他都把這個分身推到看不見的地方，不過還是會想著她，會替她買東西，會為她的重返做準備。巴瑞會參加校務會議、家庭聚會，也會上教堂，而碧昂卡隨時徘徊在他心思邊緣。她有自己該扮演的角色，巴瑞也有。你可以過這種分裂的生活，只要你知道由誰在掌控。

「妳上哪去了？」當晚她爬上床時，瑞斯問道。

他口氣帶著憂慮，她從來沒有這麼晚回家又沒打電話。其實她是去為一位房地產仲介開的派對做外燴服務，好萊塢明星畢・雷諾斯和拉蔻兒・薇芝都曾向他買過房子。她在那屋裡晃來晃去，欣賞著長長的白沙發、大理石流理台和巨大的玻璃窗，窗外可見一大片沙灘。她無法想像這樣的生活——高掛在懸崖上，透過玻璃一覽無遺。但或許有錢人不覺得有隱藏的必要。或許財富意味著自我展示的自由。派對在一點結束，事後她還得收拾清理。等到史庫特送她回到家，清晨的天空已泛著淡紫色。

「馬里布。」她說。

「妳跑那麼遠去幹麼？」

「我找到一份新工作。」她說：「在一家外燴公司。是巴瑞幫忙找的。」

「為什麼？」他說：「妳不是說要專心念書嗎？」

她無法告訴他真正的理由，他連吃飯都不喜歡讓她付錢，老是帳單一來就急著拿出皮夾。那麼昂貴的手術，他根本不可能答應讓她出錢。再說萬一他誤會了怎麼辦？萬一他以為她想讓他動手術是因為希望他改變，怎麼辦？她絕不可能告訴他，除非已經存了夠多錢，讓他不至於笨到拒絕的時候再說。她滑進他的臂彎中，摸摸他的臉。

「我只是覺得能有多一點現金也不錯。」她說：「就這樣。」

那個學期，她滿腦子都是肉體。

每星期一次，她會坐在浴缸邊上，拿著一管皮下注射器，瑞斯則捲起格紋四角褲。洗手台上有個玻璃小瓶，瓶內的液體清澈微黃，有如夏多內白酒。他還是討厭打針，每當她輕彈針頭後捏起他大腿的肥厚部位，他從來不看。打完針，她總會輕聲地說好了，為自己弄疼了他而難過。

每個月他都會自己出錢買一小瓶，小到可以放進手心。她對荷爾蒙的作用幾乎毫無所悉，因此一時興起便註冊了一堂解剖學，沒想到遠比她預期的有趣。很多東西要死記硬背，其他同學都覺得無聊，她卻興致昂然。公寓裡到處貼滿她標示著身體部位的紙卡：浴室洗臉台邊的「phalanges」（指骨）、廚房餐桌上的「deltoids」（三角肌）、夾在沙發軟墊間的「dorsal metacarpal veins」（掌背靜脈）。

她最愛的器官是心臟。她是全班第一個正確解剖羊心的人。教授說這是最困難的部位，因為心臟兩邊並非完全對稱，但非常接近，讓人難分左右。你必須認對方向才能找到血管。

「你們真的必須用手去感受心臟。」他對全班說：「我知道摸起來很滑溜，但不要不好意思。解剖時得用手指去摸索。」

晚上，她把紙卡放在瑞斯身上來自我測驗。他大剌剌地躺在沙發上，一面看小說，當她將卡片靠在他手臂旁時盡量保持不動。她用食指劃過他的二頭肌，一邊默念著拉丁專有名詞，直到瑞斯一把將她拉靠到他腿上。肉體可以標示，人卻不行，而兩者之間的差異就在於胸腔內那塊肌肉。那個令人鍾愛的器官，沒有感知、沒有意識、沒有感覺，只是不斷地跳動，維持你的生命。

在太平洋帕利薩德高級住宅區，她端著一盤盤培根蜜棗捲穿梭於前來參加聯誼會的經紀人之間。在影視城，一位資深遊戲節目主持人的生日派對上，她為賓客供應雞尾酒。在銀湖區，有位吉他手越過她肩膀探頭確認蟹肉沙拉用的是真螃蟹，不是人工的。做完一個月以後，她倒馬丁尼已經可以不用量杯。到自助洗衣店洗衣時，她會在口袋裡發現壓碎的小脆餅，還有手上的橄欖味永遠洗不掉。

「妳怎麼不去問問圖書館需不需要人？」瑞斯說。

「為什麼？」

「因為妳老是不在。現在連見妳一面都很困難。」

「沒有那麼常吧。」

「對我來說太常了。」

「這能賺比較多錢，寶貝。」她說著張開雙臂抱住他。「我也能多看看這座城市。比起整天關在老舊的圖書館裡更好玩。」

她的工作地點從范圖拉到杭亭頓海灘，從帕薩迪納到貝萊爾，無所不包。在聖塔莫尼卡，一名唱片製作人家中，她端著一盤生蠔走過門廳時，駐足欣賞那無邊無際朝天際線流溢的泳池。在這裡，野鴨鎮似乎前所未有地遙遠。也許她遲早會忘了它，推開它，深埋在自己心裡，直到最後只把它當成一個聽說過的地方，而不是曾經生活過的地方。

「我就是不喜歡。」母親對她說：「妳應該專心在課業上，不是去服侍白人。我大老遠把妳送到加州去，不是去做那個。」

但那不一樣，不算一樣。外婆是為同一家人清潔打掃多年，但她不同，她沒有替小孩擤鼻涕，沒有一邊拖地一邊聽主婦抱怨丈夫偷吃，也沒有把別人的髒衣物帶回家堆得滿山滿谷。她的工作不涉及親密關係。她在主人的派對上端著食物來來去去，然後再也不會見到他們。

有一天深夜，她躺在床上抱著瑞斯，因為天氣太熱，和他靠得這麼近難以入眠，卻又捨不得放手。

「妳在想什麼？」他問道。

「沒什麼啦。」她說：「就是威尼斯的一棟房子。你知道嗎？他們有中央空調，但其實根本用不著。離海灘那麼近，只要打開窗子就涼爽了。不過我猜有錢人就是這樣。」

他笑了一聲，下床去幫她拿一杯冰塊。他拿一塊滑入她雙唇之間，她讓冰塊在嘴裡滾來滾去，不禁訝異這一切感覺竟如此平常。幾個月前，她甚至不敢承認自己對瑞斯有意思，現在卻赤裸著身子躺在他床上嚼冰塊。她透過百葉窗瞥見一架警用直升機轟隆隆從頭上飛過，一轉頭發現他在盯著她看。

「怎麼了？」她笑著說：「別這樣。」

他仍穿著T恤和四角短褲，她忽然害臊起來，拉過床單蓋住胸部。

「別怎樣？」他問。

「別這樣看我。」

「可是我喜歡看著妳。」

「為什麼？」

「不為什麼，」他說：「妳就是好看。」

她哼了一聲，又回頭面向窗戶。他或許不介意她的黑，但不可能會喜歡。誰都不可能喜歡。

「我很討厭妳這樣。」他說。

「怎樣？」

「一副好像我在說謊似的。」他說：「我不是妳家鄉那些人。有時候妳好像人還在那裡，但妳不是，寶貝。我們是這裡的新人。」

他曾經告訴過她，加利福尼亞的名字源自一個黑皮膚的女王，他在舊金山看過壁畫中的女王。她本來不相信，直到他拿出一張他拍的照片，果然有個黑人女王高踞在天花板頂端，女戰士族人陪侍在兩旁，看起來是那麼高貴而莊嚴，以至於當茱德發現她根本不是真實人物，心都碎了。根據一本藝術史的書，她是某部西班牙暢銷小說中的人物，書中有座虛構島嶼，由一名亞馬遜黑人女王統治。如同所有殖民開拓者，征服者總會將他們虛構的故事寫成事實，將他們的神話變成歷史。最後剩餘的只有加利福尼亞，一個感覺像神祕島嶼的地方。她彷彿置身於萬頃碧波中，與所有曾經認識的人隔離開來，隨波漂浮。

那年秋天最奇怪的事，恐怕莫過於她開始夢見父親。

有時候她和他並肩走在街上，通過交通繁忙的十字路口時，會牽著他的手，當車輛呼嘯而過，她也跟著驚醒。有時候他在遊戲場上推著她盪鞦韆，她兩腿往前伸得直直的。在某次夢中，他沿著跑道走在她前面，她跑著想追上去，卻怎麼也追不到。醒來後，她氣喘吁吁。

「妳在發抖。」瑞斯小聲地說，同時將她拉近。

「只是做了個夢。」她說。

「夢見什麼了？」

「我爸爸。」她略一停頓。「也不知道為什麼。我們都那麼久沒說話了。我以前常想，他會來找我。他甚至不是個好男人，但我內心裡有一部分還是希望他找到我。很蠢吧？」

「不會。」他呆呆仰望天花板。「一點也不蠢。我和家人已經七年沒說話，但我也還是想著他們。以前我媽很喜歡我拍的照片，會拿給每個教友看。我替她拍了好多照，但全都沒帶走。我把一切都留下了。」

「發生了什麼事？」她問道：「我是說你為什麼要離開？」

「唉，說來話長。」

「那就跟我說一點。拜託。」

他安靜了大半晌，接著才說他父親逮到他在和姊姊的朋友胡搞。當時家人去參加帳篷復興會，只剩他一人裝病在家。他跑到父親的衣櫃亂翻亂找，試穿一些燙得筆挺的正式襯衫，用領帶學著打溫莎結，穿上光亮的翼紋皮鞋走來走去。他剛剛噴完古龍水，蒂娜．詹肯斯就出現在草坪上敲玻璃窗。他在幹麼？在演戲嗎？戲服還不錯，只是頭髮需要整理一下。她將他的馬尾固定到後頸處。

「好了，」她說：「這樣看起來比較有男人味了吧？要演什麼戲？有什麼東西好喝嗎？」

第一個問題他略過不理，只留心到第二個。事後，蒂娜對父母說她是喝了琴酒才會那樣。那是母親的施格蘭琴酒，他倒了兩大杯，然後將酒瓶重新裝滿水。她沒對父母說是她先親他的，也沒說他們馬上就停止了，因為他家人提早回來。

「我爸爸有一條皮帶，上面有個很大的銀色帶釦。」他說：「他跟我說既然我想當男人，他就把我當男人對待。」

她緊閉上眼睛。

「好替你難過。」她說。

「很久以前的事了。」

「我不管。」她說：「那就是不對，他沒有權利對你那樣……」

「我常常想要開車回黃金城，」他說：「叫他現在再對我動手試試看。這樣想自己的爸爸是不對的，讓我覺得窒息，好像會喘不過氣。有時候，我會想到鎮上四處走動。誰也不認得我。應該很像參加自己的葬禮，眼睜睜看著沒有你的日子照常在過。也許可以去敲門，跟媽媽打個招呼，不過她應該已經知道了，儘管我樣子變了，她應該還是認得我。」

「你可以這麼做啊。」她說：「你可以回去。」

「妳願意跟我去嗎？」

「我願意跟你去天涯海角。」她說。

他吻了她，將她的上衣往上拉，她也不假思索便伸手去拉他的衣服。他立刻全身僵硬，往後退開，她跟著畏縮。但他消失在浴室裡，重新現身時已脫去了上衣，胸部纏著繃帶朝她俯身。

「我需要這個。」他說。

「好，」她說道：「好。」

她拉他壓到自己身上，手指由下往上撫摸著他光滑的背，肌膚與肌膚與棉布相親。

打從一開始，瑞斯．卡特就想到結果了。

譬如當他初抵洛杉磯時——無家可歸，活像隻剛剃毛的小羔羊，便已想像到這座城市肯定會毀了他，終究得離開。或是當他在萬聖節派對上初見茱德．溫斯頓時，他會去參加派對只因為在健身房認識的一個男孩邀請，而他十分喜歡他，心想好啊，有何不可？她一個人站在那裡，玩弄著裙襬，皮膚是他前所未見的黑，也夠漂亮，讓他覺得好像有一隻手重重將他壓坐到那張沙發上。**別管它，瑞斯，放輕鬆點。**他已經知道結局會是如何，一旦她的手往他大腿伸，卻感覺到他避開，她就會離開了。

一開始，他從未想在洛杉磯待下來，只是希望把自己和黃金城隔得愈遠愈好。可以的話，他會繼續往海裡走。一連數星期的晚上，他都在暗巷裡替男人手交，有時候會用嘴巴，這讓他深惡痛絕，雖然那些人事後會對他更好、心存感激。他們會拍拍他的頭，喊他漂亮的小伙子。他帶著父親的獵刀防身，有時候往上瞥見那些人的頭猛然後仰頂著牆壁，會暗自想像割斷他們上下快速跳動的喉嚨。不過他還是收下他們給的皺鈔票，尋找容身處，有時睡在公園長椅，有時在高速公路天橋底下。說也奇怪，這會讓他想起和父親露營的情景。坐在中空的木頭上，看著父親用刀剖開兔子。他從來不許瑞斯去碰那把刀，那是他父親傳下來的，他若有兒子也會傳下去，因此瑞斯離開時便帶走了。

他到夜總會和酒吧尋找手交的對象，那些男人會在他穿過人群時抓住他的手，會強行將酒送到他面前，求他一起跳舞。同一間店他絕不會再去第二次，總是生怕有人注意到他平滑的脖子或小手或是捲起塞在內褲裡的襪子。有一回在衛斯伍德區，一個白人發現了他的祕密勃然大怒，把他揍成熊貓眼。他立刻學到教訓。坦承自己的過去就會被當成騙子，只有隱藏起來才安全。

遇見巴瑞那一晚，他小口啜著威士忌蘇打，餓得頭昏眼花，幾乎絕望到想跟他回家。但他和男人的關係始終只在小巷內，在黑暗中他比較有安全感。因此他拒絕了巴瑞，沒想到當天稍晚，巴瑞竟抓住他的手臂，問他想不想吃飯。瑞斯驚愕不已，掙脫開來。

「媽的，我都說不要了……」

「我知道你說了什麼，」巴瑞對他說：「我是在問你要不要吃東西？你看起來很餓，那邊剛好有間店。」

他指向一條街外，有一間營業到深夜的簡餐館，招牌的霓虹燈將水泥地面漫成一片紫藍。巴瑞點了核桃派，瑞斯則狼吞虎嚥了兩個起司漢堡和一籃薯條，因為吃得太快還差點噎著。他多少得為這一餐付出代價吧？也可能不用，他暗自尋思，同時摸了摸口袋裡的刀。巴瑞看著他，叉子在鮮奶油上劃來劃去。

「你幾歲？」他問道。

瑞斯用手背抹了抹嘴，忽然覺得動作有點野蠻，才伸手去抽紙巾。

「十八。」他回答，但其實還有兩個月才滿。

「天哪，」巴瑞笑著說：「你還是個小baby呢，你知道嗎？我的學生就跟你一樣大。」

他說他是老師，也許是因為這樣才決定好好待他。換了另一個人生，瑞斯或許會是他的學生，而不是他在夜總會釣到的男孩。不過瑞斯一直沒念完高中，起初他並不後悔，直到愛上一個聰明的女孩為止。學校似乎正是她最終會離開他、走上的另一條路。

「那麼你是哪裡人？」巴瑞問：「這個城市的人好像都是外地來的。」

「阿肯色。」

「好遠哪，牛仔小子。你跑這麼遠來做什麼？」

他聳聳肩，拿起薯條蘸著一團番茄醬吃。「重新來過。」

「有家人在那邊嗎？」

瑞斯搖搖頭。巴瑞點了根菸。他的手指修長漂亮。

「你需要朋友。」他說：「這城市太大了，沒法單打獨鬥。你需要住的地方嗎？唉，別用那種眼神看我。對我沒興趣的人我才不要。我只是問你，需不需要一個睡覺的地方？怎麼樣，我家沙發配不上你嗎？」

瑞斯也不知道自己為什麼答應。或許只是厭倦了睡在廢墟，還要不停踏腳趕老鼠。或許他在巴瑞身上看見了值得信任的地方，也或許是感覺到刀子撞擊大腿，知道必要的話，自己可以做到……無論如何，他隨著巴瑞回家了。進屋後，他頓時止步，環顧排列在檯面上的假髮。巴瑞當場僵住。

「那只是我偶爾會做的事。」他嘴裡這麼說，手卻小心翼翼輕撫一頂假髮，看起來好脆弱，瑞斯不禁別過頭去。

「我不是你想的那種人。」瑞斯說。

「你是變性人，」巴瑞說：「你是什麼樣的人我清楚得很。」

瑞斯從未聽過這個字眼，甚至不知道有專有名詞可以形容他。他想必一臉愕然，因為巴瑞笑了起來。

「我認識很多像你這樣的男孩。」他說著往前跨一步，兩眼直視著他。「當然了，他們的髮型都比你好看。這是你自己剪的嗎？」

在浴室裡，他替瑞斯的脖子圍上毛巾，伸手取過剪刀。接著輕輕將瑞斯的頭往前推，瑞斯闔上眼睛，試著回想最後一次有另一個男人如此溫柔地碰觸他是什麼時候的事。

到了十二月，城市終於轉涼，但太陽依然高掛而且異乎尋常地耀眼，稱呼此時為冬天都讓人覺得不對勁。茱德坐在外燴餐車上，手臂伸出窗外，享受微風吹拂。她臨時和某人換班，要前往比佛利山一個退休派對工作，雖然瑞斯看著她溜出門時暗生悶氣，但酬勞實在太好，讓人難以拒絕。

「我想帶妳上館子。」他說。

「明天吧，寶貝。」她說：「我保證。」

她親他一下，心裡已經在想像當晚結束後會有多少小費進袋。公司辦的派對向來出手闊綽。全是有頭有臉的人，駛入比佛利山時，史庫特這麼對她說。車子滑順地行駛過蜿蜒道路，感覺愈來愈隱蔽，最後來到一道黑色鐵柵門前。史庫特哼了一聲。

「花大把銀子過這種生活，妳能想像嗎？」他說話時，大門吱吱嘎嘎地緩緩開啟。下個世紀就會像這樣，他告訴她，有錢人會搬離都市，深鎖在高牆大門內，就像中世紀那些打造壕溝的領主。他們慢慢往前開，兩旁樹木夾道安安靜靜，最後來到屋前——一棟藏身於羅馬式柱背後的兩層樓白屋。卡拉開門讓他們進去。她鮮少在他們工作時現身，但今天的派對很重要，人手不夠。

「哈迪森集團是非常忠實的老客戶。」她說：「所以今晚要卯足全勁，好嗎？」

光是有她在場就讓茱德焦躁不安。無論切芹菜、煮番茄醬，或是端著火腿捲的盤子飛快穿梭於人群，又或是在酒吧調雞尾酒，她都能感覺到卡拉評鑑的目光。要退休的人是哈迪森先生，他身材矮壯，一頭白髮，穿著一身看似昂貴的灰色西裝，一旁有年輕的金髮嬌妻挽著他的手。賓客全都是中年富有的白人，眾人為他的事業有成乾杯，接著舉杯敬他的繼承人，一個穿著海軍藍西裝、長相英俊的金髮男子。有個女孩一直逗留在他身邊，看起來約莫十八歲左右，有一雙修長美腿和一頭波浪金髮，身上那件銀光閃閃的洋裝短得令人側目。派對舉行到一半，她離開了男子，溜達到吧台來，將空的馬丁尼杯斜遞上來。

「我不能替二十一歲以下的人倒酒。」茱德說。

女孩笑了一聲，一手壓在領口。

「好啊，那我就是二十一歲。」她說。她的眼珠藍得發紫，說著酒杯再次一斜。「反正這個派對無聊得要命，我當然需要喝一杯。」

「妳爸爸不管妳嗎？」

女孩回頭看那英俊男子一眼。

「當然了。」她說：「他只顧忙著轉移注意力，不去想媽媽沒來的事實。很不可思議吧？我大老遠從學校趕來，就因為爸爸有重要升遷，結果她連露個臉都不肯。是不是很賤？」

她又搖搖杯子，顯然不遂她的意就不打算離開，於是茱德為她倒了一杯清涼飲料。女孩轉身面向派對賓客，將橄欖塞入粉紅唇間。

「妳喜歡當調酒師嗎？」她問道：「一定可以認識各式各樣有意思的人。」

「我不是調酒師。不是專職的。我主要還是學生。」接著茱德又補上一句，口氣有點太過驕傲。「我念洛加大。」

女孩揚起一邊眉毛，說道：「真好玩，我念南加大，看來我們是死對頭。」

不難看出哪個部分讓她覺得好玩：是有個陌生人剛好就讀同一城中的世仇學校，還是侍酒的黑人女孩竟然進得了洛加大？有個穿著粗呢毛料外套的白人男子想要一杯葡萄酒，茱德便新開一瓶梅洛紅酒，暗自希望女孩會走開。不料開始倒酒時，聽見玄關傳來驚呼聲。女孩臉色鬱悶地轉向她。

「樂趣結束了。」她說著一口乾了馬丁尼。

接著她將空杯放到吧台上，起步朝門口走去，有個女人剛剛走進來，哈迪森先生正在幫她脫下毛皮大衣。當她轉過身，手撥了一下深色頭髮，那瓶葡萄酒瞬間落到地上摔個粉碎。

第三部

感情線（一九六八年）

七

就在失蹤的雙胞胎之一回到野鴨鎮那天晚上，「宮廷物業社區」的每家每戶門上都釘了一張通知，要緊急召開社區管委會。這裡是布蘭特伍德行政區最新的一個社區，至今只召開過一次緊急會議，原因是財務委員被指控侵吞管理費，因此這天晚上，居民都聚集在社區會所，熱切地交頭接耳，期待會聽到什麼醜聞。他們沒想到的是，現任主委波西．懷特站在最前面，脹紅著臉宣布幾個令人遺憾的消息：住在無花果道的羅遜家要賣房子，而有個黑人剛剛出價了。眾人立刻你一言我一語喧鬧起來，主委波西高舉起雙手，頓時發覺自己面對的是一支槍決隊伍。

「只是傳話而已。」他繼續說道，但誰也沒聽見。戴爾．喬韓森問，如果不能在一開始就阻止這種事發生，開管委會有個屁用？湯姆．皮爾生決心要壓過他，便威脅，管委會要是不發揮一點作用，他就拒繳管理費。就連女性住戶也心煩意亂，或者應該說女性住戶特別心煩意亂。她們不像男人那般大呼小叫，可是她們個個都做了一定程度的犧牲，才得以嫁給一個在洛杉磯郡最昂貴的新社區買得起房子的男人，自然期望投資有所回報。凱絲．喬韓森問，這麼一來，還怎麼期望能保護社區安全？而婚前畢業於布林莫爾女子學院經濟系的貝琪．羅伯茨則抱怨房價會因此暴跌。

然而多年後，左鄰右舍都只記得有個人在會議上發言，不知為何唯獨那個聲音壓過了其他雜音。她沒有拉高嗓門——也許正因為如此大家才會注意聽。但也或許因為她平常總是輕聲細語，眾人知道她既然在吵吵嚷嚷的會議中起身，必定是有要緊的話想說。又或許是因為，目前她家就住在無花果道最盡頭，羅遜家對門，因此新鄰居對她的影響最直接。總而言之，當絲黛兒・桑德茲站起身時，室內立刻安靜下來。

「你一定要阻止他們，波西。」她說：「否則以後會來更多，然後怎麼辦？應該適可而止吧！」

她全身發抖，淺褐色眼眸閃動著，鄰居們有感於她自然流露的激動情緒紛紛鼓掌。她從未在會議中發言，甚至不知道自己會發言，意識到時已經站起來了。有一會兒，她幾乎說不出一句話──她最討厭所有人都盯著她看的感覺，在自己的婚禮上甚至想跑去躲起來。但她顫顫悠悠的畏縮口吻，只讓所有人更加全神貫注。會議結束後，要不是鄰居們都想和她握手，她甚至走不出會所的門。數週後，樹幹和燈桿上到處有傳單翻飛，上面用粗體寫著：**保護家園、適可而止**。當她發現有一張傳單夾在車子的擋風玻璃上，自己說的話反射回來，心下大驚，那話語有如出自陌生人之口。

順帶一提，卜雷克・桑德茲得知妻子在那場會議中發言後，也和所有人一樣驚訝。她不是個會公開抗議的人。他從未見過有任何議題能大大激怒她，頂多就是簽署請願書，而即使如此，通常也是因為她太客氣，不忍心像他一樣當面把寫字板推回給某個大學生。當然，他想保持地球乾淨，也覺得戰爭惡劣，但這並不代表對著認真勤懇的人大聲嘶吼就是對的做法。不過絲黛兒會包容這些理想主義者，會傾聽他們的言論，會簽署他們的請願書，只因為她太過貼心，不會叫他們滾開。不料這次她不知怎麼回事，在管委會議上竟然狂熱得像那些示威抗議的年輕人。

他本該覺得好笑，他那個害羞內向的絲黛兒竟然大鬧會場！然而或許也不該覺得詫異。女人保護自己的家，這個淵源比政治還要深遠。何況自從認識她以來，關於黑人她從無一句好話。老實說，這讓他有些尷尬。萬物的自然秩序他尊重，但不需要殘酷以對。小時候，他有個黑人保母叫薇瑪，幾乎等於是他的家人。到現在他仍然每年會寫聖誕卡給她。但絲黛兒連請個黑人幫傭都不願意，她說墨西哥人更勤勞。他始終不明白，為什麼看到黑人老婦拖著腳步過街時，她會迴避目光？為什麼面對電梯服務員，她總是冷冷淡淡？身邊出現黑人時，她就會敏感不安，像個被狗咬過的小孩。

那天晚上，當他們溜出會所，他面露微笑，涎著臉要她挽起他的手。那是個涼爽的四月夜晚。他們緩步從藍花楹樹下走過，頭上已開始綻放淡紫色花朵。

「我都不知道自己娶了一個這麼會煽動人心的老婆。」他說。

他們初次相遇時，他告訴她，他父親在波士頓的銀行工作，他離家是為了念書，只不過省略了他父親擔任高階主管的銀行是大通銀行，也沒說他念的大學是耶魯。後來她才察覺有些跡象顯示他確實出身富貴：極少穿昂貴衣服，儘管負擔得起；極少提及自己的父親或是他繼承的資產。他大學念的是財政與市場行銷，但非但沒有進軍曼哈頓的麥迪遜大道，反而隨未婚妻回到她的家鄉紐奧良。兩人後來分手了，但那時候他已經愛上這座城市，所以後來才會到白宮百貨的行銷部門任職，也才會雇用絲黛兒·韋涅當他的新祕書。

即便在結婚八年後，每當有人問起他們相識的情形，絲黛兒還是會有點神經質。老闆和祕書，亙古不變的故事。讓人想到的畫面是一個油頭水桶肚、身穿吊帶褲的男人，繞著辦公桌追著一個年輕女孩跑。

「我不是什麼老色鬼。」有一回在一個晚餐宴會上，卜雷克笑著這麼說，事實也是如此。當時他二十八歲，下巴方正，一頭金色亂髮，眼睛灰中帶藍，很像保羅．紐曼。或許因為如此，受到他關注的感覺很不一樣。那個時候的她，一受到白人男子注意就會萎縮。在卜雷克的注視下，她卻綻放開來了。

「我是不是出洋相了？」稍後她坐在梳妝鏡前，邊梳頭邊問道。卜雷克緩緩走到她身後，為她解開白衣的鈕子。

「當然沒有。」他說：「不過絕對不會發生那種事的，黛兒。不知道為什麼每個人都這麼激動。」

「可是你也看到波西的樣子了，簡直就嚇到秀逗了。」

卜雷克笑道：「我最喜歡聽妳說這種話了。」

「哪種話？」

「你們家鄉話。」

「喂，別取笑我。現在不是時候。」

「我沒有啊！我覺得很可愛。」

他俯身親吻她的臉頰，她則從鏡中看著他髮色淺淡的頭彎向她髮色深暗的頭。她努力掩藏內心的緊張，有人看得出來嗎？社區裡有了黑人家庭。卜雷克說得對，絕對不會發生這種事。管委會會加以阻止。他們請了律師備用，就是為了防範這種事，不是嗎？若是不能阻止不受歡迎的人搬進來，若是不能確保社區環境百分之百符合居民的期望，設立管委會還有什麼意義？她試著穩住心窩處那股忐忑不安，卻做不到。以前她曾經被識破，只有一次，是她人生中第二次假扮白人。她在野鴨鎮的最後一年夏天，在她大膽走進飾品店之後的數星期，一個尋常的週六上午，不是黑人日，她去了南路易斯安那美術館，直接走上大門，而不是位在小巷中供黑人排隊的邊門。她沒被攔下，也再一次覺得自己笨，沒有早點嘗試這種做法。當白人沒什麼，大膽而已。只要裝出你屬於某個地方，就能說服所有人相信。

入館後，她在各個展示間緩緩遊走，仔細端詳模糊的印象派作品。有一名上了年紀的導覽員用吟誦般的語調為圍成一圈、興味索然的孩子們解說，她心不在焉地聽著，忽然注意到角落裡有個黑人警衛直盯著她。接著他眨了眨眼，嚇得她低頭快步從他身邊走過，幾乎大氣都不敢喘一口，直到重回明亮的午前陽光下。她搭上巴士回野鴨鎮，臉頰滾燙。假裝當然沒那麼容易，黑人警衛當然會識破她。**我們總能認得出自己人**，她母親是這麼說的。

如今竟有黑人家庭要搬到對街。他們會看出她是什麼人嗎？或者應該說**不是**什麼人？卜雷克親著她的頸背，一手滑進她的睡袍內。

「別擔心，親愛的。」他說：「管委會絕不會允許的。」

半夜，女兒尖叫起來，絲黛兒踉踉蹌蹌進到女兒房間，發現她又做噩夢了。她爬上小床，輕輕將她搖醒。「我知道，我知道。」她邊說邊替她擦眼淚。她自己的心也還跳得厲害，只不過到現在，她多少已經習慣慌慌張張爬下床，循著女兒的尖叫聲而來，總是做足了最壞的打算，結果卻只看見甘乃荻緊抓床單，在被子裡不停扭動。小兒科醫生說她身體沒問題，睡眠專家說想像力太旺盛的小孩很容易做逼真的夢。大概只能說她是個藝術家吧，醫生說著格格一笑。兒童心理學家檢視了她的畫，問她夢見什麼。

可是年僅七歲的甘乃荻從來不記得。卜雷克很不以為然，覺得看那些醫生是浪費錢。

「一定是遺傳到妳。」他對絲黛兒說：「有桑德茲家好基因的女孩頭一沾枕就會睡到不省人事。」

她告訴他，自己年輕時也常做噩夢，夢醒後也是記不得。但後面這句不是實話。她做的噩夢都一樣，一群白人男子抓住她的腳踝，要把她拖下床。她從未跟德姿蕾說。每次她猛然驚醒，德姿蕾都在一旁呼呼大睡，讓她覺得自己這麼害怕很蠢。德姿蕾不也從衣櫥裡看到了嗎？她不也看到那些白人做了什麼嗎？那她半夜怎麼不會怦然心跳地驚醒？

她們從來不談父親。每當絲黛兒試著想談，德姿蕾的目光就會變得呆滯無神。

「妳要我說什麼？」她說：「我知道的跟妳一樣多。」

「我只是想知道為什麼。」絲黛兒說。

「沒人知道為什麼。」德姿蕾說：「總是會有不好的事發生，就是這樣。」

現在絲黛兒將女兒額頭上的絲柔金髮往後撥。

「沒事了，親愛的。」她小聲地說：「再睡吧。」

她將女兒抱得更緊，拉起被子蓋住兩人。一開始她並不想當母親，想到懷孕就滿心恐懼，她會想像自己生出一個愈來愈黑的孩子，卜雷克驚嚇到畏縮起來。她寧可他以為她和黑人搞外遇。這個謊言似乎比真相仁慈些，相較於持續不斷的欺騙，一時紅杏出牆的犯行比較輕微。但生產後，她完全如釋重負。懷裡的寶寶完美極了：乳白肌膚，波浪金髮，眼珠藍得發紫。不過她總覺得甘乃荻像是別人的女兒，是絲黛兒借來的孩子，眼下的生活也是她借用的，根本不該屬於她。

「媽咪，妳從哪裡來的？」有一次洗澡的時候，甘乃荻這麼問她。當時的她將近四歲，正是好問的年紀。絲黛兒蹲跪在浴缸旁，用毛巾輕擦女兒的肩膀，瞄著那雙既不安又美麗的藍紫色眼睛，她從來沒見過誰有這樣的眼睛。

「南方的一個小鎮。」絲黛兒說：「妳沒聽過的。」她老是用這種口氣跟甘乃荻說話，好像把她當成大人。所有的育嬰書都這麼建議，說這樣有助於促進語言技能。但說實話，她只不過是認為像卜雷克那樣咿咿呀呀感覺很蠢。

「那是哪裡啊？」甘乃荻問。

絲黛兒往她身上淋溫水，泡沫化了開來。「就是一個叫野鴨鎮的小地方，親愛的。」她說：「跟洛杉磯完全不像。」

這是她第一次也是最後一次對女兒坦言不諱，只因為她知道女兒還太小，不會記得。後來，絲黛兒會撒謊，會告訴甘乃荻她來自奧珀盧薩斯，一如她對每個人的說詞，除此之外，她幾乎絕口不提自己的童年。但甘乃荻還是會問。她的提問總像是突擊，就好像用指頭壓一處瘀青。妳小時候是什麼樣子？妳有兄弟姊妹嗎？妳家長什麼樣？有一次在聽床邊故事時，她問絲黛兒，她媽媽長什麼樣？絲黛兒手裡的故事書差點掉了。

「她已經不在了。」她過了好一會兒才說。

「那她在哪裡？」

「沒了。」她說：「我的家人都沒了。」

多年前在紐奧良，她也對卜雷克撒了同樣的謊：她父母在意外中喪生，她是獨生女，後來搬到紐奧良來。他摸摸她的手，而她倏地從他眼中看見自己。一個卑微的孤女，孤身一人在大城市裡。如果他心生憐憫，就無法理性清楚地看她。她所有的謊言會透過哀痛之情向他折射，他會將她對過往的沉默曲解為悲傷所致。如今，最初的謊言反而感覺更接近事實。她已經十三年沒和姊姊說話。德姿蕾現在在哪呢？母親還好嗎？故事還沒讀完，她就把書放回架上，當天稍晚刷牙時，她聽見卜雷克在跟甘乃荻說話。

「媽咪不喜歡說她家人的事，」他輕輕地說：「她會覺得傷心。」

「為什麼？」

「沒有為什麼。他們都不在了。所以別再問她其他問題了，好嗎？」

在卜雷克心目中，她遇見他以前的人生十分悲慘，還失去了全家人。她寧願他這麼看她。一張白紙。她的過去與現在之間隔著一道簾子，而她永遠不能掀簾偷看，天曉得會有什麼趁機溜過來？

社區裡住進黑人家庭。絕不可能。

然而，開完管委會的隔天早上，絲黛兒在泳池裡漂浮了數小時，仍然想著這件事。雲從頭頂上飄過，可能快下雨了。她穿著和塑膠筏相配的紅色泳衣，一面啜飲著琴酒加蘇打水，方才一見女兒出門上學就偷偷倒了一杯，這時她又小啜一口，暗自希望在廚房裡忙碌的約蘭姐會以為她在喝水。現在喝琴酒顯然太早，但她想要安定從昨晚就莫名不安的神經。卜雷克說羅遜家不會接受房子買方的出價，但若是如此，波西何必召開會議呢？站在會議室前方的他為什麼看起來那麼震驚，彷彿已經知道自己束手無策？這個國家每天都在改變，她在報上看到無數關於示威遊行的新聞。廁所、大學校園和公共泳池解除了種族隔離的禁令，正因如此，他們剛搬到布蘭特伍德時，卜雷克才會堅持在後院蓋游泳池。私人泳池對她來說太奢侈了，但卜雷克說：「妳總不想讓小荻去市立泳池吧？現在他們什麼人都放進去，也不知道會跟誰一起游。」

他從小在波士頓長大，只在白人專用的泳池游泳。她則是在河裡游，偶爾會去灣區海灘，那裡有白人救生員會叫他們待在黑人區，別越過紅旗。兩邊的水當然會混在一起，要是有人在黑人區尿尿——德姿蕾老是格格笑著威脅要這麼做——最後也會滲到白人區去。不過絲黛兒同意卜雷克的說法，他們不能讓女兒去市立泳池。那麼唯一的解決之道就是自己蓋。

多年下來，她終究還是感激卜雷克蓋了這個泳池，以及他認為在洛杉磯生活不可或缺而堅持安排的一切：她的紅色雷鳥、她的幫傭約蘭妲，與他所提供其他數不盡的小小物質享受。她喜歡物質享受這個說法，也喜歡想像那種有如博美犬蜷繞在腳邊的享受。遇見卜雷克以前，她從未有過舒適享受的感覺，直到認識他之後，她才體認到這一點。見他一個人就點一整份牛排，再想起自己有多少夜晚是空著肚子入睡，她總覺得不可思議；或是看著卜雷克面對兩條領帶難以抉擇，最後乾脆兩條都買，想起自己以前都要走路上學，鞋子擠得腳趾抽筋；或是走進廚房看見約蘭妲在擦拭銀器，想起多年前瞪著自己映在杜彭家叉子上的倒影。

當年，她要負責打掃一個家，那家裡擺滿她一輩子也買不起的昂貴物品；要跟在兩個調皮小鬼後面收拾，還要閃躲杜彭先生。他會尾隨她進儲藏室，關上門，把手伸進她的連身裙。有三次他撫摸她也撫摸著自己，氣喘吁吁，口氣中有濃濃的白蘭地味，她想逃，但儲藏室太狹小，他又太有力，緊緊將她壓靠著架子。然後就結束了，來得快去得也快。很快地，比起他動手動腳，對他的恐懼更令她坐立難安。整天都在擔心他會從後面偷襲，即使沒被偷襲的日子也被這份擔心給毀了。第一次遭遇的當晚，上床後她問了德姿蕾怎麼看他。

「還能怎麼看？」德姿蕾說：「他就是個瘦皮猴老白男。怎麼了？妳怎麼看他？」

即便在陰暗的臥室裡，即便對德姿蕾，絲黛兒也說不出口。她一直想要相信是自己有特殊之處，但她知道杜彭先生單純是感覺到她的懦弱才會挑上她。她是雙胞胎當中不會洩密的那個。

她確實沒有，這輩子也絕不會對任何人說起。可是當德姿蕾提出在創鎮人紀念日後離家的計畫，絲黛兒想起自己被杜彭先生推靠在儲藏室架子邊上，心知自己也得走。到了紐奧良，當德姿蕾開始動搖，絲黛兒感覺到他的手指在她的內衣褲裡蠕動著，便為姊妹倆找到了繼續留下的力量。

但那已是大半輩子前的事了。她的一根腳趾溜出筏緣，腳尖輕掠過水面。現在這真叫享受——漂浮在游泳池裡度過悠閒的上午，一棟兩層樓的房子、滿櫥滿櫃的食物、滿箱的女兒的玩具，而書架上還有一整套百科全書。這真的是享受，再也不缺什麼。

半晌午的氤氳加上琴酒的安定作用，她漸漸覺得睏了，於是勉強爬出池子。當她輕輕踩上廚房地磚，全身還滴著水，正在擦拭餐廳家具的約蘭妲抬頭瞅了她一眼。腳還是濕的，她遲了片刻才驚覺約蘭妲已經拖過地。

「對不起，」她說：「妳看看我，把妳的地板給弄髒了。」

有時候她還是會這樣跟約蘭妲說話，好像她是客、約蘭妲是主，而不是反過來。約蘭妲聽了只是笑笑。

「沒關係，太太。」她說：「妳的茶。」

絲黛兒啜了一口甜茶，毛巾隨意地圍披在肩上便去沖澡。至少游泳是好的運動，一開始她這麼對自己說。但多數早晨她根本沒有游泳，只是躺在筏子上漂浮。心情極好時，會端著一杯雞尾酒，迎著日出漂浮在水面上慢慢啜飲。這麼早喝酒，甜美中帶著不當，但杯中物只當作刺激消遣卻又可惜。她的日子交相混雜、彼此折射，宛如被困在鏡室內。有一次德姿蕾帶她去一個巡迴遊樂場，裡面就有這樣一個鏡室。一進到裡面，德姿蕾就蹦跳著跑開，絲黛兒拚命地追著喊她。有一刻，她看見德姿蕾在後面，但一轉頭卻不見人影，只看見自己的面孔怪異地反射回來。

現在的日子感覺就像這樣，一天天重複，但她怎能抱怨？至少對卜雷克不行，他在紐奧良和波士頓拚死拚活，才好不容易博得洛杉磯一家企業注意，洛杉磯耶，一個重要的國際市場。他沒日沒夜地工作，一天到晚出差，晚上上床後經常看著五彩繽紛的圖表入睡。對他而言，她的生活想必像夢一樣，更何況，她其實幾乎什麼也沒做。有多少次他回家時看見她正在為蛋糕裹上糖衣，其實是盒裝買來的？他晚上睡的床單是約蘭妲洗的，就連女兒的生活有時候也像是她委託給他人的另一項家事。

那天下午，她坐在布蘭特伍德小學的多功能教室裡，拿著芹菜棒慢慢劃過鄉村醬。教室前方，貝琪正在草草記下春季舞會的志工名單。絲黛兒知道自己應該舉手——她上次志願做點其他事情，而不只是準備潘趣酒，都多久以前了？——但她卻愣愣瞪著窗外修剪得一絲不苟的草坪。每次開這種會，聽著大夥兒討論要掛哪種彩帶、要做哪種口味的布朗尼、年終要送史丹利校長什麼禮物，她總會變得漫不經心。天哪，若是還得再聽她們談論某個她不認識的小孩呢？某某蒂娜在才藝表演時搶盡群鋒頭，或是某某鮑比贏得樂樂棒球賽冠軍，或是贏得其他無數虛名……她女兒從來沒有任何特殊成就，但就算是有，絲黛兒至少也懂分寸，不會強迫所有人聽她炫耀。

她知道其他母親怎麼看她——那個絲黛兒．桑德茲又來了，高傲得跟什麼似的。無所謂，隨她們去想。她需要和人保持距離。儘管過了這麼多年，混在白人女人中還是讓她覺得緊張，只要她一張嘴，閒聊就會戛然而止。會議結束後，凱絲．喬韓森快速走過來，感謝絲黛兒昨晚說了那番話。

「也該有人挺身仗義執言了。」凱絲說。

喬韓森一家是土生土長的洛杉磯人。戴爾．喬韓森的家族在帕薩迪納擁有大片柳橙園，有一回他邀請她和卜雷克去參觀那座「農場」，他如此稱呼，就好像那只是個簡樸的小農家，而不是百萬美元的家業。絲黛兒難以忍受他的矯情，只得脫離眾人，獨自漫步於一列列果樹間。開車回家路上，卜雷克提議她或許能和凱絲成為好朋友。他老是這樣，試圖引誘她遠離自我，但她覺得封閉自己比較安全。

開完管委會一星期後，絲黛兒開始發現一些蛛絲馬跡，顯示她最大的噩夢成真了。首先是具體的跡象：羅遜家的草坪上插了一塊「已售出」的紅色牌子。她和羅遜家人不熟，除了在社區的百樂餐會上不出意料地說說笑笑之外，鮮少與他們交談，但某天早上還是勉為其難地向站在自家車道上的黛博拉．羅遜揮手打招呼。黛博拉回頭瞥了她一眼，顯得不勝其擾，一面把兩個亞麻色頭髮的兒子趕上轎車後座。

「新來的那家人，」絲黛兒說：「他們人好嗎？」

「我不知道欸。」黛博拉說：「我沒見過他們。所有事情都是仲介處理的。」

可是她自始至終都沒有正眼看絲黛兒，與她擦肩而過便爬上車，因此絲黛兒知道她沒說實話。後來她得知了整件事的來龍去脈，原來是赫克特・羅遜賭博出了問題，導致家人債台高築。有半數鄰居覺得他可憐，另一半則怪他不負責任才害他們陷入目前的困境。一個男人失去了這麼多或許令人同情，可是當他的厄運傷及整個社區，便又是另一回事。然而，絲黛兒仍懷抱希望，但願是自己多慮了，直到有一天卜雷克打完壁球回家，用T恤擦著汗濕的臉，同時告訴她管委會妥協了。

「那個黑人威脅說，如果不讓他住進來就要提告。」卜雷克說：「還請了個有名的大律師，把老波西嚇壞了。」他注意到她沉下了臉，便捏捏她的臀部說：「哎喲，別露出那種臉，黛兒。不會有事的。我打賭他們在這裡撐不過一個月。他們會明白自己不受歡迎。」

「但是以後會有更多人……」

「那也要負擔得起啊。伏瑞德跟我說那個人付的是現金，他不是一般人。」

他聽起來很欽慕那個人。但什麼樣的人會以提告作為威脅，硬要住進一個不歡迎他的社區？誰會堅持做這樣的事呢？為了表明自己的立場？為了讓自己落入悲慘境地？最後躍上夜間新聞，和那些示威者一樣，不惜遍體鱗傷或犧牲性命也希望說服白人改變想法？兩週前，她就坐在卜雷克椅子的扶手上，看著全國各地陷入火海的畫面。**就一顆子彈**，新聞主播說，槍擊的力道扯下了金恩的領帶。卜雷克一臉茫然地瞪著驚惶失措的黑人從著火的建築物前跑過去。

「我永遠無法理解他們為什麼這麼做。」他說：「竟然把自己住的社區給毀了。」

在地方新聞台，警察呼籲民眾冷靜，城裡仍因為三年前瓦茨社區的暴動而紛亂不安。她走進化妝室，一手緊摀著嘴巴壓住哭聲。在這樣一個夜裡，德姿蕾也感到絕望嗎？她曾有任何一刻感覺到希望嗎？這個國家現在都讓人認不得了，凱絲這麼說，但在絲黛兒看來還是一模一樣。湯姆、戴爾、波西不會衝進某黑人家的門廊，把他從廚房拖出來，不會踩踏他的手，不會朝他開五槍。他們是好人，是善良的人，會捐錢給慈善機構，看到南方保安官朝黑人大學生揮舞警棍的新聞畫面，他們也會驚懼畏縮。他們認為金恩是個能打動人心的演說家，說不定還認同他的一些想法。他們不會往他的頭餵子彈——看到他的喪禮，或許會掉淚，多可憐啊，孩子還那麼小——但他們仍然不會同意那個黑人搬進自己的社區。

「我們可以威脅說要搬走。」戴爾在晚餐桌上說道。他將香菸在手指間轉來轉去，眼睛凝視窗外，猶如站崗的守衛。「管委會會怎樣呢？我們全體住戶，一起走人。」

「為什麼是我們要離開？」凱絲說：「我們那麼認真工作，管理費也按時繳。」

「這只是策略。」戴爾說：「一種協商策略。我們要發揮最大的集體力量……」

「你的口氣好像俄共。」卜雷克扁扁嘴說。絲黛兒抱著自己的身子，酒幾乎碰都沒碰。她希望想一些與黑人家庭搬進社區無關的事，但現在無論是誰，能談論的也只有這件事。

「你倒好，面對這一切還笑得出來。」戴爾說：「等著瞧吧，到最後整個社區會跟瓦茨一樣。」

「我是在說這種事絕對不會發生。」卜雷克邊說邊湊上前去替絲黛兒點菸。「真不知道你們到底在緊張什麼。」

「最好是不會發生。」戴爾說：「我會搞定的。」

她分不清何者更令她膽怯，是想像一個黑人家庭搬進來，或是想像眾人會採取什麼手段阻止他們？

數日後，一輛黃色搬家貨車緩緩駛上「宮廷物業社區」的蜿蜒街道，每到交叉路口便停下來，尋找無花果道。當貨車停在羅遜家門前，絲黛兒從臥室透過百葉窗偷看著。有三名瘦瘦高高、穿著相搭的紫色襯衫的黑人男子從後側下車，一一卸下了一張皮沙發、一只大理石花瓶、一塊捲起的長地毯、一隻豎直了鼻子的巨大石象、一盞細長的立燈。家具展示沒完沒了，卻不見家庭成員。絲黛兒觀看許久，直到女兒從身後悄悄靠近，低聲問：「怎麼樣了？」彷彿在玩某種間諜遊戲。絲黛兒頓時尷尬不已，急忙從百葉窗邊走開。

「沒事。」她說：「要不要來幫媽咪擺餐具？」

擔心憂慮好幾個星期，第一次與新鄰居的見面卻是意外而尋常。第二天早上帶女兒出門上學時，她巧遇那位太太。當時她心不在焉，手裡端著一個迷你實景模型，一開始幾乎沒注意到那位漂亮的黑人女子站在對街。她身材苗條勻稱，核桃色皮膚，一頭短髮很像至上女聲的團員。她穿著低圓領的金菊色洋裝，牽著一個身穿粉紅洋裝的小女孩。絲黛兒停頓了一下，鞋盒做的模型緊貼在腹部。接著女子便微笑招手，絲黛兒略一遲疑，最後也抬起手來。

「好舒服的早晨。」女子大聲說道，略帶口音——可能是中西部口音。

「是啊。」絲黛兒說。

她應該自我介紹才對。其他鄰居都沒有，但她就住在正對面——直接就能看到女子家的客廳。不過她輕推著甘乃荻往車子走去。開車到學校的一路上她都緊握方向盤，腦中一再重播剛才的對話。那個女人的親和笑容——不說別的，她怎能如此輕鬆自在地和絲黛兒說話呢？難道即使隔著街道，她也從她身上感覺到可以信賴的東西？

「我遇見鄰居了。」那天晚上她對卜雷克說：「那位太太。」

「喔，」他爬上床躺到她身邊說：「至少人還好吧？」

「應該不錯吧。」

「不會有事的，黛兒。」他說：「他們要是有點自覺，就不會越線。」

房裡燈暗了，卜雷克翻身親她，床墊跟著吱嘎響。有時候他撫摸她時，她會看見把父親拖到門廊上的那個男人，留著紅金髮那個，身形高大，灰色襯衫半敞著，臉頰上結了個痂，似乎是刮鬍子時弄傷的。卜雷克撐開她的大腿，那個金紅髮的男人隨即壓到她身上來——她幾乎能聞到他的汗味，看見他背上的雀斑。然後卜雷克身上象牙香皂的乾淨氣味重新飄來，他的聲音低喚著她的名字。真可笑——這兩人一點都不像，卜雷克也從未傷害過她。**但他有可能**，一思及此，又感覺到他深深進入自己體內，她不由得把他抓得更緊了。

八

新來的鄰居姓沃克，男女主人分別叫雷金納和蘿芮塔，當「湯米．泰勒警佐」本尊要搬到無花果道的消息一傳開來，就連最強硬的反對派態度也放軟了。當然了，泰勒警佐是當紅警匪影集《搜身》中極受歡迎的角色。他是個做事嚴謹的警員，與性情粗暴的男主角搭檔，老是為了一些文書作業與規約事宜叨念他。「把那表格填了！」是他的口頭禪，一連幾個月，每當卜雷克在巷底對街發現他，總會對他高喊這句話作為招呼。小雷不管是正在割草或到車道上撿報紙，總會在嚇一跳後綻放他的招牌笑容，微微聳肩，彷彿覺得這是一個白人會從對街丟過來最不具傷害性的東西。

卜雷克樂此不疲，好像兩人在開一個祕密玩笑。他看不出小雷有多麼容忍他，但絲黛兒總覺得難為情，便催著他進屋。除了新聞，她很少看電視，對警察影集當然更是興趣缺缺，因此在得知沃克夫妻的背景後，根本不在乎小雷是卜雷克愛看的某齣電視劇裡的演員。也許做丈夫的會被這種事情說服。若是非得與黑人為鄰，能是個名人再好不過，甚至還是個讓人信賴的人，一個在螢幕上始終穿著制服的人物。想想看，第一次見到小雷時他們有多驚訝。高大、精瘦、頭髮梳開成短短的自然鬈。他穿著綠色格紋長褲，絲質襯衫緊貼寬闊的胸膛，手腕上一只金錶閃閃發光，當他爬上擦得晶亮的黑色凱迪拉克時，陽光在錶上閃爍著。

「華麗男。」瑪姬．霍桑用她一貫的誇張口氣這麼喊他。「危險分子。」

每週五晚上，絲黛兒都會看著沃克夫妻爬上自家轎車，小雷穿著黑色西裝，蘿芮塔則是一襲寶藍色長禮服。要去參加宴會吧？和電影明星擠在好萊塢山的豪宅內，與足球員一同湧入日落大道的夜總會。有那麼一刻，絲黛兒覺得不信任他們實在愚蠢。巴柏．霍桑是牙醫，湯姆．皮爾生是林肯車的經銷商。說不定在沃克眼裡，其他鄰居都配不上他們。她瞄了一眼已換上睡衣的自己，無法反駁。

「怎麼樣？」接下來參加親師聯誼會時，凱絲焦慮地問：「他們是什麼樣的人？」

絲黛兒聳聳肩說：「不知道，只見過一、兩次。」

「聽說先生還好，不過那個太太就不一樣了。」

「什麼意思？」

「反正就是眼睛長在頭頂上。聽芭比說她明年想把女兒送到我們學校。不是我說，這太誇張了！城裡到處都有黑人小孩上的頂尖學校，還有巴士和所有設施，不是嗎？」

蘿芮塔看起來不像會製造麻煩的人，不過絲黛兒又了解她多少？她總是保持距離，只會透過百葉窗縫隙偷看。小雷開著凱迪拉克去趕早班拍攝，蘿芮塔裹著綠色絲袍站在門廊上揮手送他。每個星期一蘿芮塔會去大採買，然後從後車廂把東西搬下來。有一回，一輛茶色別克駛進車道，三名黑人女子一擁而下，手裡拿著葡萄酒和蛋糕。蘿芮塔來到車道迎接她們，仰天開懷大笑。那燦爛的笑容讓絲黛兒忍不住也露出微笑。上一次看到有人這麼樣笑，是什麼時候的事了？

她透過百葉窗看著沃克夫妻，就好像他們的生活是她電視上另一個節目。但她始終沒看到任何驚人的事，直到有一天早上，忽然發現女兒在巷底和沃克家的女兒玩玩偶娃娃。她沒有多想，還沒回過神，已經衝到對面抓起女兒的手臂，拖著她回家，兩個小女孩嚇得目瞪口呆。她全身顫抖，進屋後笨手笨腳地將門鎖上，女兒則哭嚎著說玩偶掉在路上了。她知道自己反應過度——她在甘乃荻這個年紀時，不也會和白人女孩玩嗎？只要年紀夠小，沒有人會在意。以前她們姊妹倆會跟著母親去工作，和住在那一家的白人小女生玩，直到有一天下午，小女生的母親才忽然把她強拉出她們的圈子。絲黛兒也對女兒說了她當年聽到那個母親說的話。

「我們不和黑鬼玩。」她這麼說，不知道是她的強硬口氣，還是因為她從未對女兒說過那個字眼，總之事情就到此結束。

至少她是這麼想，不料晚餐過後，門鈴響了，蘿芮塔就站在他們家的門墊上，拿著甘乃荻的玩偶娃娃。在門廊燈的柔和光線下，將那尊金髮娃娃抱在肚子上的蘿芮塔，有一度幾乎也像個小女孩。接著她猛然將娃娃塞進絲黛兒手中，便往回走向對門。

接下來三個星期，絲黛兒都迴避著蘿芮塔。

出於好奇的窺探就算了吧。現在她會在出去拿信之前從百葉窗縫覷一眼，以免撞見蘿芮塔；改成在星期二上超市，絕不在星期一，唯恐兩人在牛奶區撞個正著。到目前為止，只有在星期天早上意外撞見過一次，因為兩對夫妻剛好同時出門要上教堂。兩位先生都和氣以對，但太太們一聲不吭，只顧著扶自家女兒上車。

「她不太友善。」卜雷克倒車時嘟囔抱怨道，絲黛兒則不發一語拉扯著手套。

她沒什麼好難為情的，真的。凱絲和瑪姬都可能做出如出一轍的反應。不過她還是沒告訴卜雷克。

萬一他質疑她為何反應過度呢？或是覺得她表現得活像個路易斯安那的窮酸白人呢？他母親總是這麼說她。他認為國內應該建立溫和氛圍。每當看見新聞上警察棒打示威者，他都會說他最大的希望是所有人都能和平相處。所以他會覺得難堪，好像她還不夠難堪似的。儘管她知道自己沒做錯事，但每次想到蘿芮塔站在他們家門廊上抱著娃娃的模樣，還是覺得難受。蘿芮塔還不如大罵她一頓，罵她是個思想落後、心胸狹隘的老頑固。但她沒有，她保持端莊，因為不得不然，而這只是徒增絲黛兒的羞愧感。

「妳知道沃克家那個女人給學校發函嗎？」星期天上教堂時，凱絲擠坐到她旁邊問她。

「發函？」絲黛兒不解地問。她太累了，無法明白凱絲緊張焦慮的源由。即便來了教堂這裡，她仍躲不掉蘿芮塔．沃克。

「律師函。」凱絲說：「是個名律師，說今年秋天學校要是不讓她女兒入學，她就要提告。妳能想像嗎？為了一個小女孩大打官司？老實說，有些人就是愛引人注意……」

「我覺得她看起來不像。」絲黛兒說。

「妳怎麼知道？」凱絲說著抱起手來。絲黛兒則舉手作投降狀。

「妳說得對，我是不知道。」她說。

到了六月，她將內疚烘烤成一塊香草糖霜檸檬蛋糕。這主意來得突然——還來不及三思，她已經從櫥櫃拉出一包麵粉，然後滿冰箱地找蛋。她發瘋似地在家裡面走來走去，每次想壯起膽子出門就往窗外瞥一眼。她真的受夠了，因為每當想像著沃克家的女兒被丟在人行道上，玩偶娃娃散落在旁，女孩睜著一雙大眼睛直瞪她的背影，她的胃就揪成一團。她非道歉不可。不去道歉她不會好過。她要烤個蛋糕帶過去，祝賀他們的喬遷之喜。至少這麼一來她就能誠心誠意、端莊體面對待那位女主人。殷勤好客與友善不同，要是有人問起，她會說從小父母就教她要殷勤待人。不多不少，如此而已。一塊檸檬蛋糕買心安，感覺是一門輕鬆的交易。

下午，她用玻璃盤端著蛋糕，長長吐了口氣後走過街去。沃克家車道上停著那輛茶色別克。很好，蘿芮塔有客人，送上蛋糕、道歉、離開，這樣就更簡單了。

蘿芮塔穿著一件亮晃晃的綠色洋裝來應門，頸間圍著金色絲巾。光是打照面，已經讓絲黛兒對自己身穿尋常藍色洋裝，端著逐漸凹塌變形的蛋糕感到羞赧。

「妳好啊，桑德茲太太。」蘿芮塔說。她倚在門邊，手裡拿著一杯白酒。

「嗨，」絲黛兒開口道：「我只是想來……」

「請進來吧。」

絲黛兒頓了一頓，沒想到她會這麼說。客廳傳出響亮笑聲，她內心一震。最後一次和女性友人閒坐談笑，是多久以前的事了？

「喔，不，不行，妳有客人……」她說。

「別客套了，」蘿芮塔說：「我們沒道理站在門口說話。」

絲黛兒進屋後停下腳步，被屋內的豪華裝潢震懾：客廳地板鋪了一塊白色長毛地毯，落地燈頂著鍍金燈罩，壁爐台上擺了一只馬賽克花瓶。她自己家簡簡單單，標示了好品味。只有不入流的人才會這樣，家具金光閃閃，到處擺滿小玩意。長皮沙發上，有三位黑人女子正坐著飲酒，聽著艾瑞莎・弗蘭克林的歌。

「姊妹們，這位是桑德茲太太。」蘿芮塔說：「她住在對街。」

「桑德茲太太，」其中一人說：「久仰大名了。」

絲黛兒紅了臉，從那一張張笑容，她心裡有數她們都聽到了些什麼。她為什麼要進來？不對，她為什麼要帶蛋糕過來？她為什麼就不能像其他鄰居那樣保持距離？但如今已經太遲。絲黛兒隨蘿芮塔到廚房，將蛋糕放到流理台上。

「妳要不要喝一杯，桑德茲太太？」蘿芮塔問。

「叫我絲黛兒就好。」她說：「我不行，我只是想過來一下……就是，歡迎你們搬來。還有關於那天的事……」

她暗自期望蘿芮塔能中途接話，免得她還要重述那起事件丟自己的臉。然而，女主人只揚起一邊眉毛，伸手去拿空杯。

「妳真的不想喝嗎？」她說。

「我只是想道個歉。」絲黛兒說：「我也不知道自己是怎麼回事。我平常不會那樣的。」

「怎麼樣？」

她是什麼意思，想必蘿芮塔心知肚明，但這般玩弄她太有趣了。絲黛兒又紅了臉。

「我是說我平常不會……」她頓了一下。「這對我來說是全新的經驗，妳知道。」

蘿芮塔注視了她片刻，然後啜一口酒。

「妳以為我想搬來這裡？」她說：「可是小雷偏偏打定主意了，一旦如此……」

她沒把話說完，但絲黛兒能替她把後半句填上。她第一次假裝成白人時，看起來實在易如反掌，她都不敢相信自己怎麼從來沒試過，也對父母剝奪她的這個機會近乎憤怒。如果他們能早點轉換身分，把她當成白人撫養，一切都會不同。不會有白人把她爸爸從門廊上拖走，家裡客廳不會塞滿洗衣籃，她將能夠完成學業，以名列前茅的成績畢業。說不定還能進耶魯之類的大學，在校園裡體體面面地認識卜雷克。也說不定她會是他母親希望他娶的那種女孩。那麼不僅她能擁有現在生活中的一切，父母和德姿蕾也可以。

一開始，轉換似乎輕而易舉，她不明白為何父母不這麼做。但當時的她還年輕，不知道變成另一個人需要多長時間，也不知道生活在一個不屬於自己的世界有多孤獨。

「也許孩子們偶爾可以一起玩。」絲黛兒說：「在一條街外有個不錯的小公園。」

「好啊，也許吧。」蘿芮塔的微笑拖得久了一點點，似乎還想說什麼。絲黛兒一度懷疑自己的祕密被看穿了。她幾乎是希望蘿芮塔能看穿她。這心思令她害怕，她是多麼希望能屬於某個人。

「真好玩。」蘿芮塔終於開口。

「什麼？」

「剛搬來的時候，我真不知道會遇到什麼情況。」蘿芮塔說：「可是我萬萬沒想到會有個白人女人，拿著我從未見過的歪斜蛋糕出現在我家廚房。」

蘿芮塔不知道自己最後怎麼會來到洛杉磯。她也是這麼說的，還疲憊地嘆了口氣，再長長地吸一口菸。她坐在公園長椅上，看著兩個小女孩盪鞦韆玩耍。還是初夏時分，上午卻已暖熱不已，絲黛兒拿著手帕擦擦汗濕的額頭。她正在幫甘乃荻推鞦韆時，黑人小女孩就奔進公園，蘿芮塔尾隨在後。女孩戒慎地看著絲黛兒，伸手去拉母親的手，在那一剎那，絲黛兒想要離開，但後來深深吸了一口氣，仍繼續留下。

此時，蘿芮塔抑鬱地抬頭凝視無雲的天空。

「這麼大的太陽，」她說：「不正常，好像一直在電影畫面裡似的。」

她出生於聖路易，卻是在華盛頓的霍華德大學認識小雷。他主修戲劇，對奧古斯特．威爾森和田納西．威廉斯兩位劇作家深深著迷；而她主修歷史，希望有朝一日能成為教授。兩人都沒想到小雷會因為飾演一名無趣的警察一砲而紅。當他排練那冗長的獨白，向蘿芮塔炫耀自己的口才時，根本沒想到多年後，他最有名的台詞會是「把那表格填了！」。

「妳喜歡嗎？」絲黛兒問道：「我是說霍華德。那是黑人學校，對吧？」說得好像她沒有把貝爾丹老師給的大學簡介全都保存起來，尤其是霍華德的簡介，因為太常打開來看，竟從中間裂開了。那許多黑人學生慵懶地躺臥在草地上，翻閱著書，當時對她來說好像夢一樣。

「是的，我很喜歡。」蘿芮塔說。

「我一直都很想上大學。」絲黛兒說。

「還是可以啊。」

絲黛兒笑了，比畫了一下周遭環境。「又何必呢？」

「不知道，因為妳想要嗎？」

蘿芮塔說得那麼輕鬆，但卜雷克會笑她。浪費時間浪費錢，他會這麼說。何況她連高中都沒畢業。

「現在一切都太遲了。」她過了大半晌才說。

「唔，妳想念什麼？」

「我以前很喜歡數學。」

這下換蘿芮塔笑了。「哇，妳一定很聰明。」她說：「哪有人沒事喜歡數學的？」

但她就愛數學的單純，一個數字會根據執行的函數變大或變小，沒有意外，有邏輯地一步接著一步。蘿芮塔把身子往前傾，看著小女孩玩耍。她看起來完全不像大夥嚼舌根說的那個眼高於頂的太太，不像是會不擇手段把女兒送進布蘭特伍德小學的人。她看起來甚至根本不想住在洛杉磯。大學畢業後，她本打算回密蘇里，也許再念個碩士。不料卻愛上小雷，並陷入他編織的夢中。

「那你們怎麼會搬來這裡？」絲黛兒問道：「我是說這個社區。」

蘿芮塔揚起眉來。「那你們呢？」

「嗯，因為學區。這是個好社區，妳不覺得嗎？又乾淨，又安全。」

她給了應該給的答案，雖然她並不那麼確定。她是為了卜雷克的工作搬到洛杉磯，有時候會覺得這件事自己並無置喙的餘地，也有時候會想起搬到洛杉磯的這個機會在當時看來多麼令人心動，能把自己的舊生活隔到千里之外。若假裝自己沒有選擇這個城市，未免愚蠢。她可不是什麼小拖船，隨波逐流。

她是她自己創造出來的。自從以白人女孩身分走出白宮大樓的那天早上起，她便決定了一切。

「那麼妳不覺得我也想要那些嗎？」蘿芮塔說。

「當然，可是妳不……我是說如果妳……那樣肯定會比較輕鬆不是嗎？」

「和我的自己人在一起嗎？」蘿芮塔又點了根菸，整張臉亮得有如銅像。

「是啊。」絲黛兒說：「我只是不知道怎麼會有人想這麼做。妳看，明明有很多不錯的黑人社區，而且人有時候真的很討厭。」

「反正不管怎樣都會招人厭。」蘿芮塔說：「還不如住大房子、擁有一切享受地惹人厭。」

她微笑著又吸了口長菸，那狡黠的笑容讓絲黛兒想起德姿蕾。她彷彿又回到少女時期，趁著母親睡覺跑到門廊上偷抽菸。她取過蘿芮塔的菸，傾身湊向菸頭紅光。

木蘭道住的是喬韓森家——戴爾是金融界人士，在市區上班，凱絲在布蘭特伍德小學親師聯誼會擔任祕書，只不過開會時她幾乎不做會議紀錄，誰都猜不到絲黛兒有多少次瞄向她的筆記本，發現裡頭一片空白。另外懷特家住在杜松道——波西在一家製片公司的會計部門工作，公司名字她忘了，卜雷克大概知道。波西也是管委會主委，但他會出面競選單純只因為老婆逼著他要更有野心一點。琳恩是奧克拉荷馬人，家族從事石油業，天曉得她怎麼會和波西．懷特湊成對。妳看看他就會明白了，總之當初她夢想要嫁一個在好萊塢工作的男人，心裡想著的可不是他這樣的人。然後還有楓樹道的霍桑家——她這輩子沒看過誰的牙齒比巴柏還白。

「我想我見過他。」蘿芮塔說：「身形巨大對不對？有點像電視裡的那隻『靈馬艾德』。」

絲黛兒笑了起來，藍色毛線團差點掉到地上。坐在皮沙發另一頭的蘿芮塔扁嘴一笑，每當知道自己說了好玩的話，她都會露出這個表情，頻率倒是不低，因為她們已經喝第二巡了。

「妳很快就會見到他們所有人。」絲黛兒說：「他們人都很不錯。」

「那是對妳。」蘿芮塔說：「妳知道妳是唯一上我們家來的人。」

絲黛兒當然知道，但她盡可能不去細想這個事實。她看著蘿芮塔的勾針在半空中彎來彎去，面前的毛線也跟著往外溜。稍早打電話給蘿芮塔詢問要不要再讓孩子們一塊玩耍時，她以為會約在公園碰面，沒想到蘿芮塔會邀她到家裡來，也沒想到自己會接受。此時孩子在沃克家後院玩，從紗門可以聽見她們笑鬧的聲音；她有些微醺，聽蘿芮塔聊著她見證了小雷的演藝事業終於起飛，說他儘管覺得《搜身》愚蠢可笑，但終於能夠演個警察，而不再只是出現在片頭搶女人皮包的街頭混混，他仍心存感激。蘿芮塔偶爾會陪他到片場，但整個拍戲過程實在太無聊，最後她往往會找個角落打毛線。絲黛兒感到不可思議，蘿芮塔對於自己生活中每個奇妙層面似乎都無動於衷。每當蘿芮塔問她問題，絲黛兒就會意識到自己的貧乏而發窘。

「我就跟妳說吧，」她說：「我真的乏善可陳。」

「拜託，我才不信。」蘿芮塔說：「我敢說有各式各樣的奇思怪想在妳那顆腦袋裡打轉。」

「我向妳保證，沒有。」她說：「我這個人再平凡不過了。」

她這一生只做過一件有趣的事，卻要用下半生來掩飾。當蘿芮塔問起她的童年，她總是躲躲閃閃。

只要回顧年幼時期就非得提到德姿蕾，她的記憶劈成一半，姊姊被硬生生切除，如今聽起來那麼地孤單：絲黛兒一個人在河裡游泳，在甘蔗田裡遊蕩，在路上被一隻鵝追得上氣不接下氣。孤獨的過往，孤獨的今日。直到現在。不知怎地，蘿芮塔竟成了唯一跟她談得來的人。

整個夏天，她都在等蘿芮塔來電。就算可能正在後院看女兒畫水彩畫，只要廚房電話鈴一響，她二話不說，立刻收拾畫畫用品，小心地往街道瞄上兩眼，然後帶甘乃荻過街。或者她本來正要帶女兒去公立圖書館聽故事，一接到蘿芮塔的電話，過期圖書忽然不再那麼急著還了，接著便壯起膽子到對門去。回家後，她叫女兒別向卜雷克提起她們去沃克家玩的事。

「為什麼？」甘乃荻問。絲黛兒蹲下來幫她解鞋帶。

「沒有為什麼，」她說：「爸爸喜歡我們留在家裡。不過要是妳不說，我們就能繼續到對面去。妳會想要這樣吧？」

女兒將兩手放到她肩上，彷彿在嚴厲申斥她，但其實只是扶著脫球鞋。

「好。」她說得簡單乾脆，卻反而扎心。

和其他事情一樣，隨著時間過去，對女兒撒謊愈來愈得心應手。她也在教甘乃荻撒謊，只是女兒永遠不會知道。她是白人，她永遠不會把自己當成其他人種。萬一她得知真相，一定會恨母親欺騙她。每次蘿芮塔的電話一來，她腦中都會閃過這個念頭。但每一次還是強自鎮定，牽起女兒的手過街去。

每個星期三下午，午餐時間剛過，那輛茶色別克就會駛進沃克家的車道，凱絲也會打電話來跟絲黛兒八卦。「我就知道不會只有一家。」她說。她堅信那些黑人女子最終也打算搬來，所以先到社區實地勘查。絲黛兒將電話夾靠在臉上，透過廚房百葉窗看著蘿芮塔的姊妹淘一一下車。高䠷的那個叫白琳達．庫柏，丈夫在華納兄弟當電影配樂。戴著貓眼造型眼鏡的瑪莉．巴特勒嫁了個小兒科醫生，尤妮絲．伍茲和她同屬一個姊妹會，她丈夫剛剛賣了個劇本給米高梅。絲黛兒從蘿芮塔口中得知她那幾個好姊妹的基本訊息，卻從沒想過會與其中任何一人碰面，直到某個星期三，蘿芮塔來電說瑪莉病了，她們三缺一，問她願不願意來補缺。

「我不太會玩叫牌惠斯特。」絲黛兒說。她打牌打得很差，凡是靠運氣的遊戲她都不在行。

「親愛的，沒關係。」蘿芮塔說：「有時候我們根本連牌也沒拿出來。」

她這才知道打牌多半只是藉口，這群女人真正想做的是喝酒聊八卦。白琳達第二杯麗絲玲白酒喝了一半，繼續說著有個電影明星隨隨便便就搞上華納的一個祕書，是個漂亮的小姑娘，膽子大得跟什麼一樣，他老婆來電留了話，她就溜進男演員的化妝車，她做的可不止是傳話。

「現在的女孩愈來愈大膽了。」蘿芮塔說。她又抽了一口菸，牌連碰都沒碰。「告訴妳們，前幾天我和小雷去卡爾家碰見了瑪麗安妮……」

「她還好嗎？」

「又懷孕了。」

「天哪！」

「妳們知道她怎麼說嗎？尤妮，輪到妳了，寶貝。」

「瑪麗安妮從來就不喜歡我。」尤妮絲說：「妳們記得在希爾瑪婚禮上發生的事嗎？」

她們的對話總是這樣，環環相扣，讓絲黛兒跟不上。她本來就不該聽懂她們的簡略敘述，也不該從她們提到的人名中蒐集複雜的背景故事，說穿了，她根本就不該在場。但她樂於靜靜坐在一旁，玩弄著手中的牌，側耳聆聽。就算白琳達和尤妮絲對於她的存在有意見，也沒明說出來，只是談話時會繞過她，從未直接與她交談，好像在告訴蘿芮塔：這是妳的責任。無論如何，那天下午過得還算愉快，直到兩個小女孩跑進來吃點心。看到蘿芮塔與辛蒂相處得那麼自然，絲黛兒總覺得不可思議。辛蒂爬到母親身邊，像貓似的挨著她磨蹭，而蘿芮塔完全沒中斷談話，伸手抱起她來。她似乎在辛蒂開口前就知道她想要什麼。當兩個小女孩重新跑回樓上，尤妮絲吸了口菸說：「我還是不知道你們為什麼非這麼做不可。」

「做什麼？」蘿芮塔問。

「妳知道我在說什麼。我知道現在這是你們的新生活……」

「拜託……」

「可是妳女兒會很悲慘，這我們都知道。就只是為了強調一個觀念，不值得。」

「不是想強調什麼觀念。」蘿芮塔說：「學校就在同一條路上，辛蒂也不比其他那些學生笨……」

「這我們知道，親愛的。」白琳達說：「這無關對錯。妳可能永遠都是對的，可是妳只有這麼一個孩子，而她只有這一個人生。」

「妳們以為我不知道嗎？」蘿芮塔說。她眼中閃著光，但旋即回過神來，輕笑一聲，將香菸捻熄。

「謝天謝地，不是所有人都像妳們兩個這麼想。」

「那問問妳的新朋友。」尤妮絲說：「桑德茲太太，對這些妳有什麼想法？」

絲黛兒垂眼盯著牌桌看，脖子已經熱燙起來。

「我也不知道。」她說。

「肯定有點看法吧。」

尤妮絲對絲黛兒淺淺一笑，讓她聯想到嘴裡銜著一隻兔子的獵犬。你愈是掙扎，那兩排牙齒就咬得愈緊。

「我不會這麼做。」她最後說道：「其他家長會讓她的生活很難過，他們會拿她來殺雞儆猴。妳都不知道他們在妳背後是怎麼說的……」

「妳也一定是馬上跳出來替她說話吧。」尤妮絲說。

「夠了。」蘿芮塔輕聲說，但其實不必，這時大家都沒心情了。牌局還未結束，白琳達和尤妮絲就先告辭。絲黛兒趁小女孩在樓上收拾玩具，便幫忙清洗酒杯。時間已經不早，快四點了，卜雷克差不多要回家了。蘿芮塔默默站在她旁邊，用格紋擦碗布擦乾杯子。

「對不起，」絲黛兒說。究竟為什麼道歉，她也說不上來。為了到她家來，為了搞砸了牌局，為了尤妮絲對她的指責一點也沒錯。她沒有為蘿芮塔說話，即使面對蠢笨的凱絲也沒有。她還強拉自己的女兒一起撒謊，唯恐丈夫發現她和這個女人來往。

蘿芮塔露出怪異的笑容。

「妳以為我想要妳的愧疚嗎？」她說：「妳的愧疚根本無濟於事，親愛的。妳想心懷愧疚好讓自己好過些，那就回對街的家去繼續吧。」

絲黛兒將濕杯子放到流理台上，擦乾雙手。原來蘿芮塔是這麼看她的，為了減輕愧疚感而忙得團團轉的白人女子。難道不是這樣？她確實覺得內疚，但認真說起來，和蘿芮塔在一起只是讓她感覺更糟罷了。相較之下，她的真實生活顯得更加虛假。可是她不想保持距離，即便現在蘿芮塔在生她的氣，也不想。蘿芮塔伸手去拿濕杯子，卻失手打翻，杯子從流理台掉落，摔碎在她們腳邊。她抬頭瞪著天花板，頓時感到精疲力竭。她還年輕，不該顯得如此疲累，但沒辦法，因為一直處於戰鬥狀態。絲黛兒從未戰鬥過，她向來只會投降，在這方面她是膽小鬼。

蘿芮塔彎身要拾起杯子，但絲黛兒不假思索便伸直手臂說：「不要，親愛的，妳會割傷的。」說完隨即跪在地磚上，收拾自己弄出的殘局。

先是馬丁．路德．金恩在曼非斯，接著是甘迺迪在洛杉磯市中心。沒多久，好像一翻開報紙就會看見某個重要人物流血的身軀。當女兒蹦蹦跳跳進廚房吃早餐，絲黛兒便關掉新聞台。蘿芮塔說幾個月前，辛蒂問她什麼是「刺殺」。她當然就實話實說了——刺殺就是當某人想要表達警告而殺人。

絲黛兒心想，這麼說倒也沒錯，只不過被殺的人得是重要人物。重要人物會成為殉道者，不重要的人則是受害者。重要人物會有電視轉播的葬禮，會有公定紀念日，他們的死會激發藝術創作與城市的毀滅。但不重要的人被殺只是彰顯了他們有多不重要，甚至沒有人的尊嚴，而世界依然照常運作。

她仍然偶爾會夢見有人闖進家裡，而且不只一次撞醒卜雷克下床查看。「我都跟妳說了，這個社區很安全。」他爬回被窩時嘟囔著說。但是多年前，當她隱居在群樹間的小白屋，不也曾經覺得安全嗎？如今睡覺時，她會在床頭板後面擺一根球棒。「妳拿那個要幹麼呀，強棒出擊？」卜雷克捏著她小小的二頭肌說。但每當他出差，她總得摸摸那磨損的手柄，提醒自己棒子還在，才能入睡。

「妳從來沒提過妳的家人。」蘿芮塔說。

在後院，她躺在戶外摺疊椅上，大半張臉藏在太陽眼鏡底下。她穿著紫色泳衣，剛才下過水，此時腿上仍掛著點點水珠。絲黛兒伸長脖子，看著兩個小女孩潑水嬉鬧。再過兩週，學校又要開學了。甘乃荻回布蘭特伍德小學，辛蒂則上聖塔莫尼卡的聖方濟小學。是好學校，只不過上學要花半小時，蘿芮塔這麼說，絲黛兒聽了鬆一口氣。她想告訴蘿芮塔這是最好的安排——為了生存而低頭並沒有錯——但這樣只會讓蘿芮塔更感覺到自己投降了。這時蘿芮塔在抱怨丈夫的家人要從芝加哥飛來，打算待上整整十天，小雷當然說好了，因為他從來無法拒絕他們，當然也因為他要拍戲，負責招待的任務大都落在她頭上。

「妳呢？」蘿芮塔說：「妳先生和妳爸媽處得來嗎？」

這個尖銳的問題殺得絲黛兒措手不及，她心思已經飄走了，正尋思著見不到蘿芮塔的這十天該怎麼打發。

「我家人早就不在了，他們……」她漸漸沒了聲音，無法把話說完。蘿芮塔的臉沉了下來。

「親愛的，真對不起。」她說：「看看我，害妳想起傷心事……」

「沒關係。」絲黛兒說：「好久以前的事了。」

「妳年紀還小的時候，是嗎？」

「夠小的了。」她說：「是一場意外，不是誰的錯。」壞事總會發生，世事就是如此。

「那有兄弟姊妹嗎？」蘿芮塔問。

「沒有兄弟，」絲黛兒頓了一下，接著說：「我有個雙胞胎姊妹。妳有點讓我想起她。」

她原本沒打算說這個，話一出口就後悔了。但蘿芮塔只笑了笑。

「為什麼？」她問道。

「我也不知道。有些小地方吧。她很風趣，很大膽，老實說跟我完全不像。」她感覺淚水湧現，連忙擦擦眼睛。「對不起，我不知道自己怎麼會這樣……」

「別道歉，」蘿芮塔說：「妳可是失去了全家人啊！要說有什麼值得痛哭一場，就是這個了。還有一個姊妹，真是讓人難過。」

「我到現在還會想起她。」絲黛兒說：「我都不知道自己還會像這樣想起她……」

「當然會了。」蘿芮塔說：「失去雙胞胎姊妹，想必就像失去半個自己。」

有時候她會想拿起電話打給德姿蕾，聽聽她的聲音就好。可是不知道怎麼聯絡她，何況她會怎麼說呢？已經過了太多年，再回首又有什麼好處？既已做了抉擇，她也懶得再去評論對錯。她不想再被拉回已不屬於她的生活。

「雙胞胎耶。」蘿芮塔的口氣彷彿這個字眼本身蘊藏著魔力。「妳知道我媽以前都怎麼說嗎？她只要看女人的掌紋，就能知道她會不會生雙胞胎。」

這下換絲黛兒失笑。「什麼？」

「是真的，妳從來沒讓人看過手相？來，我教妳看。」蘿芮塔驀地拉起絲黛兒的手。「看到這條線了嗎？這是妳的子女線，如果分岔開來，就表示妳會生雙胞胎，但妳只有一條線。而這一條是妳的感情線，看見了嗎？它又深又直，表示妳的婚姻會維持很久。還有這條是生命線，妳看它分岔了。」

「這代表什麼？」

「代表妳的人生被中斷了。」

蘿芮塔微微一笑，這再度讓絲黛兒懷疑她是否知情。或許一直以來，蘿芮塔都在配合演戲。這麼一想讓她覺得羞辱，但奇怪的是也覺得解脫。也許現在絲黛兒可以對她全盤托出，也許蘿芮塔會理解，理解她不是故意要背叛任何人，她只是需要重新開始。這是她的人生，為什麼不能自己決定要不要換個新的？不料蘿芮塔笑說，她只是在開玩笑。人的一生是無法從手相看出來的，更遑論絲黛兒如此複雜的人生。然而，她還是喜歡坐在這裡，感受著蘿芮塔的指尖劃過她的手心。

「好，」絲黛兒說：「妳還看到了什麼？」

九

在紐奧良，絲黛兒一分為二。

起初她並未留意，因為長這麼大她一直都是兩個人：既是她自己也是德姿蕾。這對雙胞胎美麗而稀罕，大家從不喊她們女孩，只會說「那對雙胞胎」，像是她們的正式頭銜似的。她一直把自己視為這個組合的一部分，可是到了紐奧良，自從被狄克西洗衣店炒魷魚後，她分裂成一個嶄新的女人。事情是這樣的：值班時她老是做著白日夢，再次想起她假裝白人逛美術館的那天早上。最刺激的部分不是扮成白人，而是變成另外一個人。在眾目睽睽下變成一個不同的人，周遭竟無一人看得出來，她從未感覺如此自由。但正因為回想得太入神，手差點捲進燙衣機。這千鈞一髮的意外事故太危險，阿梅不得不炒了她。任何職場傷害都不是好事，但非法雇用的女工出意外，風險更大。

「只是被炒魷魚，算妳好運了。」阿梅跟她說。好運是因為她失去的只是工作，不是手，還是因為他們只讓她走人，然後給德姿蕾一個嚴正警告？無論如何，她都需要一個新工作。她連續幾個星期到就業站報到，整個下午待在人滿為患的等候室，然後帶著「明天早上可以再來試試」的承諾離開。每天晚上回到家，發現罐子裡的錢愈來愈少，讓她好怕面對德姿蕾。後來，就在即將繳房租的前一個星期天，她在報上看見一則徵人啟事。白宮百貨的市場行銷部門要找字跡娟秀、精通打字的女性員工，無需具備相關經驗。她的打字成績向來很好，但百貨公司頂多只會雇用黑人女孩整理鞋子或是在櫃台噴香水。不過德姿蕾還是叫她去應徵。

「這裡的工資會比狄克西多得多。」她說：「妳一定要去試試看。」

她幾乎就要拒絕，跟德姿蕾說算了吧。會打字又怎樣？何必自取其辱，去聽一個端莊體面的白人祕書跟她說黑人不必來應徵？不過，隔天早上醒來，她仍穿上正式洋裝，乘坐電車來到運河街。手邊的錢快花光了，本來就是她的錯，至少得來試試。她搭電梯上六樓，進入等候室，裡面全是白人女孩。她在門口停下腳步，猶豫著是否應該直接掉頭離開。不料金髮祕書招手叫她過去。

「親愛的，我需要妳的打字樣本。」祕書說。

絲黛兒大可以一走了之，但她仔細地填好申請書，並打完打字測試段落。敲打按鍵時，她兩手抖個不停，生怕身分曝光，但更怕沒有曝光。到時該怎麼辦？這和偷溜進美術館可不一樣。如果應徵上了，就得每天當白人，而如果她連坐在這間等候室都會雙手發抖，到時候怎麼可能應付得來？當祕書宣布職缺已滿，她真是鬆了一口氣。她來應徵過了，至少對德姿蕾能有個交代，她已經盡力。她很快地拿起外套和皮包，正要朝電梯走去，忽然聽見祕書問：「韋涅小姐明天能不能來上班？」

在白宮百貨，絲黛兒負責為桑德茲先生在信封上填寫姓名地址。他是行銷部門裡最年輕的同事，英俊得像電影明星，因此大樓裡其他女孩都羨慕她。卡洛．華倫是個來自拉法葉、大胸脯的金髮女郎，她說絲黛兒都不知道自己有多幸運。卡洛的老闆是李德先生，她覺得他人是夠好，可是他在口授聽打內容時，她就是忍不住會盯著他耳後冒出的白髮看。要是能替桑德茲先生工作該有多好啊！卡洛猛嚼沙拉，一面等著絲黛兒分享一點關於她老闆的趣味小事，她卻不知該說些什麼。除了每天早上他脫下外套帽子放到她桌上，還有當他吃完午餐回來為他轉達訊息之外，她幾乎沒和那個男人說過話。「多謝了，親愛的。」他每次都這麼說，然後一面看訊息紙條一面走進辦公室。她心想他恐怕連她叫什麼名字都不知道。

「真是個大帥哥，對吧？」有一回卡洛發現絲黛兒看得目不轉睛，便小聲地這麼說。

她紅著臉，連連搖頭。現在她最不需要的就是被捲進辦公室的八卦。她獨來獨往，準時上班，該下班的時候就離開。她在自己的辦公桌吃午餐，盡可能不開口說話，因為深信自己會說錯話啟人疑竇。桑德茲先生在的時候，當然更是盡量保持沉默，只有當他向她打招呼，才輕輕說聲嗨。有一天早上，他在她桌前止步，公事包在身側晃來晃去。

「妳不太說話。」他說。

這不是問句，但她仍覺得有必要回答。

「對不起，老闆。」她說：「我一向都很靜。」

「那可不。」他起步往辦公室走去，卻又忽然轉身。「今天我們一塊吃午飯。我想多了解一下替我工作的女孩。」他說完拍拍桌面，好像她已經答應，以此表示就這麼決定了。

整個早上她都心神不寧，填寫信封時一再出錯。到了午餐時間，她希望桑德茲先生會忘記他提出的邀約。但他從辦公室出來後，請她跟著他走，他們便出發了。在安托萬餐廳，卜雷克點了生蠔，然後見她瞪著菜單默不作聲，便為兩人點了一道鱷魚湯。

「妳不是這裡的人，對吧？」他問道。

她搖頭說：「不是，我出生在……總之就是在北邊的一座小鎮。」

「小鎮沒什麼不好。我喜歡小鎮。」

他銜著她微微一笑，同時將湯匙舉到嘴邊，她也努力地報以微笑。當天晚上，德姿蕾向她詢問詳細經過，絲黛兒已不記得翡翠綠壁紙、紐奧良名人的裱框照片和湯的味道。她只記得桑德茲先生對她露出的笑容。從來沒有白人男子如此親切地對她微笑。

「這樣吧。」他說：「關於這座城市妳想知道些什麼，不管是什麼，都可以問我。不要覺得自己愚蠢。我知道剛到一個新城市感覺會有多奇怪。」

她頓了一下，才指著生蠔問道：「這要怎麼吃？」

他笑著說：「妳從來沒吃過生蠔？我還以為你們路易斯安那的人都很愛吃呢。」

「我們一直都沒什麼錢。我也一直很好奇。」

「我不是故意取笑妳。」他說：「我示範給妳看，非常簡單。」他取過叉子，瞅她一眼。「妳是屬於這裡的，絲黛兒。千萬不要覺得妳不是。」

在工作場合，絲黛兒成了韋涅小姐，或是如德姿蕾所稱呼的「白人絲黛兒」。德姿蕾每次一喊完就會格格笑，似乎覺得這個主意荒唐，這讓絲黛兒很不痛快。她希望德姿蕾能看看她把自己的角色扮演得多麼具有說服力，只可惜她的表演不可能有觀眾。只有一個人知道她的真實身分，能夠欣賞她的演技，在辦公室永遠不可能有人知道。但同樣地，德姿蕾也永遠不可能見到韋涅小姐。只有當德姿蕾不在的時候，絲黛兒才能是她。早上乘車前往白宮百貨的途中，她會閉上雙眼，慢慢地變成她。她會想像另一個人生，另一段過往。沒有轟然雜沓的腳步聲踩上門廊階梯，沒有壯碩的白人抓住她父親，沒有杜彭先生在儲藏室裡往她身上壓。沒有媽媽，沒有德姿蕾。她任由腦子放空，整個人生慢慢消失，直到她變得像嬰兒一樣嶄新純潔。

不久，當電梯往高空滑行，當她步入辦公室，她已不再感到緊張。卜雷克告訴過她：妳是屬於這裡的。不久，她便在心裡喊他卜雷克，而不是桑德茲先生，並且開始注意到，當他道早安時會在她桌邊流連，中午更常邀她一起進餐，下班後也開始陪她走路去搭電車。

「這裡不安全，」有一次，他在行人穿越道前停下腳步說道：「像妳這麼漂亮的女孩不該一個人走。」

和卜雷克在一起的時候，沒有人會騷擾她。原本在候車站有些白人男子會斜睞著眼企圖搭訕，現在忽然都不作聲了；坐在後面的黑人男子甚至不會往她這邊看。有一次在白宮百貨，她無意間聽到另一位同事稱呼她為「卜雷克的女人」，讓她覺得即使出了辦公大樓，也蒙受到這個特殊身分之利。就好像只要以「卜雷克的女人」這個身分大膽步入世界，她多少就變得不一樣了。

不久，她開始期待跨出玻璃門，和卜雷克沿著人行道緩緩漫步。她注意到他眨眼時，眼睫毛又濃又密，像洋娃娃一樣。還注意到每當要做重要簡報，他都會戴鬥牛犬袖釦，這是前未婚妻送的禮物，他近乎害羞地坦承不諱。雖然兩人關係決裂了，他仍將袖釦視為幸運符。

「妳觀察力真敏銳，絲黛兒。」他說：「以前好像從來沒有人問過我這個。」

凡是關於他的一切，她都注意到了，但她誰也沒說，特別是德姿蕾。這個生活不是真實的。假如卜雷克知道她的真實身分，應該會馬上趕她走，讓她連打包的時間也沒有。但是她有何改變呢？其實沒有，她既沒有喬裝改扮，甚至沒有改名。她走進去時是黑人女孩，出來時變成白人。而她之所以變成白人，純粹只因為大家都這麼看她。

每天晚上，她會把這個流程倒著走一遍。韋涅小姐爬上電車，然後再次變成絲黛兒。回家後絲黛兒從來不喜歡談工作的事，即便德姿蕾問起也一樣。脫離韋涅小姐的身分時，她不喜歡去想起她，可是有時候那個分身會冷不防地出現，就像忽然想起一個老朋友。某天晚上在家閒著沒事，她暗自揣想：不知道韋涅小姐現在在做什麼？於是她便出現了，斜倚在豪華家中，地毯的絨毛從腳趾縫間冒頭窺探，而非置身於這間與姊姊同住、老是散發著衣漿味的窄小套房。還有某天夜裡，當她們站在一間餐廳外的黑人專用窗口等候餐點，她暗忖：韋涅小姐才不會像流浪狗一樣，在小巷窗口取食。她分不清究竟受到冒犯的是自己，或是韋涅小姐。

有時候她會納悶，韋涅小姐會不會根本是另一個人？也許她並不是絲黛兒戴的面具，也許韋涅小姐已經是她的一部分，她就像是分裂成兩半，不管選定哪一個，不管將哪一側的臉迎向亮光，都可以隨心所欲地變換身分。

社區裡的人都不知道該作何感想：桑德茲太太竟然過街去造訪那個黑人女人。瑪姬信誓旦旦地說幾個月前就見過她的大膽行徑，當時絲黛兒低著頭，手裡端著蛋糕。「竟然歡迎那個女人搬來，妳們相信嗎？」瑪姬問道，沒有人真的相信她，一開始沒有。瑪姬老是有幻覺，她曾兩度發誓自己在洗車場看到華倫·比提。不過後來凱絲也看到絲黛兒和蘿芮塔在公園長椅上並肩而坐，兩人肩膀鬆垂，自在而安適。蘿芮塔不知說什麼逗笑了絲黛兒，絲黛兒還伸手取過蘿芮塔的香菸抽了一口。竟然把那個黑人女人的香菸放進自己嘴裡！這個細節明確又古怪，這件事就此獲得證實，何況還是出自凱絲之口。她對絲黛兒向來有些迷戀，成天繞著她轉，像顆衛星似的樂於浸淫在她的光輝中。

然而在告訴其他太太關於絲黛兒與蘿芮塔的事時，凱絲卻說她從來不了解絲黛兒，不真的了解，再說了，那個女人總有點怪怪的。貝琪打岔說道，星期一她才看到絲黛兒牽著女兒走到對街。

「真是丟臉，」她說：「把那個小女孩也捲進這一切了。」

不過「這一切」指的是什麼，隨人猜想。誰也沒有對卜雷克透露隻字片語，他雖然也注意到絲黛兒不太對勁，卻已經接受一個事實：妻子是那種陰晴不定、無法看透的女人。母親曾經警告他，說絲黛兒不值得他費心傷神。當時他剛開始和絲黛兒交往，她已經當他祕書兩年了，他這輩子說了最多話的對象就是她。他可以從她肩膀的形態感覺到她是否心情低落，也可以從她字跡的歪斜程度看出她在趕時間。但是和她交往彷彿打開一個全新的謎。他始終沒見過她生活中的其他人。沒有家人，沒有朋友，沒有分手的戀人。早在當時，她的疏離顯得夢幻，甚至浪漫。但母親說絲黛兒有所隱藏。

「我不知道是什麼，」她這麼說：「不過我告訴你……她家人還活著。」

「那她為什麼要說他們死了？」

「沒有為什麼，」他母親說：「說不定她出身路易斯安那某個偏僻鄉下的窮酸家庭，不想讓你知道。反正你很快就會發現了。」

母親希望他娶另一個女孩，出身某名門世家的女孩。念大學時，他常陪那種女孩出席無數正式場合——讓他無聊到想哭的社交女孩。或許正因如此，這個出身低微、無親無友的漂亮祕書才會吸引他。他不在乎她有祕密，反正他遲早會知道。殊不知多年過去了，她仍諱莫如深一如既往。有一天下午他提早下班回家，喊著她的名字，卻發現家裡沒人。一個小時後，妻女終於回來，絲黛兒見到他嚇了一跳，彎身送上一吻。

「對不起，親愛的。」她說：「我們去凱絲家，沒注意時間。」

還有一次他又比她早回家，因為她在貝琪家待得太晚。

「妳們倆都聊些什麼？」他事後問她。

她坐在化妝鏡前梳頭髮。每晚上床前都要梳一百下，這是她在《*Glamour*》的一篇文章中看到的。紅色梳子模模糊糊，魅惑著他。

「唉，你知道的。」她說：「女生嘛，都是些芝麻小事。」

「我只是從來沒看過妳這樣。」

「怎樣？」

「就是……平易近人。」

她笑了。「我只是敦親睦鄰。你不是老叫我多出去走動走動？」

「可是妳現在一天到晚不在家。」

「那我要怎麼辦？」她說：「叫甘乃荻不能交朋友？」

他小時候很內向，所以朋友一直不多，不管是不是黑人。但他會和金寶玩，那是一尊醜哩叭嘰的黑人布娃娃，有一顆塑膠頭和怪異的紅唇。他父親很討厭兒子抱著布娃娃到處跑，何況還是個黑人娃娃，偏偏卜雷克和它寸步不離，總是附在那對塑膠耳朵旁悄悄傾吐自己全部的祕密。這是個朋友，會在那凍結的紅唇笑容背後守護你的感情。後來有一天，他走進院子看見草地上遍布一團團棉花，泥土小徑上，金寶躺在那裡，被開腸剖肚，手殘腳斷散落異處，內裡全翻了出來。父親說一定是狗咬的，但卜雷克一直想像著是他把娃娃丟過去讓狗一口咬住。他跪下來拾起金寶的一條胳臂，他一直都很好奇娃娃內部長什麼樣子。不知為何，他以為棉花會是褐色的。

過聖誕之前，絲黛兒已經在蘿芮塔家度過太多個下午，某星期一，她又習慣性地對蘿芮塔說明天見。「親愛的，明天是聖誕夜。」蘿芮塔笑著說，絲黛兒也笑了，很尷尬自己竟然忘了。她向來很怕過節，總是忍不住會想起家人，儘管如今她的慶祝方式與他們截然不同。家裡擺著一棵樹頂星星碰著天花板的聖誕樹，晚餐太多，吃剩菜吃得發膩，還有堆積如山的禮物等著甘乃荻。每年十二月，她都抓著給聖誕老人的信，和其他母親擠進百貨公司，並試著想像自己也有這樣的童年。她們姊妹總是各自收到一樣禮物，而且是做禮拜穿的新洋裝之類的實用物品。有一年，絲黛兒收到德拉佛斯農場送的一隻小豬，她替牠取名叫羅莎莉，餵養了幾個月，一被豬追，就繞著院子跑。後來復活節星期日到了，母親便殺了豬當晚餐。

「而且我吃得乾乾淨淨。」有一回她這麼對女兒說，以為這個往事能教導甘乃荻多一點感激之心，卻不料女兒忽然嚎啕大哭，像看怪獸似地瞪著她看。或許也是吧？她不記得自己曾為那隻豬掉過一滴淚。

「你們家過節會做什麼新鮮事嗎？」蘿芮塔問。

「就是請一些人來。」絲黛兒說：「開個小派對，每年都一樣。」

那可不是小派對；他們會辦外燴、找弦樂四重奏樂隊，並邀請全社區參加。但這事當然不能告訴蘿芮塔。舔著信封封起邀請函時，她心知肚明，沃克家的人絕不可能受邀。

聖誕夜最早抵達的是喬韓森夫妻，帶了一個硬得有如磚塊的水果蛋糕，接著是皮爾生夫妻，帶了調蛋酒用的波本威士忌。羅伯茨夫妻是非常虔誠的天主教徒，帶來了一尊迷你金髮天使的聖誕樹掛飾。隨後端著自製奶油軟糖的霍桑夫妻才踏上前門台階就揮起手來，還有懷特夫妻，準備了一個諷刺的海灘雪花球擺飾。沒多久，客廳便擠滿賓客。絲黛兒覺得全身發熱，可能是人太多，或是喝了溫酒，甚至可能是知道對街的蘿芮塔八成聽得到他們家的樂聲。她想必看見街坊鄰居絡繹不絕地爬上他們家階梯。也或許沒看見。當天晚上她自己的父母來了，絲黛兒看著那對老夫妻步下凱迪拉克，小雷從後車廂提起行李箱，蘿芮塔張開雙臂抱住父母，而他們則四下瞄來瞄去，惶然的神情彷彿無意中闖入另一個國度。她自己的母親看見她的新生活，不也會有同樣表情嗎？至少蘿芮塔的雙親會感到驕傲，她是光明正大得到這一切享受，而不是偷取一個不屬於她的人生。不過話說回來，她和蘿芮塔都是因為嫁得好才會住進這個社區，說到底，兩人或許也沒太大差別。

卜雷克又往她的空杯斟了溫酒，同時彎下身親她臉頰。他就愛辦派對，儘管這只會讓絲黛兒更想找個角落躲起來。貝琪拉著她討論布類製品，凱絲問她茶几在哪買的，戴爾拿著槲寄生在她頭上晃。她徘徊在一圈人的外圍，心想女兒會不會還躲在欄杆邊偷看，她老怕自己錯過什麼新鮮刺激的事。這時鄰居們忽然哈哈大笑，面帶微笑地等著她開口。

「對不起，」她說：「你們在說什麼？」

在這類聚會上，她很容易陷入尷尬處境。有時突然加入政治話題——也許是越南情勢，或是即將到來的選舉——有人會問她的看法。雖然她也看報，也和所有人一樣有自己的想法，腦子卻一片空白。她總怕自己說錯話。此時戴爾正似笑非笑地看著她。

「我說，不知道妳的新朋友什麼時候才會出現。」他說。

「什麼意思？」她說：「人好像都到齊了。」

當其他人交換著被逗樂的眼神，她不禁紅了臉。她最討厭被當成笑柄。

「你在說什麼，戴爾？」她說。

戴爾笑道：「我只是在問說妳對街的朋友會不會來。我敢說她能聽得到音樂聲。」

絲黛兒頓了一頓，心跳怦然。

「她不是我朋友。」她說。

「是嗎？聽說妳都會上她家去。」凱絲說。

「所以呢？」

「所以是真的囉？妳都會去找她？」

「我想這完全不關你們屁事吧？」絲黛兒說。

貝琪聽了倒抽一口氣。湯姆不自在地笑了一聲，似乎想藉此將這句話變成玩笑。倏然間，絲黛兒覺得自己在他們眼中好像變成一個全新物種，某種兇暴的野生動物。凱絲後退了一步，雙頰泛紅。

「大家都在說，」她說道：「我只是覺得應該讓妳知道。」

那個大膽的女人。

對著浴室鏡子，絲黛兒氣呼呼地往臉上潑水。凱絲・喬韓森哪來的膽子？竟敢帶著那塊乾巴巴又硬邦邦的水果蛋糕跑進她家，在她家、當著她的面、當著所有人的面，跟她說整個社區的人都在評論她。

戴爾就在一旁咧著嘴傻笑，卜雷克則一臉恍惚，彷彿剛睡完午覺醒來，赫然發覺客廳站了一堆陌生人。她衝上樓，將身子探出臥室窗戶抽菸。她可以聽見樓下派對的竊竊私語聲，卜雷克無疑正在為她的舉止找藉口。算了，別在意，絲黛兒啊，每年到這個時候她都有點暴躁。沒錯，節日憂鬱症，天曉得？那個女人有半數時候都讓人捉摸不定。然後喬韓森夫妻、霍桑夫妻和皮爾生夫妻小心翼翼地步下通道，穿過修剪整齊的草坪，進了各家如出一轍的大門後小聲地議論她。能讓他們知道就好。這念頭閃過她腦海，感覺甘之如飴，就像平日開車上高架橋，她也不時想著把方向盤一轉，衝過護欄。還有什麼比徹底毀滅的可能性更誘人的呢？

「我簡直不敢相信！」她對卜雷克說：「在我自己家耶！竟然跟我說那種話。她哪來那麼大的膽子啊？」

她怒不可遏地往臉上塗晚霜。卜雷克在她背後，磨磨蹭蹭地解開襯衫釦子。

「妳怎麼沒告訴我？」他問道。他看起來並不生氣，只是憂心。

「又沒什麼好說的。」她說：「兩個小丫頭喜歡一起玩……」

「那妳為什麼不跟我說？為什麼要撒謊說是去凱絲家……」

「我不知道！」她說：「我只是覺得……這樣說好像比較簡單，好嗎？我知道你會問一大堆問題……」

「這能怪我嗎？」他說：「妳從來沒有這樣過。當初妳甚至不希望他們搬進來……」

「可是，孩子們喜歡一起玩啊！我能怎麼辦？」

「不要騙我。」他說：「不要嘴裡跟我說一套，結果一天到晚溜到對面去……」

「沒有一天到晚。」

「凱絲說這星期就兩次了！」

絲黛兒笑著說：「不會吧？你不會真的站在凱絲那邊來指責我吧？」

「這跟選邊站沒關係！」他說：「其實我也注意到了。妳最近很反常，老是晃來晃去，一副心不在焉的樣子。現在竟然還追在那個叫蘿芮塔的女人後面跑。這很不正常，這……」他從背後輕輕上前，雙手按住她的肩膀。「我明白，絲黛兒，我真的明白。妳很孤單，對不對？打從一開始妳就不想搬到洛杉磯來，妳現在只是太孤單了，甘乃荻也慢慢長大了，所以妳也許……總之，妳應該去上個課什麼的。做點妳一直想做的事，譬如去學義大利語或是陶藝。我們總會找到一點適合妳的事情做，沒事的，黛兒。」

很久以前在紐奧良的某天晚上，卜雷克邀她去參加一個應酬酒會。「我實在不想一個人去，妳也知道那種場合。」他這麼對她說。她點點頭，雖然她當然不知道。她跟德姿蕾說要加班，卻向另一位祕書借了一套洋裝。卜雷克和她約在宴會廳的前廳，西裝筆挺英姿煥發，一如所有的領導人物。「妳真是賞心悅目啊。」他貼著她的頭髮低聲說。整個晚上他都沒離開她一步，手始終停留在她的下背處。晚宴結束後，他帶她去咖啡館喝咖啡，在她櫻桃派吃到一半時，他忽然說要搬回波士頓，他父親病了，他不想離家太遠。

她「喔」的一聲，放下叉子。直到發現今晚是最後一次，她才察覺自己有多渴望和他共度更多像這樣的夜晚。不料他出乎意料地碰觸她的手。

「我知道這麼說很瘋狂，」他說：「不過波士頓有家公司找我過去……」他遲疑了一下，隨後笑說：「真的很瘋狂，絲黛兒，不過妳願意跟我去嗎？我會需要一個祕書，我只是覺得……」

他們連接吻都還沒有，但這個問題卻嚴肅得像在求婚。「就答應吧。」他說，這幾個字有如櫻桃一般，酸酸甜甜好入口。說好，就這麼簡單，她就能永遠變成韋涅小姐。她沒有給自己權衡後果的機會。她沒有計畫好該如何離開姊姊，又該如何獨自安頓於新的城市。對卜雷克說好的時候，是她有生以來第一次沒去擔心任何實際的細節。要成為另一個人最困難的部分就是下定決心，其餘都只是組織管理罷了。

此時她從鏡子瞄他一眼，卜雷克正用溫柔憂慮的眼神看著她。她和一個永遠不可能了解她的男人共創了新的人生，但如今她又怎能一走了之？這是她僅剩的人生了。

聖誕節當天早上，她靠在卜雷克胸前，看女兒尖叫著撲向成堆的禮物。一尊會說話的芭比娃娃，一拉繩子就會出聲，一套「主婦蘇西」廚房玩具烤箱組，一輛紅色的Spyder腳踏車。看看這個，看看那個，她今年一定特別乖！不像那些討厭的窮小孩，只能瞪著空空的樹看，他們肯定是活該如此，因為窮所以不乖，因為不乖所以窮。絲黛兒從來不想參與捏造聖誕老人的神話，但卜雷克說這很重要，能保持甘乃荻的赤子之心。

「不過就是個小故事嘛。」他說：「她知道真相後又不會因此恨我們。」

他甚至無法說出「說謊」兩個字。這本來就是說謊。

地毯上滿是撕碎的包裝紙，甘乃荻陷在幸福無比的迷霧中。絲黛兒也將卜雷克的禮物盒一一打開，她沒有開口討的禮物也一一出現：一件拖地的貂皮大衣、一條鑽石手鍊、一條祖母綠項鍊，他們一起站在臥室鏡子前，他為她戴上。

「太貴重了。」她摸著寶石輕聲說。

「送給妳的再貴也不為過，親愛的。」他說。

她是幸運兒。有個寵愛她的丈夫，有個快樂的女兒，有個美好的家。她還有什麼好抱怨的？她都已經得到這麼多了，憑什麼還想奢求更多？不能再跟蘿芮塔玩那些愚蠢遊戲了。不能再假裝她們有任何共通之處，假裝她們存在同一個宇宙，假裝她們真能成為朋友。她得告訴蘿芮塔，以後不能再去找她了。

她在廚房搗馬鈴薯泥搗到手臂痠痛，接著將鳳梨塊塞進摺起的火腿，推進烤箱。卜雷克一面看湖人隊把太陽隊打得落花流水，一面告訴她甘乃荻出去和社區的其他小朋友玩了。可是當她走出門，卻沒看見皮爾生家的男孩騎腳踏車衝過去，也沒看見喬韓森家的女兒拖著玩具手推車，或是有人在丟足球。一個小孩也沒有，他們家巷底空空如也，只有甘乃荻和辛蒂在沃克家的草坪上，兩個人都在哭。蘿芮塔蹲跪在中間，一副筋疲力盡的模樣，身上還穿著圍裙。絲黛兒跑過街去，一把抓住女兒，查看她身上有無破皮擦傷。但什麼也沒找著，便轉而將甘乃荻摟進懷裡。

「怎麼回事？」她問蘿芮塔。「發生什麼事了嗎？」

大概是為了搶新玩具吧？會說話的芭比躺在她們中間的泥土地上。但蘿芮塔抓著女兒的手，站起身來。

「妳應該知道才對。」她說。

她的語氣出奇冷淡。或許是昨晚聽見了派對的樂聲，或許還在因為沒有受邀而惱火。絲黛兒撫摸著女兒的頭髮。

「親愛的，妳要懂得分享。」她說：「媽咪是怎麼告訴妳的？對不起，蘿芮塔，她是獨生女，妳也知道……」

「哼，她分享得可多了。」蘿芮塔說：「讓她離我女兒遠一點。」

「什麼？」這下換絲黛兒站起來，手抓甘乃荻的肩膀護著她。「妳在說什麼？」

「妳知道她跟辛蒂說什麼嗎？她們剛才不知在玩什麼遊戲，甘乃荻輸了，就說：『我才不想跟黑鬼玩。』」

她的胃往下一沉。

「蘿芮塔，我……」

「不，我了解。」蘿芮塔說：「我不怪她。這全是家教的關係，對吧？我還像傻瓜一樣讓妳進我家。什麼整個社區裡最孤單的女人。我早該知道的。妳離我遠一點。」

蘿芮塔氣得發抖，全身無力，也因此更加生氣。絲黛兒麻木無感地牽著女兒回家。一關上門，立刻抓住甘乃荻搧了她一巴掌。女兒哀叫起來。

「我怎麼了？」她又哭著問道。

在她身後，電視裡的群眾呼聲震天，卜雷克也跟著歡呼。絲黛兒直視女兒，在她臉上看到自己曾經痛恨過的每一個人，然後她又重新注視女兒，淚眼汪汪地盯著她，一手摀著她發紅的臉頰。絲黛兒跪了下來，將女兒拉近，親吻她濕濡的臉。

「我不知道。」她說：「我不知道。媽咪對不起妳。」

多年後，絲黛兒只記得自己和小雷說過三次話。一次是某天早上她出門拿報紙，他剛好要去片場，他在車道上停下腳步說：「天氣不錯對吧？」她說是啊，然後看著他爬上那輛時髦的黑色轎車。第二次是他回家時看見她和他妻子坐在沙發上，在門口停了一下，好像覺得自己走錯房子了。「妳好，」他打了招呼，頓時顯得不好意思，蘿芮塔則笑著端起酒杯。「來跟我們坐坐吧，寶貝。」蘿芮塔說。他沒有，但在離開前，他俯身替她點了香菸，兩人剎那間交會的眼神有種說不出的親密，絲黛兒不由得別過頭去。而第三次是小雷幫忙絲黛兒從車上卸下採買的東西。他走近時，她本該退卻，卻反而讓他幫忙抱著大包小包進屋，從車道通往廚房流理台的路途似乎長得超乎尋常。就連蘿芮塔都沒進過她家。她與小雷一起走過寂寥質樸的走廊後，他將紙袋放到流理台上。

「好啦。」他說話時看都沒看她一眼。可是聖誕節過了一週後，和大夥兒圍坐著縫紉聊天時，她卻對凱絲和貝琪說，小雷讓她感到不舒服。

「我也不知道。」她邊拆漏針的地方邊說：「就是不喜歡他看我的眼神。」

三天後，有人朝沃克家客廳的窗子丟磚塊，把蘿芮塔在摩洛哥買的馬賽克花瓶砸破了。湯姆和戴爾都說是自己幹的，其實兩個都不是，後來絲黛兒才發現是紅面波西，他本來就把這家新鄰居視為對他個人的侮辱，就好像他們搬來的目的只是為了讓他的主委任期留下污點。有些人為他拍手叫好，但也有人感到不安。

「這裡是布蘭特伍德，不是密西西比。」卜雷克說。丟磚砸窗是牙縫寬大的窮酸白人才會幹的事。沒想到一星期後，又有另一個人急於證明自己是男子漢，在沃克家大門台階上放了一包燃燒的狗屎。幾天後，又有一塊磚頭從窗子飛進他們家客廳。據報上說，當時小女兒正在看電視，事後不得不請醫生替她清除腿上的玻璃碎片。

到了三月，沃克家搬離了社區，就和搬來時一樣突然。貝琪對絲黛兒說，那個太太難過得受不了，所以在鮑德溫山買了新房子。

「真不明白為什麼不一開始就這麼做。」貝琪說：「他們在那裡會快樂得多。」

自從聖誕節一直到那個時候，絲黛兒都沒有再跟蘿芮塔說過話，但她仍透過百葉窗看著黃色搬家貨車停下來，一群黑人男子從屋裡慢慢搬出紙箱。她想像著自己走過街去解釋，蘿芮塔站在空洞的客廳裡，腳踩在搬家紙箱上保持平衡，一面給另一個箱子貼膠帶封箱。蘿芮塔看見她不會面露慍色，她什麼表情都沒有，那張木然的臉卻更傷人。絲黛兒想告訴她，她之所以針對小雷說那些可怕的話，純粹是因為她太想隱藏了。

「我跟他們不一樣。」她會這麼說：「我和妳才是一樣的。」

「妳是黑人。」蘿芮塔會這麼說。不是提問，而是直言不諱地陳述事實。絲黛兒會說出來，因為這個女人要走了，再過幾個小時，她就會從這個城區、從絲黛兒的生命中永遠消失。她會說出來，因為無論如何，蘿芮塔都是她在這世上唯一的朋友；因為她知道到最後如果她和蘿芮塔對質，大家相信的一定是她。知道了這一點，讓她頭一次覺得自己真的是白人。

她想像著蘿芮塔推開箱子，朝她走來，她呆立在原地，彷彿見到什麼美麗而熟悉的事物。

「妳不必跟我解釋什麼。」她會說：「這是妳的人生。」

「但其實不是。」絲黛兒會說：「這一切都不屬於我。」

「但妳選擇了它。」蘿芮塔會這麼對她說：「所以就讓它屬於妳吧。」

第四部

劇場後門（一九八二年）

十

一九八二年秋天，如果光顧諾曼第和第八大道交叉路口的朴家韓式烤肉餐廳，很可能會看見茱德．溫斯頓一面擦著高腳桌，一面隔著霧濛濛的窗子往外看。有時候值班前，她會坐在後側的雅座看書，從不會因為嘈雜聲分心，其他服務生都感到不解。第一天上工時她告訴老闆朴先生，她雖然沒當過女侍，卻可以說是在餐廳長大的，或者應該說是小餐館。她沒告訴他，那段時間她多半都在看書，而不是看著母親忙碌經營，不過或許因為他也身為人父，對在餐廳長大的小孩覺得分外親切。也或許他敬佩她找工作的熱忱——大學畢業還不到一星期呢，要換作他那幾個兒子，應該會成天在海灘上混日子。又或許他只是記得去年春天她老坐在高腳桌邊，埋頭讀一本破舊的醫學院入學考參考書，那是她向隊友借的。當他端來她點的五花肉，並問她還好嗎，她總是一臉茫然，好像他說的是韓語。他看得出來，她是個聰明孩子。想進醫學院的愚鈍男生多得是，但只有聰明的女孩才有勇氣申請。在家鄉首爾，他自己也念過兩年醫學院，因此能了解她的焦慮，並祝她好運。現在他不時都在祝她好運，雖然她說了這幾個月都不會收到任何學校的回音。那……還是祝妳好運。

「妳不需要運氣，妳會申請到的。」瑞斯說。

同時從她盤子上偷夾了一隻蝦。他偶爾會趁她晚餐休息時間來找她，但朴先生從不介意。他是個不錯的老闆，能替這樣的人工作，是她的福氣。然而，她滿腦子還是只想著將在春天抵達的申請入學回函。大都是駁回吧？但說不定會有一封肯定的答覆。只要有一個肯定答覆就能令人開心——在這方面，醫學院和愛情挺像的。有時候會覺得機會頗大、前途樂觀，有時候又恨自己抓著這個荒唐的夢想不放。她的化學不是勉強才混過關嗎？生物不也是費盡力氣？進醫學院需要的不只是好成績，還得和那些在富裕家庭長大、念私立學校、請私人家教的學生競爭。他們從幼稚園就開始夢想成為醫生，家庭合照裡會看見他們穿著迷你白袍、拿著塑膠聽診器按在泰迪熊肚子上。他們成長的地方可不是那種沒沒無名的小鎮，鎮民只有在吐到快沒命才會去看鎮上唯一一個醫生。他們也不是在解剖課上解剖了一顆羊心以後，才忽然一頭熱地想上醫學院。

眼下有七間學校在看她的申請表，幾個月後就會決定她的未來。光想就覺得噁心欲嘔。

「我想出要怎麼修理那個天花板了。」瑞斯說：「我知道妳都快被逼瘋了。」

時值十一月，已經潮濕得不可理喻。這星期，每天早上駛過諾曼第大道上深深的水窪，總是提心吊膽，生怕車子會熄火。在家裡，還得把一只銀色鉛桶推到漏水的天花板底下，之後瑞斯再提到花園公寓大廈後面那片小得可憐的草地倒掉。這棟大樓取了個樂園般的名稱，總是讓他啞然失笑。何不乾脆稱之為「磚塊大樓」或「沒熱水大樓」或「屋頂破洞大樓」呢？但茱德不覺得好笑。她回頭瞄一眼時鐘，休息時間只剩五分鐘。

「你怎麼不乾脆打電話給宋先生？」她說。

「妳也知道他年紀太大了，爬梯子危險。」

「那他就應該雇用個人。」

「太廉價了。」他說著捏捏她的屁股。

他在柯達門市找到賣相機、沖洗照片的新工作。雖然懷念健身房那些相處融洽的同事，但柯達員工買底片有優惠。不過他最近倒也不需要什麼優惠了，他已經半年沒拍一張新照片。空閒時候他會幫宋先生擦乾地下室的水、放置捕鼠器，或是做大樓裡的任何零工，以抵減房租。他替朴家通過馬桶、替蕭家修過儲藏室的架子，也替崔太太從廚房碗槽水管裡找回了掉落的戒指。要是碰上不會做的事，就向巴瑞求助。

「就跟你說那地方很爛吧。」巴瑞說。但他們還能怎麼辦？舊房東漲了房租，所以只好搬到韓國城。就某方面而言，這也是個冒險。有新食物要嘗試，有看不懂的路標，四面八方，不管公車上或路上聽到的語言，都能讓你的思緒飄到九霄雲外。在花園大廈的鄰居大都是和崔氏、朴氏和宋氏夫妻一樣的老人家，因為可憐這兩個年輕人要住在天花板漏水的公寓，聖誕節會請他們吃年糕。可是那天花板、那狹窄的臥室、那小不拉嘰的廚房……瑞斯說如果在花園大廈幫忙幹的活夠多，省下的錢也許就夠他們另找住處了。但是茱德希望到那時候她已經走了。

「妳一點也不用擔心。」有一次母親在電話上對她說：「妳是個聰明的孩子。」

「媽，聰明的人很多。」

「不像妳這樣。」母親說。

每回掛上電話，茱德都覺得有點愧疚，因為知道自己最害怕的生活正是母親的生活：一輩子替人端盤子，住在又小又窄的房子。至少她有瑞斯，至少她不在野鴨鎮，儘管會忍不住地設想未來，她也該為此心存感激。每當她提起春天，瑞斯都會有點坐立不安，臉上表情冷淡，似乎不想談論這個話題。

那天晚上她替餐廳關了店後，兩人一起走路回家，瑞斯用手摟著她的肩膀。來到花園大廈外的轉角處，有個膚色淺淡的黑髮女子走過去，茱德屏住了呼吸。結果只是個白人女子從街燈下悄步通過。

不可能是絲黛兒。比佛利山那場宴會至今多年，茱德幾乎都還是滿腦子想著這個。有時候那個穿貂皮大衣的女人看起來就像她母親，連嘴角微笑的幅度都像。還有些時候她只是個髮色深暗的苗條女子，頂多只是乍看之下長得像。畢竟她只在酒潑灑到腿上之前，匆匆瞄了那女人一眼，然後就在全場人士驚愕的目光下，手忙腳亂地撿拾碎玻璃片。這一幕當然也留在她腦海中了。她在桌上摸找餐巾紙時，卡拉一把將她推開，拚了命地擦拭被毀的地毯。等卡拉把吸滿紅酒的血色餐巾紙丟進垃圾桶，就叫她馬上走人，再也不用回來。她默默拿了皮包，因為太難為情，眼睛不敢亂看，以免和目睹她這番糗樣的人群四目交接。關上大門時她抬了一次眼，但完全沒看見那名女子，只有那個藍紫色眼睛的女孩目送她離開，粉紅雙唇勾勒出一抹冷笑。

一個深髮色女子可能是任何人。說不定她是太想念母親，才會說服自己相信兩人神似。說不定她是因為自己從來不回家而感到內疚，這個女人不過是她潛意識的投射。也說不定……不，這個可能性想都別想。**她和絲黛兒同處一室？**失手打翻酒瓶摔得粉碎之前，甚至還跟她對上了眼？

「怎麼了，寶貝？」那天晚上稍後瑞斯問她。「妳在發抖。」

他們正要走路去「迷幻」找巴瑞。她提早回家後，什麼都沒說，但瑞斯十分擔憂，在號誌燈下停了下來，她知道非老實交代不可。

「我工作丟了。」她說。

「什麼？怎麼回事？」

「好荒唐。我看見絲黛兒了。我是說，我覺得是她，我發誓，看起來就像是她……」

大聲說出來以後感覺更瘋狂，竟然因為在擁擠的派對人群中，瞥見一個或許和母親長得很像的女人，就害自己被炒魷魚。

「真不敢相信我這麼笨。」她說。

他拉她入懷。

「唉，沒關係啦。」他說：「工作再找就有了。」

「可是我想幫你。我在想要是我們倆一起存錢……」

他哀嘆一聲。「所以妳才這麼拚命工作？」

「我只是覺得要是我們倆……」

「可是我沒要妳這麼做啊。」他說。

「我知道。」她說：「是我自己想這麼做。別生氣，寶貝。我只是想幫忙。」

她張開雙臂環抱住他，片刻後，他將她往後推開一點。

「我沒生氣，」他說：「我只是不想有被接濟的感覺。」

「你知道我沒那麼想。」

「妳有心事一定要告訴我。」他說：「有時候妳把自己藏得好深。」

或許這正是他們會在一起的原因。或許這是他們所知道唯一愛人的方式，親近之後又急忙逃開。他撫著她的臉頰，她勉強擠出笑容。

「好吧。」她說：「不會再有隱瞞了。」

這麼多年來，絲黛兒都在她夢裡徘徊著。絲黛兒穿著貂皮大衣，絲黛兒高踞在岩棚上，絲黛兒聳肩微笑，門裡門外進進出出。每次都是絲黛兒，從來不是母親，就好像即便在夢裡她也能分得清似的。她常常驚醒，隨時都疲憊不堪。她在學校餐廳找到洗碗的新工作，時薪兩塊錢，只有她一人當班，用高溫熱水把滿是殘渣的成堆碗盤洗乾淨。每晚回家時總是手指發皺、垮著肩膀。有一度，歷史課的報告遲交三星期，課業成績也岌岌可危，田徑教練便把她叫到辦公室。

「妳的資質不只這樣而已。」他說道，而她點著頭乖乖聽訓，教練一說可以走了，她立刻蹦出令人喘不過氣的辦公室。好，好，她會更努力用功，更專心學業。她當然沒有不把學校當回事，她當然想在春季班奮力一搏，她當然不能失去獎學金。她只是一時分了心，不算太嚴重，她會振作起來的。但是她沒有，因為每次想念書，腦子裡都只想到絲黛兒。

「妳還會想到她嗎？」某天下午她問母親。

「誰？」

茱德頓了一下，手指捲纏著電話線，過了好一會兒才說：「妳妹妹。」

絲黛兒的名字她說不出口，好像一說就會重新將她喚出。絲黛兒從外面的人行道溜達過去，絲黛兒出現在起霧的窗前。

「妳怎麼會想要問這些?」母親說。

「不知道,只是好奇。我不能好奇嗎?」

「好奇沒用。」母親說:「我老早就不好奇了。我甚至覺得她已經不在了。」

「妳是說不在人世?」茱德說:「但萬一她還活著呢?萬一她就在某個角落呢?」

「我會感覺到。」母親輕聲地說,於是茱德開始把絲黛兒想成在她母親皮下流動的電流,也蟄伏在她自己的皮下,直到在那場宴會上,隔著人群與絲黛兒四目交接後,一個脈衝、一星火花,她手臂一震,往旁邊盪開。現在她試圖忘卻那電擊的感覺。有一、兩次,她本想將宴會上那名女子的事告訴母親,但那有什麼用?是絲黛兒,不是絲黛兒,她已經死了,她還活著,她人在內布拉斯加的奥馬哈、在堪薩斯的勞倫斯、在夏威夷的檀香山……茱德一出門,就想像著會與她巧遇。絲黛兒駐足在人行道上,欣賞櫥窗裡的一只皮包;絲黛兒在搭公車,手抓著塑膠吊環——不對,絲黛兒坐在車身光滑的黑色禮車內,藏身在染色玻璃背後。絲黛兒無時不在、無處不在,卻也無處可尋。

一九八二年十一月,一齣名叫《午夜盜賊》的音樂喜劇,在洛杉磯市中心一間近乎荒廢的劇場開演。劇作家時年三十,還住在恩西諾街區的家裡,他對朋友們說,他決定要在一個無人重視戲劇的城市發跡。《午夜盜賊》是以開玩笑的心態寫成,這玩笑的對象是他自己,這是他唯一的成功之處。這齣劇在「星塵劇場」連續演出四個週末,獲得某個地方獎項的提名,也在《先鋒觀察報》上得到一些溫吞的讚美。不過要不是巴瑞爭取到一個歌舞群的角色，茱德絕不會聽說這齣劇。甄選前好幾個星期，他都緊張兮兮，練唱〈彩虹彼端〉時老是猛踮腳尖。在此之前，他從未以本來面目在任何人面前唱過歌。

「我覺得自己好像沒穿衣服。」甄選後他對她說：「都到復活節了，我還滿身大汗。」

他入選後，她替他高興。他送了她首演的門票，但她得工作。

「請一晚上的假吧。」瑞斯說：「我們要支持他。而且我們都多久沒出門玩了，應該放鬆一下。」

上個月他車子引擎掛了，花光了積蓄修理。塞在襪子、抽屜裡那些皺巴巴的紙鈔全沒了。週末他開始在「迷幻」當門房賺外快。嚴格說起來是當警衛，不過他多半只是頂著俊俏臉龐迎客。到目前為止，只調解過一次酒客打鬥，在俊臉上留下一道傷口作為回報。茱德在浴室裡用酒精幫他清傷口，他痛得皺起臉來，也懷念起以前在港邊追逐陽光、尋找攝影景點的週末。瑞斯會咬著嘴唇卡嚓卡嚓地按快門。如今週五、週六晚上，他會穿著黑T恤、黑牛仔褲出門，凌晨才回家，因為幫忙扶舞孃登台，兩手沾滿了金粉。天亮後又到柯達門市去，或是幫宋先生的忙。有些日子她幾乎見不到他，只感覺到他上床後重重倒在她身旁。

蹺一晚的班只為了坐在潮濕的劇院裡，耐著性子看三個小時的業餘演出，希望能從歌舞群中瞥見巴瑞的影子，這代價太大了。不過她還是用手梳著瑞斯的頭髮，答應了他。他們需要玩樂一晚，讓她一整晚都不去想春天要做的決定，讓他不再滿腦子想著錢，讓他們不必為任何事情煩惱。

首演當晚，她穿上紫色洋裝，套上絲襪，瑞斯則一面打領帶一面對著鏡子裡的她微笑。他們穿得太隆重了，因為沒有什麼高級場所可去，今晚可以當作藉口假裝一下。他們可以假裝成任何關係：初次約會的年輕男女、暫時拋下孩子出來的新婚夫妻，或是一對有品味的戲劇愛好者，從來無需為錢煩惱、無需剪優惠券、無需數零錢。

「時髦，時髦。」魯伊斯一見面便揶揄道。他們和其餘十幾個男生約在大廳碰面，以前看見他們總是穿著馬甲胸衣在後台跑來跑去。不一會兒，大夥笑著爬進充滿霉味的劇場，當燈光一暗，每個人都飄飄然。

「最好別太難看。」瑞斯故意沒壓低聲量說，但口氣無比溫和，她聽得出來他並不在意。樂隊開始演奏輕快的序曲時，他親了她。接著幕拉開了，她身子往前傾，努力地想找到巴瑞。他穿著流蘇皮背心、戴著牛仔帽，與其他舞者一齊踢腿。看到他拉著一名紅髮舞者轉圈，她忍不住格格竊笑。接著舞群退場，主角登台，是個穿著加撐長裙的金髮女子，嗓音好聽但不出色，不過還算夠有魅力，講台詞時那辛辣嘲諷的口吻聽起來好耳熟，茱德忍不住摸黑拿起節目單來看。果不其然，正是那個藍紫色眼睛的金髮女孩。

落幕後，巴瑞笑容燦爛地謝幕，觀眾一面剖析情節漏洞與明顯失誤，一面慢慢踩過褪色紅地毯進入大廳。茱德與友人圍站在劇場後門外，眾人嘰哩呱啦討論著飲酒計畫，邊等巴瑞出來，準備以如雷的掌聲糗他。但她抱著身子，兩腳不停交換重心，眼睛直盯著巷子看，期待隨時會看見母親的幽靈出現。

中場休息時她便溜了出來，心想一定是燈光昏暗，才會把節目單上的女孩誤認為比佛利山派對上那個女孩。然而在燦亮燈光下，果然是她沒錯。**甘乃荻．桑德茲，出生於布蘭特伍德，曾就讀南加大，**

但為了追求演藝事業而提早休學，最近演出過柯蒂莉亞（《李爾王》）、珍妮（《推銷員之死》）與蘿拉（《玻璃動物園》）。這是她第一次在「星塵劇場」登台，但願不會是最後一次。大頭照中的她面帶微笑，波浪金髮披肩宛如天使，她看起來很純真，完全不像那個在派對上跟她討馬丁尼喝的無禮女孩，要不是那雙眼睛，她可能會相信這根本是另一個白人女孩。她永遠忘不了那雙眼眸。

既然那女孩參加演出，是否意味著穿毛皮大衣的女人也在現場？如果她是絲黛兒呢？如果不是呢？她在大廳裡晃來晃去直到觀眾席的燈開始閃爍，卻始終沒看見一個長得像她母親的女人。這下讓她更覺得自己瘋了。

「妳沒事吧，寶貝？」瑞斯問道。

她點點頭，擠出一絲笑容。

「我只是覺得冷。」她說。他用兩手抱住她，讓她暖和一點。這時後門開了，但出來的不是巴瑞，甘乃荻一腳踏出小巷，手裡玩弄著一包萬寶路香菸。她看到外頭聚集這麼多人嚇了一跳，一度露出有所期待的微笑，之後才發覺他們不是在等她。隨後她目光閃向茱德，扁嘴一笑。

「喔，是妳啊。」她說。

她還記得她，都三年了。當然記得。一個把紅酒灑在昂貴地毯上的黑人女孩，誰忘得了？

「我朋友也有演出。」茱德說。

甘乃荻聳聳肩，將一支菸倒進手心。她穿了一件破破爛爛、短到沒蓋住肚臍的性槍手樂團T恤，底下是牛仔短褲搭配不規則破洞的魚網襪，腳踩黑色皮靴——絲毫不像那場派對上的比佛利公主。她朝巷子另一頭走去，茱德快步跟上。

「巴瑞，」她說：「他是歌舞群的。」

「妳男朋友嗎？」甘乃荻問。

「巴瑞？」

「不是啦，笨哪。**他**。」她的頭朝那群人猛力一擺。「鬈頭髮那個。他好可愛。妳在哪找到的？」

「學校。」她說：「認真說起來應該是在一個派對……」

「妳有火嗎？」甘乃荻把菸放進嘴裡。見茱德搖頭，便說：「那也好。這傷嗓子，妳知道。」

「我覺得妳今晚的演出很精彩。」茱德說。這其實不是真心話，但要想從女孩嘴裡套出話來，總得奉承一下。「妳爸媽一定很為妳驕傲。」

甘乃荻嗤之以鼻。「拜託，他們最討厭我現在做的事了。」

「為什麼？」

「因為他們送我上學是去學一點有用的東西，妳知道吧？不是讓我休學，虛擲人生。至少我媽是這麼說的。喂，你有火嗎？」角落裡有個滿頭亂髮的白人男子在抽菸，她向他招手詢問，然後說：「再會了！」

她匆匆走向角落的男子，他則微笑著湊上前替她點菸。黑暗中火光一閃，然後她就不見了。

巴瑞說甘乃荻是個有錢的爛女人。

「妳知道那種人吧？」他對茱德說：「在高中合唱團唱過一、兩次獨唱，現在就自以為是芭芭拉·史翠珊了。」他正在「迷幻」後台化妝，準備週日早場的演出，這是他唯一的空檔，因為晚上的時間都被《午夜盜賊》占用了。他向來不喜歡客人稀稀落落的早場表演，但實在太深愛碧昂卡，無法等到三個星期後戲劇演出結束。他往身後揮了揮手，茱德便替他抽出從運動袋露出頭來的梳子。

「那她爸媽是做什麼的？」她問道。

「誰知道？」

「他們沒去過劇場嗎？」

「當然沒有。」巴瑞說：「妳以為他們會到這種破地方來？不，小姐，她可是道道地地的有錢人，高高在上目中無人，住山上豪宅，諸如此類。不過妳幹麼問她的事？」

「沒什麼。」她說。

那天下午，她坐上巴士前往市區去了「星塵劇場」。離星期日早場開演還有半小時，十幾歲的帶位員見她沒票不肯放她進去，她只好在綠色屋簷下的人行道來回踱步。特地搭車過來就已經讓她自覺可笑了，見到甘乃荻又要說什麼呢？她試著尋思早早會怎麼做。他告訴過她，找人的關鍵就是要假裝成另一個人。偏偏她除了自己，從來當不成另一個人，所以當帶位員趕她走，她也就默默退到人行道來了。就在此時，她撞上了正要擠向入口的甘乃荻。她穿的牛仔短褲短到內口袋都跑出來了，腳上則是一雙破舊的牛仔靴。

「對不起。」兩人異口同聲說道，接著甘乃荻笑了。

「不會吧，」她說：「妳在跟蹤我啊？」

「沒有，沒有。」茱德連忙說：「我要找我朋友，可是他們不讓我進去。我沒票。」

甘乃荻翻了個白眼說：「他們以為這裡是諾克斯堡基地啊。」隨後便對帶位員說：「她是跟我一起的。」茱德就這樣呆頭呆腦地跟著她穿過大廳，經過後台，進到她的更衣室。那房間幾乎不比衣櫥大多少，牆上的黃漆斑駁脫落。

在昏暗的化妝鏡燈照明下，甘乃荻一屁股坐到破舊皮椅上。

「唐娜都想剝妳的皮了。」她說。

「什麼？」茱德問道。

「妳毀了她的地毯以後啊。天哪，妳真該看看她那樣子，歇斯底里跑來跑去，好像妳殺了她的小孩似的。**我的地毯！我的地毯！**實在太好玩了。呃，對妳來說應該不好玩。」她坐在椅子上轉過去，看著鏡子裡的自己。「不過妳叫什麼名字？」

「茱德。」

「因為那首歌[2]？」

「因為《聖經》[3]。」

「我喜歡。」甘乃荻說：「嘿，茱德，不是我要趕人，但我得換衣服了。」

「喔，」茱德說：「抱歉。」

她正要退出門去，甘乃荻卻說：「別走，妳可以幫我。我老是沒辦法自己把這個穿好。」她從衣櫥裡扯出首演穿的那件加了大裙撐的連身長裙。趁茱德將橘色布料的皺褶撫平時，甘乃荻一把從頭上脫掉T恤。她很纖瘦，曬得黑黑的，穿著成套的粉紅胸罩和內褲。茱德盡力不去看，轉而注視亂七八糟的梳妝台：化妝盤、電捲棒、金色耳環、揉成團的糖果紙。

「嘿，茱德，妳是哪裡人？」甘乃荻問。「把那個拿過來好嗎？天哪，真是討厭死這玩意了。都會害我打噴嚏。」她抬起手臂，茱德幫忙將戲服套到她頭上時，不由得盯著她光滑的腋下看。甘乃荻說得沒錯，正要將手穿進袖子時，果然打了個秀氣的噴嚏。

「路易斯安那。」茱德說。

「不會吧，我媽也是從那裡來的。我是從『這裡』來的，不過如果從沒離開過一個地方，可以說是從那裡來的嗎？可以嗎？我都搞不清楚了。替我拉拉鍊好嗎？」

她劈哩啪啦地說著，茱德聽得頭都昏了。

「妳媽來自路易斯安那州的哪裡？」她問道。

「欸，可以快點嗎？再二十分鐘就要開演了，我連妝都還沒上。」她拉起肩上的金髮。茱德站到她身後，拉起拉鍊。

「妳媽媽姓什麼？」她又問：「說不定我認識他們家的人。」

2　此處意指披頭四的歌〈嘿，朱德〉（*Hey Jude*）。

3　此處指《聖經》裡的「猶大」（英文可寫為Judah、Judas、Jude）。

甘乃荻笑起來。「才怪。」

她這是在幹麼？她看到一個可能和母親長得有幾分相似的女人，結果就跟蹤起一個白人女孩，還幫忙她穿這身荒謬的戲服？她到底在想什麼？她根本也沒見過絲黛兒。甘乃荻湊到鏡子前，往臉上撲粉。頭一次見她如此安靜、專注，正如同表演前的巴瑞。「我得進入狀況。」他總是這麼說，並在上台前趕茱德出去。有時候她會在門口逗留，彷彿親眼目睹一道面紗落下，蓋住他的臉。前一刻他是巴瑞，下一刻就成了碧昂卡。此時此刻，她也在甘乃荻身上看見類似的過程。比起看見穿內衣的她，目睹此景感覺更私密。她於是轉身離去。

「妳不會認識姓韋涅的人吧？」甘乃荻在她背後高聲問道。「那是我媽的姓，應該說以前的姓。」她回頭瞄了一眼。「愛絲黛．韋涅。不過大家都叫她絲黛兒。」

十一

就統計學而言，在比佛利山的退休派對上遇見從未謀面的外甥女，可能性不高，卻並非絕不可能。這點，至少在理智上，絲黛兒應該了解，可能性不高的事情時時刻刻都在發生，她試著對學生解釋，因為「不太可能」是一種由成見所生出的錯覺，往往與統計上的事實無關。追根究柢的話，任何人能活下來的機率都是微乎其微。某特定的精子細胞使某特定的卵子受精，形成一個能存活的胚胎。雙胞胎小產的機率較高，同卵雙胞胎又比異卵雙胞胎更脆弱，但她卻好好地在這裡，在聖塔莫尼卡學院教統計學概論。「有可能」並不代表百分之百，「不太可能」也不代表絕無可能。

她是在就讀羅耀拉瑪利曼大學第二年時，無意中發現統計學。當時她不自稱為大二學生，她比班上其他人大了十歲，所以這樣的稱呼聽起來可笑。她甚至不知道自己想念什麼，只知道自己喜歡數字。統計學令她深深著迷，有太多人誤解這門學科了。在拉斯維加斯時，她和卜雷克並坐在煙霧瀰漫的賭場裡，他玩骰子已經輸了四百美元，他深信自己也該贏了，因而在賭桌前待得太久。但是骰子又不欠你。「之前丟出了什麼都無關緊要。」她最後氣憤地對他說：「而且如果骰子公平的話，擲到每個數字的機率都一樣。可是它不公平。」

「她在上一門課。」卜雷克對坐在旁邊的男人說。

男人抽了一口雪茄，笑著說：「我都會待下來，寧可輸錢也不想因為玩得太小心才贏不了錢。」

「說得好。」卜雷克與男人碰杯。統計學上的事實一如任何事實，都讓人難以接受。

對大多數人而言，做決定的是心，不是理智。在這方面絲黛兒和其他人沒有兩樣。她隨卜雷克離開紐奧良不就是情緒化的決定嗎？還有這麼多年來她選擇留在他身邊呢？還有，比方說，她答應參加哈迪森的退休派對，甚至還哄女兒出席，就因為卜雷克說他們得表現出和樂融融的樣子呢？幸福快樂的一家人——這對其他合夥人來說很重要。卜雷克從事的是行銷工作，他了解個人品牌的價值，絲黛兒與甘乃荻只是這個品牌的延伸罷了。所以她答應去參加派對。無論如何，她都盡責地扮演妻子的角色，在客廳裡周旋於眾人之間，即使渾身酒味的博特．哈迪森整晚都黏著她，手還放到她腰上（好像她不會發現似的！）。但卜雷克當然沒看見，他和羅勃．賈瑞特、延希．史密斯圍聚在角落裡，絲黛兒則努力地找話題和女主人唐娜閒聊，一面留意著女兒，只見她繞過白色地毯上的一攤紅漬，不斷一步步挨向吧台。有個瘦高的黑人男子正在用蘇打水輕輕擦拭那塊污漬。

稍早引發了一陣騷動，有個黑人女孩把酒灑到地毯上，一時半刻間吸走了派對上所有人的注意。絲黛兒剛剛抵達，所以只看見事後餘波。有個炭一般黑的女孩拚了命想將昂貴的梅洛紅酒從更昂貴的地毯上擦去，唐娜則尖叫著罵她只是愈弄愈糟。即便女孩被遣走後，眾人仍繼續議論紛紛。

「真是不敢相信，」唐娜對絲黛兒說：「連一瓶酒都拿不好，還請這些服務生來幹麼？」

老實說，絲黛兒覺得這話題很無聊。這樣的派對就是缺少更有趣的談話題材，大家才會執著於類似的突發小狀況。不像數學系聯誼會上，話題跳來跳去——不可預測、自負炫耀，卻從不無聊。能與如此聰明的人為伍，她始終覺得幸運。他們是思想家。卜雷克的同事將聰明才智視為一種達到目的的手段，而目的永遠都是賺更多錢。可是在聖塔莫尼卡學院的數學系，沒有人期望致富，能獲得知識就夠了。能像這樣獲取知識度日，她感到幸運。

那天晚上開車回家途中，她忽然想起蘿芮塔。她身上穿的貂皮大衣是那年聖誕節卜雷克送她的驚喜禮物，或許是奢華的毛皮拂過小腿讓她想起了往事。也或許是那天早上，當她跟卜雷克說她會晚點到，他們又因為她的工作吵了一架，而她能找到這份工作完全是因為蘿芮塔。沃克家搬走後一連數月，她都陷在一股即使以她的標準也算深度的憂鬱中。她內心淒然，原因她自己也始終說不上來。就好像又再一次失去德姿蕾。卜雷克建議她去上課，後來卻十分懊悔，因為每次當他抱怨她的工作，她就會提起這件事。

「是你自己說的，」他們最後一次爭吵時，她說道：「待在那個屋子裡我會瘋掉。」

「是沒錯，可是……」他停頓一下。「我以為妳會……誰知道？也許去上個插花課什麼的。」

但她向來對自己高中休學一事深以為恥，聽到有人使用她不懂的名詞，就覺得自己笨，迷路的時候也很討厭問路。她很害怕哪天女兒懂得比她多，很害怕面對女兒的作業，只能瞪著眼睛看，幫不上忙。於是她告訴卜雷克，她想去上高中同等學力鑑定課程。

「那太好了，黛兒。」他說。他當然是在安撫她，但她還是去報名了。連著兩天晚上，她坐在公立圖書館外的停車場，不敢進去。生怕呆呆盯著黑板看，會感覺很蠢。上一次做比記帳更複雜的數學題目，都多久以前了？但是當她終於鼓起勇氣進去，老師開始解釋一個代數問題後，她好像慢慢又回到十六歲，每每在貝爾丹老師的測驗中高分過關。這正是她喜愛數學的原因：從當時到現在都不變，而且不管她知不知道，總有正確答案。這讓她感到很安心。

最後當她收到郵寄來的文憑，卜雷克似乎頗為她高興。可是接著當她說想去聖塔莫尼卡學院念二年制學士班，當她轉學到羅耀拉瑪利曼念四年制學士學位，或是去年聖塔莫尼卡學院聘請她擔任一門「統計學概論」課的兼任講師，他就沒那麼開心了。講師的酬勞少得可憐，但上課時站在黑板前，面對十多名大學生，她覺得精神奕奕。系上的傳習輔導教授佩格．戴維斯鼓勵她接下來註冊碩士班，甚至可以開始考慮念博士。那麼她便能成為全職教授，總有一天能獲得終身教授資格。絲黛兒．桑德茲博士，聽起來真響亮不是嗎？

「又是那個主張解放婦女的女人。」每當絲黛兒在學校待得很晚，他就會埋怨。「都是她把這些有的沒的灌到妳腦子裡。」

「說了你也不信吧，我自己有腦子會想。」她說。

「我不是這個意思……」

「你就是這個意思！」

「她跟妳不一樣。」他說：「妳有家庭，有責任義務，她只有那套政治主張。」

但絲黛兒什麼時候把對家庭的責任當成決定的依據？家庭是感性的空間，而她或許一直都是受理智指引吧。變成白人是因為務實，務實到當時那個決定似乎理所當然到可笑的程度。如果可以當白人，何樂不為？不管你怎麼看，維持原樣或是煥然一新都是一種選擇。她只是做了理性的抉擇。

「我已經跟妳說過，妳不必做這個。」卜雷克經常指著她夾在腋下的大疊試卷說道。「這個家一直都是我在供養的。」

但她接受這項工作不是因為擔心錢，只是選擇了理智而非情感，當初蘿芮塔用食指劃過她手心那條長線時，也許就看到了這點。

「妳錯過我致賀詞了。」從哈迪森家返家後，卜雷克站在衣櫥門口扯下領帶說。

「我跟你說了我要登記成績。」她說。

「我也跟妳說了今晚很重要。」

「我還能說什麼？我已經盡力了。」

他嘆了口氣，望向漆黑的窗外。

「唉，很棒的賀詞，」他說：「很棒的派對。」

「是啊，」她說：「派對辦得挺成功的。」

「我知道妳來幹麼。」甘乃荻說。

《午夜盜賊》開演一星期後，在半擁擠的餐廳裡，她向坐在對面玩弄著白桌巾的絲黛兒露出微笑。她微笑時總會露出一整排牙齒，讓絲黛兒感到膽怯。竟然這樣暴露自我。隔一張桌子坐了一名亞裔女子，邊喝豌豆湯邊改期末考卷。有兩名年輕白人男子在低聲爭辯自由主義大師約翰．彌爾的觀點。絲黛兒說是因為便利考量，才會選這間靠近南加大的餐廳，但事實當然不是如此。她希望大學的師生能促使女兒重新考慮自己的選擇，否則至少也對自己的決定感到難為情。

絲黛兒攤開餐巾鋪在腿上。

「妳當然知道。」絲黛兒說：「我來跟妳一起吃午餐。」

甘乃荻笑說：「是啊，媽，妳大老遠開車過來就只為了這個……」

「我不知道妳為什麼每件事都非得有陰謀論。我就不能和女兒吃頓飯？」

她已經多年沒有開車到校園附近來，即使從前也只來過寥寥幾次：一次是參觀校園，一次是宿舍入宿日。她跟在女兒後面，狐疑地望著爬滿紅磚牆的攀緣植物，不明白以她的成績怎麼可能進得了這所學校——考試成績是死的，大可以靠家族捐款來彌補。還有一次是因為舍監逮到甘乃荻在房間裡抽大麻，顏面掃地。數星期後，她去向大一新生學務長求情。其實比毒品更令絲黛兒在意的是女兒的不謹慎。只有怠惰的女孩才會被抓到，而她女兒雖然聰明卻怠惰，好命到不知道母親是多麼努力才能延續那個造就她一生的謊言。

此時甘乃荻扁著嘴笑了笑，慢慢地攪著湯。

「好吧。」她說：「那就留到甜點時間再聽妳訓話。」

不會有訓話，絲黛兒向卜雷克保證過。她只會輕推甘乃荻一把，讓她去做對的事。這孩子知道自己得回學校，至今她只錯過一個學期，可以去註冊組說自己是一時昏了頭，求校方讓她復學。她會比同年級生落後一學期，也許可以在念完夏季班後畢業。絲黛兒暗自揣想過各種不同劇情，但每每都是以自己生悶氣收場。休學去演戲？這個想法實在愚蠢至極，她才剛伸手去拿菜單就差點忍不住說出來了。

最令人不敢置信的是什麼？她本以為甘乃荻最糟的日子已經結束了。高中老師來電說她又蹺課，然後是慘不忍睹的成績單，還有某些夜裡，絲黛兒在意想不到的時間聽見吱吱嘎嘎的開門聲，取過球棒才發現原來是喝醉酒的女兒溜進來。家門前老是有穿著破爛寒酸的男孩把身子探出車外，猛按喇叭。

「她是我狂野的孩子。」有一回卜雷克笑著說，好像這是什麼值得驕傲的事。

但她的狂野只會讓絲黛兒感到害怕，怕自己小心翼翼打造的生活會因此瓦解。每天早上吃早餐時，她會呆呆看著坐在對面的孩子，卻已經認不得了。那個長相甜美可愛的女兒已然不在，取而代之的是一個黃褐色頭髮、手長腳長的女子，對於自己想成為什麼樣的人天天都在改變心意。有些早上，她瘦削的肩上穿掛著褪色的雷蒙斯合唱團T恤，隔天可能變成短得不得了的格紋迷你裙，再隔天又變成長及腳踝的飄逸長裙。她還曾將頭髮染成粉紅色，兩次。

「妳怎麼就不能好好當自己呢？」絲黛兒曾這麼問她。

「也許我不知道自己是誰。」女兒立刻回嘴。絲黛兒明白，真的明白。那便是青春令人悸動之處，想當什麼人都可以。那便是許多年前在那家飾品店裡襲上她心頭的想法。長大成人後，所有選擇都固化了，你這才發覺自己的所有面貌早年便都已設定好，剩下的不過是餘波罷了。因此她明白女兒為何在找尋自我，甚至為此自責——也許女兒內心有個不安的小角落，知道自己的人生不對勁。就好像她長大了，慢慢可以摸到樹了，才發現那些都只是紙板布景。

「沒有要訓話。」絲黛兒說：「我只是想確認，是不是要想想下個學期……」

「還說沒有。」

「親愛的，妳沒有落後太多。我知道妳很熱中那齣戲……」

「那是音樂劇。」

「叫什麼都好……」

「首演之夜妳要是有來就會知道了。」

「那這樣如何？」絲黛兒說：「妳要是去註冊，我就去看妳演戲……」

「情緒勒索。」她說：「妳換新招了。」

「勒索！」她靠向桌子，隨即壓低聲音。「想替妳做最好的安排這叫勒索？想讓妳受教育，提升自我……」

「妳的最好不一定就是我的最好。」女兒說。

那什麼是甘乃荻的最好呢？得知女兒上學期因成績太差而被留校觀察時，絲黛兒十分震驚，也有點尷尬。「她年紀還輕，以後會想通的。」卜雷克說，但絲黛兒有所保留。她是個來自路易斯安那窮鄉僻壤的窮苦黑人女孩，連她都不會考這麼糟的成績：兩個C-、兩個D，只有一門戲劇課拿了B-。戲劇甚至稱不上課程，那是興趣！那個悽慘的學期過了幾個月後，女兒便決定休學，全心投入這個興趣。若是如此，為孩子付出一切有何意義？為她買書、讓她就讀一流學校、聘請家教、到處請託，讓她進了大學，到頭來卻只看見一個百無聊賴的女孩，坐在充滿全國頂尖聰明人士的餐廳裡東張西望，閒散地攪弄著湯，那麼先前做的一切究竟有何意義？

「不是每個人都適合念大學，妳了解嗎？」甘乃荻說。

「可是妳適合。」

「妳怎麼知道？」

「我就是知道，妳是聰明的孩子，我知道的。妳只是不努力，要是能卯足全力，我們甚至不知道妳能有什麼樣的成就……」

「也許這就是問題所在！我不像妳那麼聰明。」

「我可不相信妳的程度只有這樣。」

「妳又怎麼知道？」

「因為我為妳犧牲太多了，妳不可能被退學。」

甘乃荻笑起來，兩手往上一攤。「又來了。媽，妳小時候家裡窮不是我害的。妳不能把我出生前發生的鳥事怪到我頭上。」

一名年輕黑人侍者傾身為她加水，絲黛兒不再作聲。多年前，是她選擇了自己的人生，甘乃荻只是把她和這個人生黏得更牢而已。她認清這一點，並不責怪女兒。她為甘乃荻犧牲了自己，女兒卻永遠不可能知道母親失去了些什麼。她二人之間坦誠以對的時機早已過了。絲黛兒用白色餐巾抹抹嘴，然後重新摺好放回腿上。

「小聲點，」她說：「還有別說髒話。」

「這又不是世界末日，」佩格・戴維斯說：「有很多學生都會休息一段時間。」

絲黛兒嘆了口氣。此時她在佩格凌亂的辦公室裡，兩人隔著辦公桌而坐，這裡頭隨時都亂七八糟，要不是得挪開椅子上的書，就是得花十分鐘找佩格的老花眼鏡，最後發現塞在一疊期中考試卷底下。佩格其實可以雇個人幫忙整理，絲黛兒甚至還曾自告奮勇。這間辦公室讓她想起與德姿蕾同住的日子。德姿蕾要是能花點時間將房間裡屬於她的部分保持整潔，就可以大大節省找東西的時間了，但每次聽到絲黛兒這麼說，德姿蕾就會翻白眼，叫她別像個老媽子一樣。佩格也同樣不當回事。

「噢，應該就在這附近。」每次鑰匙不知放到哪去，她都這麼說，就這樣，會談再次變成尋寶遊戲。

天才可能都有點怪胎。佩格教的是數論，這個數學領域看起來複雜無比，簡直堪稱魔術。理論數學與數理統計學的共通處極少，但佩格還是主動表示願意為絲黛兒做傳習輔導。她是數學系唯一的女性終身教授，因此所有女學生都由她負責。她們第一次輔導會談時，佩格坐靠著椅背，細細端詳她。這位教授有一頭已漸灰白的金色長髮，一副圓框眼鏡遮去了半張臉。

「來，跟我說說妳的故事。」她說道。

絲黛兒從未被如此聰明的女人這般直勾勾地凝視。她如坐針氈地扭動著手指上的婚戒。

「我不知道，」她說：「妳這話是什麼意思？我沒有故事啊，沒什麼有趣的事可說。」

她當然是在說謊，但佩格笑了起來，令她大吃一驚。

「才怪。」她說：「可不是每天都有家庭主婦會忽然決定要念數學。妳不介意我這麼叫妳吧？」

「叫我什麼？」

「家庭主婦。」

「不會，」絲黛兒說：「我本來就是，不是嗎？」

「是嗎？」

和佩格談話總是這樣，曲曲折折，問題聽起來像答案，答案又看似問題。絲黛兒總覺得佩格在測試她，更讓她想證明自己。這位教授給了她一些書——西蒙．波娃、葛羅莉亞．史坦能、艾佛琳．李德——她全看了，雖然卜雷克一看到書封面就翻白眼。他看不出這些書和數學有什麼關係。佩格邀她參加示威活動，儘管絲黛兒老是因為太緊張無法站在吶喊的人群中，事後都會讀報上的報導。

「佩格的姊妹淘這次又在搞什麼了？」卜雷克越過她的肩頭看著報紙地方版問道。她們在抗議美國小姐選美、抗議《洛杉磯雜誌》裡一則歧視女性的廣告、抗議一部新上映的殺人魔電影美化了對女性的暴力。佩格的姊妹淘全是白人，有一次絲黛兒問她們當中有無黑人女性，佩格被刺著了痛處。

「她們有她們自己關心的議題，妳知道。」她說：「不過還是歡迎她們加入我們的戰鬥。」

絲黛兒憑什麼批判？至少佩格為了某件事挺身而出，為了某件事奮鬥。她凡事都與校方對著幹，無論是關於有薪育嬰假、雇用教職員的性別歧視或是兼任講師遭到剝削。儘管自己沒有孩子，並已獲得終身職，對這些事她仍據理力爭——儘管她的主張對她一點好處也沒有。為了責任感、甚可能是出於好玩而抗爭，這讓絲黛兒困惑不已。

此時坐在佩格的辦公室裡，她拿起一本關於質數的書說：「如果最後有回學校才叫休息一段時間。」

「也許她會。」佩格說：「她會自願回去。妳就是啦。」

「那不一樣。」

「怎麼說？」

「我是沒有選擇。」她說：「我是不得不離開學校。我在她那個年紀的時候，唯一想做的事就是上學。而她卻棄之如敝屣。」

「可是她不是妳。」佩格說：「妳對她抱這樣的期望並不公平。」

也不是這樣，至少這不是單一原因。她覺得女兒像個陌生人，如果還在野鴨鎮，她說不定會因為兩人差異如此之大感到有趣，甚至因為女兒有太多地方讓她想到德姿蕾而感到有趣——她還可能與姊姊笑談此事。**妳確定她不是妳女兒嗎？**可是在這邊這個世界，女兒像個陌生人，這讓她驚駭。如果連女兒都好像不是她親生的，那麼她的人生便再無一點真實。

「也許妳只是在為自己心煩。」佩格說。

「為我自己？為什麼？」

「這麼多年來一直說要念研究所，結果卻一事無成。」

「是沒錯，但是……」絲黛兒住口不語。那完全是另一回事。每次她和卜雷克說起申請研究所，他的反應總是幼稚到極點。還念書？拜託，絲黛兒，妳還需要念多少書啊？他指責她拋棄家庭，她指責他拋棄她，然後兩人都氣呼呼地入睡。

「我的意思是，妳那位先生當然認為他還能任意擺布妳。」佩格說：「妳讓他害怕，一個有腦子的女人，男人最害怕不過了。」

「我不知道是不是這樣。」絲黛兒說。卜雷克依然是她丈夫，她不喜歡聽到任何人談論他的過失。

「我只是想說這事關權力。」佩格說：「他想擁有一切，而且不想讓妳擁有。要不然妳覺得男人為什麼會搞上祕書？」

她再一次感到後悔，實在不該將她與卜雷克相識的過程告訴佩格。當年的浪漫故事經過歲月淘洗，只是變得更愚蠢。那時她還那麼年輕，約莫是女兒現在的年紀，而且從未遇見像卜雷克這樣的男人，當然抗拒不了他的魅力。他們第一次上床她才十九歲，發生在陪卜雷克到費城出差的旅程中。那個時候她才發覺祕書有點像妻子，她記下他的行程、替他掛帽子大衣、為他倒威士忌，也為他準備午餐、幫他調整心情、聽他抱怨父親，還要記得在他母親生日當天送花過去。直到出差最後一天晚上，當他在酒吧裡探過身來吻她，她心中暗忖，就是為了這個他才邀她同來費城吧？

「妳都不知道我想這麼做已經想多久了。」他說：「從在安托萬餐廳開始，妳看起來好可愛、好不知所措，當時我就知道自己麻煩了。本來我告訴他們，替我找一個寫字最好看的女孩，人長得普通無所謂。我是希望妳不必很美，我不想因為這個分心。妳也知道，我不是那種男人。不過想也知道，最美的字跡當然出自最美的人之手。從那之後我就一直受妳折磨了。」

他輕笑一聲，但注視她的眼神無比認真，她感覺脖子脹紅起來。

「我不是故意的，」她說：「我是說折磨你。」

「妳會討厭我跟妳說這些嗎？」他問道。

他的緊張讓她吃下一顆定心丸。以前她也跟白人男子約會過幾次，但頂多都只是在車上接吻。她老是擔心對方多少會從她的裸體識破她的謊言，或許是在床單的對照下，她的膚色會顯得較深，也或許是當他進入她的身體後會感覺有異。假如赤身裸體都無法讓人原形畢露，那還有什麼可以做到？

在飯店房間裡，卜雷克慢慢地為她寬衣。拉開裙子拉鍊，解開胸罩，彎身脫去她的絲襪。他的白色內褲往外繃緊，她為他感到難為情，其實她是為所有男人不得不這麼赤裸裸地展露欲望而感到難為情。想隱藏的事卻藏不住，她想不出還有什麼比這個更可怕。

從那時起她便知道自己不可能拒絕他，而她也不想拒絕。或許差別就在這裡，又或者差別在於她心裡相信真的有差別。

「別用那種眼神看我。」佩格說。

「什麼眼神？」

「好像妳養的貓剛剛死了。」佩格將上身探過桌面。「我就討厭看妳為了他把自己弄得這麼卑微。就只因為他永遠無法用妳看待自己的方式看待妳。」

絲黛兒將目光轉開。

「妳不懂。」她說：「當我思考自己在他面前是什麼樣的人，感覺就好像完全變成另一個人。」

「那麼妳是什麼樣的人？」佩格問。

有時候，身為雙胞胎之一有如和另一個自己一起生活。每個人心中很可能都有這樣一個存在，一個只活在心裡、替代性的自我。但她的卻是真真實實。每天早上，絲黛兒在床上一翻身就能注視她的雙眼。但有些時候又像和陌生人生活在一起。妳怎麼不更像我一點？她會瞅著德姿蕾暗自思忖。為什麼我成為我，而妳成為妳？也許她內向安靜，只因為德姿蕾不是這種個性。也許她們在一起是為了互相調整、彼此彌補。譬如在父親的葬禮上，絲黛兒幾乎一言不發，若有人問問題，德姿蕾便會代為回答。起初絲黛兒覺得膽怯，有人對她說話，卻由德姿蕾回答，好像從別處發出自己的聲音。但很快地，隱身讓她感到自在，可以什麼都不說，並在這虛無中感覺到自由。

她凝視著窗外騎單車經過的學生，然後才又回頭面對教授。

「我自己都不記得了。」她說。

十二

茱德在「星塵劇場」當新的帶位員兩週後，便已得知關於甘乃荻兩件最主要的事：她想成為百老匯明星，而且她表現得和每個不得志的女演員一樣，有點驕傲，也有點受傷。那份傲氣太顯而易見，她喜歡讓別人等她，喜歡悠哉地走過每一扇別人為她打開的門。她會和導演爭執台詞的表達方式，但往往看似只是為了好玩。她會將紅色跑車停在停車場最遠端，因為她說曾經有個心懷妒忌的臨演刮傷她的車。她喜歡捏造自己的生活經歷，彷彿覺得現實太無趣，不值一提。有時候她話說到一半會忽然改口，例如她本來跟茱德說那輛車是她的高中畢業禮物。

「不對，比較像是『真不敢相信妳畢得了業』的禮物，」她說：「我高中時是個麻煩精。不過大家不都是這樣嗎？好吧，也許不是，我看妳就不像個麻煩精。」

「我不是。」茱德說。

「我知道妳不是。拜託，我當然看得出來。誰會乖乖吃花菜、聽爸爸的話，誰又一天到晚惹禍。喂，好心幫個忙把這個丟掉，好嗎？」

在更衣室裡，她把揉皺的糖果紙丟進茱德張開等候的雙手中。過去兩個週末，茱德搭著巴士來到市區這間破舊劇院，清掃地上的爆米花、刷洗廁所洗手台、打掃更衣室。督導員承諾過，遲早會讓她升級擔任收票與帶位工作，殊不知她想做的正是這些事。但她當然沒有這麼跟他說。她只簡單交代了一下：她剛上研究所，想利用週末賺點外快。她可以在週五和週六晚上，還有週日下午過來，《午夜盜賊》的場次。他叫她週日早場再來，要穿黑衣。

「我不喜歡。」瑞斯說。他斜靠在廚房流理台，腰間還繫著宋先生那條老舊的工具腰帶，一臉憂心忡忡。她真希望一開始就沒告訴他。

「只是一份兼差的小事。」她輕聲說：「錢可以派上用場。」

「妳明知道不只是這樣。」

「不然我要怎麼做？繼續假裝她不是絲黛兒的女兒？我做不到。我非去認識她不可，我非見到絲黛兒不可。」

「那妳打算怎麼做？」

然而除了「星塵劇場」之外，她毫無計畫。每場表演前，她到更衣室與甘乃荻碰面，幫她套上那件大長洋裝，此外還會幫她一點小忙：替她準備熱檸檬水、到附近的簡餐館替她買三明治、去大廳的販賣機替她買可樂。她不時覺得自己很蠢，端著熱氣騰騰的茶站在更衣室外，一直等到甘乃荻旋風似的掃進來，氣喘吁吁，毫無歉意。

「妳救了我一命，」她會這麼說，或者說「我欠妳一次」，但從未有過一句簡單的「謝謝」。

演第一幕時，茱德趁著準備中場販賣攤位之前溜到舞台側翼看戲，看愈多次愈覺得這齣戲荒謬可笑。這是西部音樂劇，描述一個勇敢果決的女孩來到一座鬼城，發現城裡真的鬧鬼。

「我覺得這手法非常聰明，」甘乃荻說：「認真想想，有點像《哈姆雷特》。」這齣戲一點也不像《哈姆雷特》，但她說得那麼堅定，讓人幾乎就要相信了。自從兩個月前休學後，這是她第一個主演的角色，有一天晚上表演結束後她這麼對茱德說。當時兩人坐在對街一家餐館中，甘乃荻邊說邊拿薯條蘸鄉村醬。

「我媽還是連一場都沒看過。」她說：「我休學把她氣死了，她覺得我把未來給賭掉了。也許是吧。

很少有人成功，對吧？」

她第一次卸下虛張聲勢的面具，看起來十足缺乏自信，茱德差點就想緊握她的手。這突如其來的同理心令她震驚。當這個女孩的感覺就是這麼回事嗎？一個不智的抉擇獲得的是同情，而不是責備？只要稍有片刻疑慮，就能迫使一個幾乎完全陌生的人肯定妳，說妳其實很特別？

「也很少人進得了醫學院。」茱德說。

「唉，那不一樣。說真的，我要是想當醫生，我媽會樂歪了。大部分的母親應該都會吧。她們都希望我們人生能比她們好，不是嗎？」

「她的人生是什麼樣？」

「艱難。妳知道，真正的窮酸白人，像《憤怒的葡萄》。每天要走十幾公里路去上學，諸如此類。」

「她出身大家庭嗎？」

「不是，只有她一個小孩。不過她爸媽很多年前就死了。只剩她一個。」

有時候，絲黛兒轉換身分的原因不難理解。誰不夢想著拋下原來的自己，以嶄新的身分重新來過？可是她怎能殺死那些愛她的人？她怎能拋開那些多年後仍盼望著她回家的人，甚至從未回首過？這部分茱德始終想不明白。

「我不知道妳怎麼受得了她，」巴瑞說：「那個女孩一天到晚嘰哩呱啦從來沒停過！我真想把那頂軟帽塞進她嘴裡。」

他和其他同組演員一樣，都覺得甘乃荻讓人受不了。可是茱德需要聽她說話，從她那兒搜尋到所有關於絲黛兒的故事。所以她替甘乃荻套上長洋裝，聆聽她叨叨訴說：「本來夏天想去印度，可是妳知道，她會擔心，在那種地方連水都不能喝，我有個朋友——其實也不算朋友，是兒時的鄰居，譚美・羅伯茨——去那裡宣教，結果因為吃了水果生病回來。妳能想像嗎？水果耶！她寧可在手臂上扎針死掉，也不想被芒果害死。」還有一次，甘乃荻跟她說有個舊砲友要來看戲，是個結了婚的衝浪客，跟她住同一棟大樓。她和他上過一次床，因為他從法國帶回一瓶苦艾酒。

「我們產生一些要命的幻覺。」她說著將赤腳伸到凹凸不平的沙發上。

再十五分鐘就要上台了，她連衣服都還沒換。她從未專心，從未做好準備。當茱德來幫她更衣，她每次開門都略顯驚訝，好像不是她主動要求茱德來似的。她總會冷不防地提起母親，例如有一次表演前，她對茱德說她第一次演戲的時候才七歲。當時母親會讓她參加各種各樣的活動，布蘭特伍德的家長都是這樣，把孩子當魚餌拋出去，希望他們能釣到某項才藝。所以她學過網球、芭蕾舞、長笛和鋼琴——樂器多到都可以自組交響樂團了，真的。但沒有一樣持久。她資質平庸得要命，讓母親覺得很丟臉。

「她從來沒這麼說，但我看得出來。」甘乃荻說：「她真的希望我能很特別。」

於是她一時心血來潮，參加了學校一齣關於淘金熱的戲劇選角，得到一個華人鐵路工的小角色。只有七句台詞，但母親幫忙她背誦，一手拿著劇本，另一手還忙著攪義大利麵醬汁。甘乃荻則在廚房裡拖行她隱形的十字鎬。

「說真的，實在可笑到極點。」她說：「我竟然戴著草帽演苦力，連臉都看不見。可是我媽跟我說我演得很好。她……我不知道，她好像難得那麼興奮。」

她談起母親時帶著一種傷感，每個人談起絲黛兒都是這樣。這是唯一讓茱德感覺真實的部分。

十一月接下來的日子，茱德都在《午夜盜賊》的演出時段打工。她負責裝填爆米花機器、在門口發節目單、協助年老婦人就座。晚上入睡時，耳邊還能聽到序曲樂聲。她閉上眼睛，便看見甘乃荻站在舞台中央，在燈光下熠熠生輝。她們不可能是表姊妹。每當那個金髮女郎大搖大擺走進劇場，大半張臉被太陽眼鏡遮住，「兩人是表姊妹」的念頭似乎更顯荒唐。一個失聯許久的親人，總會有些共通點吧？也許一開始沒能注意到，但時間一久，總該多少能感覺到血脈相連。然而在甘乃荻身邊待得愈久，她對這個女孩就愈陌生。

某個週五晚上，劇組人員相約一起去喝酒。巴瑞撞撞茱德的手臂想說服她留下來，但她還沒來得及說自己累壞了，甘乃荻就跑到她身邊來。結果她當然是留下了。她從來不會拒絕她，迫切地想和她待在一起。這齣劇已將近尾聲，她對絲黛兒幾乎仍一無所知。幽暗的酒吧裡，琴師在後方找到一台蒙塵的直立式鋼琴，便叮叮咚咚彈奏起來。演員們慢慢群集過來，有些微醺，表演的欲望卻仍高昂。但甘乃荻和茱德坐在破桌的另一端，膝蓋相碰。

「妳沒有很多像我這樣的朋友，對吧？」甘乃荻問道。

「什麼意思？」

八成是指白人，不料她的回答出乎茱德意料。「女性朋友。我每次看到妳，都跟一堆男生在一起。」

「沒錯，」茱德說：「老實說，我一個女性朋友也沒有。」

「為什麼？」

「不知道。我的成長階段其實從來沒有經歷過這些。我家鄉的緣故。那裡的人不喜歡我這種人。」

「妳是說黑人？」

「黑皮膚的人。」她說：「膚色淡的無所謂。」

甘乃荻笑著說：「那也太蠢了吧。」

她倆都覺得對方的人生不可思議，但本來不就應該如此嗎？茱德也總是好奇，不必為教育費盡心思，即使發生最糟的事也知道自己能安然度過，那會是什麼感覺？每當甘乃荻的車戛然衝進停車場，喇叭傳出震天響的龐克搖滾樂，不是她最討厭的嗎？沒錯，而且每次甘乃荻遲到她都會翻白眼，甘乃荻討檸檬茶喝時令她憤恨。然而，當巴瑞說她是個被寵壞的小妮子，茱德也會不高興，儘管她的確是，她當然是了。那個女孩有時候真會把人搞瘋，但如果不是母親嫁給膚色黝黑的人，茱德可能也會跟她一樣。在另一個人生中，那對攣生姊妹一起轉換了身分。她母親嫁給了白人，如今會穿著貂皮大衣出入豪華派對，而不是在鄉下小餐館端盤子，茱德也會是膚色白皙的美人，開著一輛紅色雪佛蘭Camaro，手伸出車外，在布蘭特伍德到處跑。每天晚上還會神氣活現地登台，帶著燦爛笑容將金髮往後一甩，接受全世界的掌聲。

坐在鋼琴前的男孩大聲彈起了皇后合唱團的〈別阻止我〉，甘乃荻放聲尖叫，一把抓住茱德的手。茱德從未在任何人面前唱過歌，但不知怎地，竟也跟著耍酒瘋的眾人唱了起來，惹得其他客人不悅，最後被酒保給踢出來。那天晚上過了凌晨三點她才上床，腦袋昏昏沉沉，仍感覺到甘乃荻摟著她的肩膀。她們不是真正的家人，不是真正的朋友，但總是有點關係，不是嗎？

「妳魂跑哪去了？」瑞斯問道。他們在床上接吻，但她心不在焉，腦子仍悠遊在音樂聲中。

「對不起。」她說：「我只是在想事情。」

「想那個白人女生？」他嘆了口氣。「寶貝，妳不能再這樣了。妳在玩一個危險的遊戲。」

「這不是遊戲。」她說：「是關於我的家人。」

「那些人不是妳的家人。他們不想，妳不能逼人家。」

「我沒有……」

「不然妳幹麼老在那個女孩身邊打轉？別人不想做的事，妳是強迫不來的。如果妳阿姨想當白人，那是她的人生。」

「你不懂。」她說。

「妳說對了，」他雙手往上一攤。「我完全搞不懂妳……」

「我不是這個意思。」她說。他沒有看到她母親長年思念著絲黛兒，也不知道早早曾開了幾千里路的車四處去找她。他沒有看見多少個早晨，茱德在衣櫥深處翻箱倒櫃，細細檢視絲黛兒的物事。多半都是無用的東西，幾個舊玩具或是一枚耳環、一只襪子。她不知道外婆是故意留下這些紀念小物，或者根本已經忘記有這些東西存在。但是她一一細審，試圖從中找出絲黛兒之所以獨特的原因。她母親只知道要待下來，那麼絲黛兒是怎麼找到方法離開野鴨鎮的？

整個十一月，她都到甘乃荻的更衣室報到，幫她套上那件大洋裝，然後到了晚上，就站在劇場側翼，在觀眾席上尋找絲黛兒。一次也沒見到。然而當序曲漸漸轉弱，甘乃荻終於上台時，她仍會尋找。不知為何，只要戲一開演，甘乃荻就會拋開那自以為是、讓工作人員翻白眼的口吻，每當燈光一打，她便不再是那個在巷子裡抽菸抽個不停、語帶嘲諷的女孩，她會變成多莉，那個迷失在荒城中、性格可人、無憂無慮的平凡女孩。

「我也不知道，」她說：「我就是一直都很熱愛舞台。每個人都看著妳，挺令人悸動的，不是嗎？」某個週六的晚場結束後，她提議載茱德回家。她坐在車上往旁邊瞄了一眼，衝著茱德微笑，茱德卻坐立不安，兩眼瞪著窗外。她很討厭甘乃荻直視她，好像想逼她轉移視線一樣。

「不是啦，」茱德說：「我就是不喜歡所有人都盯著我看。」

「為什麼？」

「不知道，那讓我覺得……暴露吧，我想。」

甘乃荻笑了。

「對，可是演戲不一樣。」她說：「妳只會讓人看到妳想讓他們看的。」

十三

到了十二月，「星塵劇場」外面《午夜盜賊》的海報已經被《西城故事》的宣傳海報所覆蓋。大概是茱德顯得太悶悶不樂，換廣告看板的男子從梯子上往下瞅著她說：「有時候還會請他們再回來演。」不過她想的不是表演，只想到至今仍未現身的絲黛兒。如今演出結束了，她又得到了什麼？不過是關於一個她永遠不會認識的女人的一些老故事。

最後一場演出的晚上，她走進空蕩蕩的劇場掃地，發現甘乃荻獨自站在陰暗的舞台上。她從未早到過，茱德便問她是不是出了什麼事。甘乃荻笑起來。

「每次最後一場表演我都會早到。」她說：「妳知道嗎？這才是會讓人記住妳的唯一一場。人們只會用妳最後一次表演來評量妳。」

她穿著破洞牛仔褲，戴了一頂大大的紫色寬邊軟帽，遮去半邊臉。她老是這副打扮，像個從戲服箱裡翻衣服出來穿的小孩。

「妳要不要上來？」甘乃荻說。

茱德笑著環視空空的劇場。「別鬧了。」她說：「我在工作。」

「那又怎樣？這裡又沒人。就上來一下嘛，滿好玩的。我打賭妳一定從來沒站上這樣的舞台。」

她是沒有，雖然每年她都想去試試學校戲劇的選角。她母親曾演過《羅密歐與茱麗葉》——學了一堆怪腔怪調的英語，還得讓艾克．古鐸當著全校師生的面親她。但那是多特別的經歷，最後在如雷的掌聲中鞠躬下台。茱德若能演個什麼角色，母親應該會很高興。她只差一點就鼓起勇氣參加選角，不是因為想要那個角色，而是因為演戲曾是母親熱愛過的事。她想向自己證明她們母女有相似之處。怎料她才剛踏進劇場準備甄選，就開始想像全鎮嘲笑她的情景，因此戲劇老師還沒叫到她的名字，她就從劇場側面溜走了。

她將掃帚靠在前排座位。

「有一次我差點就去參加選角，」她爬上階梯時對甘乃荻說：「結果還是膽怯退出了。」

「那可能就是妳的問題，」甘乃荻說：「別人都還沒說什麼，妳就先跟自己說不行了。」

從舞台上看劇場果然不一樣——觀眾席的燈是暗的，所以看不見那些正在看著妳的人臉。不知道眾人看著妳的時候在想什麼，那感覺該有多奇怪。

「我以前常常做噩夢。」甘乃荻說：「小的時候，很恐怖的那種。」

「夢到什麼？」

「問題就在這裡，我從來不記得。可是開始演戲以後，就不再做那種夢了。這是最奇怪的地方。好像我身體裡面有什麼不好的東西想要出來，而我只能在這裡擺脫它。」她踏踏舞台地板。「這一點也說不通，對吧？醫生說有創意的人做的夢會很逼真。我不知道為什麼。也許等妳當了醫生以後就會明白。」

她不想當心理醫生，卻很感謝甘乃荻對她這麼有信心。**等妳當了醫生以後**，聽起來好簡單。

「嗯，也許吧。」她說。

她隨她步下舞台，聽見其他團員也一一抵達，興奮地在後台奔來跑去，為最後一次登台梳妝更衣。她掃完劇場地板，也會最後一次坐在黑暗中，等謝幕完，便不知何時才能再見到甘乃荻了，這是在得知甘乃荻的身分後，她第一次意識到這點。

「妳應該來參加演出結束的慶祝酒會。」甘乃荻說：「帶妳男朋友一起來。我敢說劇場會付他錢請他拍照。」

這個提議真是意想不到地貼心。她曾經跟甘乃荻說過一次瑞斯是攝影師，但萬萬沒想到她會記得。

「謝了，」她說：「我會給他打電話。」

甘乃荻起步往後台走去，忽然又停下來。「以後不知道會怎樣。」

「什麼意思？」

也許是因為對演員來說，陰暗的舞台側翼感覺就像教堂一樣私密，甘乃荻開始說出心裡話。她不知道自己明天要做什麼，不對，認真地說，是不知道早上醒來以後要做什麼，因為這幾個月來，這齣音樂劇是唯一能帶給她動力的東西。演戲，是她唯一擅長的事。她會休學是因為功課很爛，她什麼都很爛，也許母親說得對，也許她真的犯了大錯，也許演戲是浪費時間，也許她父母一天到晚吵架是因為他們快離婚了，也許她母親寧可批改數學作業也不想跟她說話，也許以上這一切都是真的，也許她之所以能拿到至今最重要的角色，只是因為和一個男生上了床——有一天晚上兩人嗑藥嗑茫了以後，他跟她說他哥哥寫了一齣差勁到爆的戲，有個劇團打算在市區演出。儘管劇本差勁，她讀了以後卻忍不住掉淚。一個孤單的女孩生活在只有鬼魂環繞的世界。還有什麼比這個更能讓她聯想到自己的生活呢？

也許導演道格感受到了，也許他只是愛看她的乳頭，也許那個男孩叫他哥哥動用一點關係，不擇手段也要把她的名字放到通告表的最上面。無論如何，她拿到了主角。

「但這些事我永遠無法告訴我媽。」她說：「她只會說她早就知道，比起當我媽媽，她更在乎自己說得沒錯。有時候我甚至覺得她不太喜歡我，很奇怪吧？妳的親生母親竟然忍受不了妳。」

她面帶微笑，但藍紫色眼中充滿淚水。

「事情一定不是這樣的。」茱德說。

「妳又不認識她，不是嗎？」甘乃荻說。

那天晚上，她最後一次目睹甘乃荻．桑德茲在聚光燈下變身。

甘乃荻在開場曲中昂首闊步走在小鎮廣場上，在墓園裡若有所思地獨唱，這一幕即將結束時，則在酒吧裡與喝醉的鬼魂舞群一塊兒踢腿跳舞。在舞台上，看不出這個女孩剛剛哭過。每當踏入燈光底下，她就會煥然一新。第一幕落幕後，劇場裡的掌聲不絕於耳，茱德費力地擠過觀眾來到販賣部。當她正要將微溫的爆米花鏟入紙袋的那一剎那，終於見到了絲黛兒。

是她母親，但又不是。她只能這麼想她。就好像母親的臉移植到另一個女人的軀體。絲黛兒穿了一件綠色長洋裝，頭髮低低地綰成髻，鑽石耳環、黑色高跟鞋。她一面撫弄著皮製手拿包，一面輕移蓮步走過大廳，微微轉動頸項後，才向為她開門的高大男子倩然一笑。頃刻間，露出那笑容的是媽媽。緊接著面具重新戴上，又換成另一個女人了。

沒有時間多想。茱德丟下爆米花攤位跟過去，擠過大廳裡的群眾來到門口。到了外面，她看見絲黛兒站在屋簷下，胡亂翻找著香菸。她往這頭瞄了一眼，因突如其來的打擾而嚇一跳，而茱德則當下僵住。她第一個閃過的傻念頭是絲黛兒可能會認出她，會在她臉上看到熟悉感——她的眼睛，或甚至是嘴巴——然後會瞠目結舌，打開的手拿包隨之掉落在人行道上。然而絲黛兒的眼神變得呆滯，抑鬱地盯著街道看。只留茱德獨自心跳怦然。

「嗨，」茱德開口道：「我是令嫒的朋友。」

她想不出還能說什麼。絲黛兒頓了一下，接著點燃香菸。

「學校同學嗎？」她問道，聲音變得比較平順、溫和。

「不是，是劇組的。」

「噢，極好。」絲黛兒說。

這是她母親絕不會用的字眼。極好。絲黛兒微微一笑，然後長長吸了一口菸，抬眼望著屋簷。

「妳要來根菸嗎？」她問道。

茱德差點說好。至少這樣就有藉口站在這裡了。

「不用，」她說：「我不會抽菸。」

「乖孩子，」絲黛兒說：「聽說這有害健康。」

「我知道。我媽媽就想戒菸。」

絲黛兒瞥了她一眼，說道：「戒菸難如登天。所有的美好事物都是這樣。」

中場休息快結束了，絲黛兒馬上就要回到裡面，消失在漆黑的劇場內。終場後，她會隨著群眾湧入街道，回家，也許在稍晚的夜裡，某個靜謐時刻，她會想起那個打擾她抽菸的黑人女孩，然後便從此忘了這一刻。

「甘乃荻說妳是路易斯安那人。」茱德過了半晌終於說道：「我也是，我來自野鴨鎮。」

絲黛兒覷著她，眉毛微微拱起。她全身毫無變化，除了眉毛微聳之外，整個人看起來彷彿聽都沒聽過這個地方。

「是嗎？」她說：「對不起，我不知道這個地方。」

「我媽媽……」茱德吸了口氣。「我媽媽叫德姿蕾．韋涅。」

這下絲黛兒轉了過來。

「妳到底是誰？」她輕輕地問。

「我說啦，我媽媽……」

「妳是誰？妳在這裡做什麼？我不明白。」

她半帶著笑意，但香菸拿得遠遠的，警告茱德別再靠近。她生氣了——茱德始料未及。絲黛兒會困惑，甚至驚愕，但她本以為也許驚訝之情一消退，絲黛兒會樂於見到她，甚或會對一切讓她們得以相逢的機緣巧合感到不可思議。不料，絲黛兒連連搖頭，彷彿試著要將自己從噩夢中喚醒。

「我想見妳。」茱德說。

「不，不，不，我不明白。妳到底是誰？妳一點都不像她。」

窗內，大廳的燈閃了起來。她應該要去帶觀眾回座才對，督導員八成找她都快找瘋了。倘若此時他來到外面會看見什麼呢？一個黑人女孩哀求著一位白人女子承認她。

「她跟我說妳們以前常常躲在廁所，」茱德說：「在紐奧良那家洗衣店的時候。她說妳差點切斷手。」她開始叨叨絮絮起來，說什麼都好，只要能讓絲黛兒留下。絲黛兒顫巍巍地抽了口菸，然後將菸丟在人行道上踩熄。

「她絕不會回野鴨鎮的。」她說。

「我們沒得選擇。為了要離開我爸爸。他老是打媽媽。」

「打她？」絲黛兒住口片刻，態度放軟了些。「那麼她還……我是說我媽還……」

「她們還住在那裡。媽媽在餐館工作。」

「盧的店？天哪。我都多久沒想起過盧了……」絲黛兒打住後又說：「妳一定很不好過吧。」

茱德別開目光。她不喜歡絲黛兒同情她。

「媽媽一直在找妳。」她說。

絲黛兒的嘴彎了起來，好像要笑又像要哭，臉就這樣卡在兩種表情中間，有如太陽雨，母親總說那是魔鬼在打老婆，於是茱德每次聽見父親發怒，就會如此想像：魔鬼有可能深愛他毆打的女人，陽光有可能穿透暴雨。凡事都不會如你所期望的那般簡單。她想也沒想就朝姨媽伸出手去，但絲黛兒猛地伸直手臂，眼中泛著淚光。

「她不該這麼做。」絲黛兒說：「她應該把我忘得一乾二淨。」

「可是她沒有。妳可以打電話給她，我們現在就可以打給她。她會高興到……」

「我得走了。」絲黛兒說。

「可是……」

「我承受不起。」她說：「我不能再重新走回那扇門。那是另一個人生，妳懂嗎？」

車頭燈籠罩在她們身上，浸在黃光中的絲黛兒一度顯得驚慌，彷彿可能會撞上來車。隨後她緊緊抓著皮包，消失在夜色中。

在慶祝酒會上，所有演員與樂師圍聚著看他們的主角喝得酩酊大醉，並向所有樂意傾聽的人抱怨她母親沒來。「你相信嗎？」她不斷地說：「最後一晚的演出，結果她只給我一句她盡量，看起來也沒多『盡量』啊！」誰也沒見過她心情如此惡劣。謝幕後她幾乎沒在台上多逗留，也不理會向她道賀的劇組人員，還把導演送的玫瑰花丟進垃圾桶，在舞台後門甚至沒有主動拿節目單來簽名。如今在慶祝酒會上，半個小時過去了，她都獨自在吧台猛灌龍舌蘭。

「我的第一齣大戲，」她對茱德說：「她只要坐在那裡從頭看到尾就好了。她連這點都做不到。」

吧台另一邊，瑞斯走來走去為演員們側拍。他能夠再拿起相機，她本該為他開心，卻反而站在吧台邊陪著一個喝醉酒鬧脾氣的女孩，身子還在發抖。她遇見絲黛兒了，但絲黛兒不想認她。這本來就不奇怪，幾十年來她都不想和家人有任何牽扯，所以一切如常。但為什麼茱德覺得好像失去了誰一樣？又一次，她看見自己將手伸向絲黛兒，絲黛兒卻推開她。那感覺彷彿她將手伸向母親，卻被她用力推了回來。

「我得走了。」她說。擠滿人的派對上太熱了，她亟需一點空氣。

「妳在說什麼？」甘乃荻說：「派對才剛開始。」

「我知道。對不起，我不能留下。」

「別這樣，」她說：「就跟我喝一杯嘛，拜託。」

她聽起來是那麼脆弱無助，茱德幾乎就要答應。差一點。但她想到絲黛兒消失在夜色之前，回頭看了一眼，滿臉驚慌，彷彿被人追趕，於是她仍然搖頭。

「真的不行。」她說：「我男朋友準備要走了。」

另一頭的瑞斯正一邊收相機一邊和巴瑞聊天。甘乃荻視線飄過去，看了他二人片刻。

「妳真的很幸運，妳知道嗎？」她說話時仍面帶微笑，但聲音中夾帶著些許惡意。

「什麼意思？」茱德問。

「沒什麼，反正妳知道。誰想得到他那種人會跟妳在一起，對不對？」甘乃荻笑了起來。「妳知道我這麼說沒什麼別的意思，只是說說而已。你們的人通常都喜歡皮膚白的女生，不是嗎？」

多年後，她依然不時感到好奇，究竟是什麼動力驅使她？那不懷好意的笑容，說你們的人的口氣那麼隨意，好像她不包括在內似的。但也許原因就在於甘乃荻說的沒錯。她知道茱德覺得自己能被愛是多麼幸運的事。儘管茱德極力想隱藏，她還是知道如何擊中要害。

過去幾個星期，她都在「星塵劇場」跟著甘乃荻團團轉，幫她更衣、替她端茶、聽她在走廊上吊嗓子。她會為了跟她說話去清廁所，時時刻刻都想不通這個奇怪的女孩怎麼可能和自己有關聯。但如今她終於明白，甘乃荻．桑德茲壓根就是個眼睛長在頭頂上的野鴨鎮女孩，將別人捏造的故事照單全收。

「妳笨死了。」茱德說：「妳連自己是誰都不知道。」

「我是誰？」

「妳媽媽是野鴨鎮的人！跟我媽媽一樣。她們是雙胞胎，兩個長得一模一樣，就連妳也看得出來……」

甘乃荻笑著說：「妳瘋啦。」

「不，妳媽媽才瘋了。妳從小到大都活在她的謊言裡。」

這話一出口她就後悔了，但為時已晚。她已經搖響了警鈴，從今往後，那音調始終都會懸浮在空中。

朴先生送來免費的韓式烤牛，將盤子擺上桌。「好難過，」他說：「從沒見妳這麼傷心。」他們想必讓人看笑話了——茱德哭腫了眼睛頻頻拭淚，瑞斯沉著臉站在她身邊不知所措，每次她哭的時候他都是這樣。他捏捏她的肩膀說：「好了，寶貝，吃點東西吧。」但她不餓。乘車回家途中，她把整個晚上的可怕經過都告訴他，唯獨保留了甘乃荻刺傷她的那番話，因為被傷得太深無法說與人知，即便是他也不例外。

「你說對了，」她說：「你全都說對了。我根本不該去找……」

「沒關係，」他說：「妳想認識她們，現在認識啦，可以繼續過自己的生活了。」

「我不能告訴媽媽。」她說。

她從未向母親保守過這樣的祕密。但假如不告訴她絲黛兒還活著，甚至隱瞞她們見過面，這樣算是殘忍的話，那麼告訴她絲黛兒不想與她有任何牽扯，不是更殘忍嗎？讓母親知道自己找尋多年的妹妹連打個電話都不肯，這有什麼好處？也許母親會領悟到，失去她是最好的安排。也許隨著時間過去，她會忘記絲黛兒，就像茱德已開始遺忘父親的面容。不是一下子，而是慢慢地，記憶土崩瓦解，到最後記憶變成了想像，這兩者之間的差異何等細微。

母親是永遠忘不了絲黛兒的。終其一生，只要照鏡子就會提醒她失去了什麼。但茱德不願增添她的悲傷。幾天後她會和母親講電話，並隻字不提絲黛兒。或許在這方面她像姨媽。或許她正如絲黛兒，每到一地生活就變成一個新的人，已經變得讓母親認不得了：一個藏著祕密的女孩，一個騙子。

那場表演過後，隔天早上絲黛兒心跳怦怦地醒來。

才一睜眼便回想起前一晚：她終究去看了那齣粗製濫造的戲，儘管明知演戲只是浪費女兒的時間與才華，但因為是最後一場，所以她去了，雖然慘不忍睹還是坐著看完，發現女兒竟是唯一亮點，十分開心也略感詫異。到了中場，她用力拍手不輸任何人，希望能讓女兒看見。可惜女兒和其他演員下到後台去了，絲黛兒便溜出去抽根菸。離開昏暗劇場時，她心裡想著該怎麼做才能將事情導正：表演結束後可以帶甘乃荻去吃飯，為自己沒有早點來向她道歉，建議她多修幾堂戲劇課，只要她願意回學校去。正想到這裡，那個黑人女孩就從暗處冒了出來。事後，絲黛兒衝進街道，無暇多想自己要上哪去。踉踉蹌蹌往市區方向走了兩條街之後，才想起車子停在哪裡。

那個黑女孩不可能是德姿蕾的女兒，看起來一點也不像。一身黑黝黝，好像德姿蕾根本碰也沒碰過她。她有可能是任何人。那麼她又怎麼知道紐奧良那些事情？除了德姿蕾還有誰知道？說不定她告訴過別人。說不定這個女孩以為可以到加州來，拿這件事威脅絲黛兒。甚至敲詐她！種種可能性在她腦中打轉，愈來愈叫人毛骨悚然，沒有一個說得通。這女孩到底是怎麼找到她的？如果真想敲詐，怎麼沒有出價？反而委靡地站在人行道上，彷彿感情受創。彷彿絲黛兒不知怎地令她失望了。

「妳心跳得好快。」卜雷克說。他抬起頭，睡意惺忪地微笑看她。他喜歡把頭枕在她的胸脯上入睡，她也由著他，因為感覺甜蜜。

「我做了個怪夢。」她說。

「可怕嗎？」

她用手指梳過他花白的金髮。

「我以前常做這種噩夢。」她說：「會夢見一群男人把我拖下床，感覺好真實，即使醒來以後，都還感覺到他們的手抓著我的腳踝。」

「妳該不會是因為這樣才把球棒擺在這裡吧？」

她正要回答，卻轉而別過頭去，眼中湧出淚水。

「發生過一些事情，」她說：「在我很小的時候。」

「什麼事？」

「我看見了……」但她聲音分岔，再也說不下去。卜雷克親吻她的臉頰。

「親愛的，別哭啊。」他輕聲地說：「我不知道是什麼讓妳這麼害怕，但我會永遠保護妳的安全。」

他還沒能再說別的，她便吻了他。他們發狂似地翻雲覆雨，一如她十九歲那年，第一次觸碰到桑德茲先生時那樣。年輕時的她若見著這個畫面應該會臉紅。兩個中年人緊緊抱著對方的身軀，踢掉被單，陽光從百葉窗灑入，鬧鐘大響，召喚兩人各自展開新的一天。她的身體改變了，他的身體正在改變，既熟悉又陌生。兩人結婚時，她承諾過無論他變成什麼樣的人她都會愛他，他承諾過無論她曾經是什麼樣的人他都會愛她。時至今日，他們還在努力，儘管過去與未來都是謎。

那天早上她上課遲到了。很快地沖了個澡，肩膀也沒擦乾就套上衣服。卜雷克邊刮鬍子邊透過鏡子對她微笑。「我真的覺得是我害妳上班遲到了，桑德茲太太。」他這麼說道，聽起來沒有「桑德茲博士」那麼好，但也許無所謂。也許當「桑德茲太太」就夠了，也許能開她的統計學概論課、能擁有這個家與她的家人，這樣就夠了……那個黑女孩。她又看見她了，連忙試圖將她從腦海中甩開。她的問題就是她太傲慢，太專注於接下來的一步，而沒去珍惜已經安然度過的時刻。不能再讓自己像這樣疏忽犯錯，必須全神貫注，保持警覺。

她跑出門時撞上拖著洗衣袋正要上樓的女兒，兩個人都嚇了一跳，但甘乃荻隨即露出那遺傳自父親的無邪笑容。看到那個笑容根本就讓人氣不起來，甘乃荻屢試不爽：當她哀求著要養小狗，結果卻丟給約蘭妲照顧的時候；當她九年級，雖然絲黛兒多次試著想幫忙，她幾何學卻還是考不及格的時候；當她撞爛第一輛 Camaro，卻不知怎地說服卜雷克再給她買一輛的時候。

「不管怎麼說，她總得有個交通工具吧。」他這麼說，而絲黛兒也懶得再扮黑臉，便答應了。其實她也沒有太多置喙的餘地。甘乃荻早就學到教訓，想要什麼東西就該去找父親，告訴絲黛兒純粹只是走個過場。

「我正想找妳談談。」絲黛兒說：「妳聽我說，昨天晚上……」

「我知道，我知道，妳很抱歉。不過妳要是不能去，大可以告訴我一聲，我可以把票送給其他人……」

「我真的去看了！只是不得不提早離開而已。我身體不太舒服，八成是吃壞肚子。但是我保證我去了。我覺得很不錯，那些幽靈什麼的，還有妳在酒店裡唱的那首歌。我都好喜歡。真的。」

女兒戴著大大的反光墨鏡，絲黛兒看不見她的眼睛，只看見自己的臉反射回來，看起來平靜、自然，不像是早上醒來時心跳飛快的女人。

「妳真的喜歡嗎？」甘乃荻問。

「當然了，親愛的。我覺得妳表現得可圈可點。」

她將女兒拉入懷中，輕撫了一下她瘦削的肩胛骨。

「好了，」她說：「我快來不及了。祝妳一整天順利。」

她在公事包裡翻找著鑰匙，忽然聽見女兒回過頭高聲問道：「妳沒去過一個叫野鴨鎮的地方吧？」

絲黛兒萬萬想不到會從女兒口中聽到這幾個字，整個早上下來，她第一次遲疑不定。

「什麼意思？」她問道。

「我遇到一個從那裡來的女孩……她說認識妳。」

「那個地方我連聽都沒聽過。妳說野鴨鎮是嗎？」

那個天真無邪的笑容又來了。甘乃荻聳聳肩。

「沒關係啦，」她說：「她可能想成另一個人了。」

當天晚上卜雷克下班回家後，絲黛兒跟他說了黑女孩的事。她整個下午都在猶豫著要不要說，最後還是決定應該說。先發制人。她不希望讓他覺得她有事想隱瞞，也寧可他從她嘴裡聽到。她不喜歡丈夫和女兒在背後議論她。因此在他更衣準備上床時，告訴他有個黑人女孩在表演結束後攔下甘乃荻，自稱和她是表姊妹。她自始至終看著他的臉，等著觀察變化。也許會有一絲了悟閃現，會鬆一口氣，因為一直以來掛在心上的問題終於獲得解答。但沒有，他只是嗤之以鼻，繼續解襯衫的釦子。

「都是那輛Camaro，」他說：「我敢說她一定是看到車子，心想：『哇，發薪日到了。』」

「一點都沒錯。」絲黛兒說：「就是這樣。這正是我一直想告訴她的。」

「這個城市，說真的，有時候啊……」

最近他們一直在商量要搬離洛杉磯，搬到橘郡吧？也許，或甚至是更北邊的聖塔芭芭拉。一開始她很抗拒，不想離開這份工作，但現在她不斷想像那個黑女孩再次偷偷接近她、從門口探進頭來、敲打窗戶，或甚至更糟，會跟在甘乃荻後面到處跑，出現在她表演的現場，跟蹤她去甄選面試。她想做什麼呢？那張臉再次閃過絲黛兒的腦海，站在屋簷底下受傷的臉。

絲黛兒錯就錯在誤以為自己能在任何地方安身。人必須不斷移動，否則必然會被過往追上。

「你也知道市區那些人，」她說：「精神很不正常，一半都這樣。」

「哼，何止一半。」卜雷克說著溜上床躺到她身邊。

第一次假裝成白人，絲黛兒便迫不及待地想告訴德姿蕾。德姿蕾絕不會相信，她不認為絲黛兒做得出什麼驚人之舉。但那天晚上絲黛兒回家後，在玄關與姊姊擦肩而過卻一言未發。比起與人分享，私藏祕密更為刺激。以前她什麼事都告訴德姿蕾。但她希望能有一點屬於自己的東西。

如今她已四十四歲，沒有德姿蕾的人生比與她共度的歲月更長。然而，幾個星期過去了，她覺得德姿蕾拉扯她的力道愈來愈強，彷彿有隻手攫住自己的脖子。有時像在輕撫，有時又掐得她喘不過氣。她怨那個黑女孩，不過自從那天晚上在「星塵劇場」外，便再也沒見過她。這城市大得很，女孩絕不可能再找到她。絲黛兒從未將她視為外甥女。「外甥女」三個字似乎不適用於一個不認識的女孩，一個無半分相似處的女孩。但話說回來，德姿蕾對甘乃荻不也是這種感覺嗎？有時候就連絲黛兒面對著女兒，也感到陌生。許久以前絲黛兒決定變成另一個人，那並不是甘乃荻的錯，如今她全部的生活都建立在那個謊言，以及她為了圓這個謊又不斷累積上去的其他謊言之上，直到有這麼一個黑人女孩出現，威脅著要將這些謊言盡數推翻。

「妳以前有過姊妹嗎？」某天晚上甘乃荻這麼問道。正彎身撥掃桌上麵包屑的絲黛兒倏地全身僵硬。

「什麼意思？」她說：「妳知道我沒有啊。」

「我只是在想……」

「妳該不會還在想那個黑人女生吧？」

但女兒咬著嘴唇，凝望漆黑的窗外。關於此事她仍未置一詞，絲黛兒感覺受到更大的背叛。

「我的老天，」絲黛兒說：「妳相信誰？是一個來歷不明的瘋女孩，還是妳自己的母親？」

「可是她何必說謊呢？她為什麼要跟我說那些話？」

「她想要錢！又或者她只是想捉弄妳。誰知道瘋子做事有什麼道理？」

卜雷克晃進廚房時停下腳步，每回介入她們的口角紛爭前，他都會這麼停頓一下，似乎在提醒自己現在退出、假裝事不關己還不遲。他對那個黑人女孩興趣不高，沒說太多，只告訴甘乃荻若是再見到她就報警。此時他緊摟女兒的肩膀。

「別再想了，小荻。」他說：「妳不能讓那個女孩擾亂妳的生活。」

「我知道，可是……」

「我們愛妳，」他說：「我們不會騙妳的。」

但有時候說謊是一種愛的表現。絲黛兒已經說謊說得太久，如今已不可能坦白，又或者已經沒剩下什麼可以坦白的了。也許她已經變成了這樣的人。

六月，絲黛兒與卜雷克將威尼斯海灘區一棟新公寓的鑰匙交到女兒手上，給她一個驚喜。他們已經預先付了一年租金，這段時間她可以繼續參加選角甄試，一年過後她就得回學校或是去找工作。嚴格說來這不是賄賂，可是當絲黛兒將鑰匙遞給欣喜若狂的女兒，心上一塊大石落了地的安心感讓她覺得這就是在賄賂。也許現在女兒不會再連珠砲似地詢問她過去的事了。以前她老是擔心甘乃荻會發現她的祕密而不肯接納她，卜雷克會離她而去，她整個人生會在自己手中分崩離析。她沒預想到女兒只是一直抱持懷疑。如果甘乃荻直接相信那個黑人女孩也許更好。然而如今她似乎會反覆推敲那番說詞，有時會慎重考慮，有時則拒絕接受，絲黛兒根本不知道會有什麼結果。她無法預料女兒會問些什麼或是相信什麼，這種不確定感快要把她逼瘋了。新公寓至少能轉移她的注意力，說不定還是解決之道。

某個週六早上，她和卜雷克幫忙女兒搬進新家。卜雷克在臥室組裝家具，絲黛兒在廚房擦拭抽屜，想起了和德姿蕾在紐奧良同住的公寓：薄如紙的牆壁、老是吱嘎作響的地板、水漬不斷擴大的天花板。儘管如此，她還是很喜歡那個地方。能夠不再睡法拉家的地板，她已經謝天謝地，根本不在乎這間新公寓有多小多擠。這是她的，是德姿蕾的，感覺她倆彷彿即將展開一個大到無法想像的人生。她想著想著淚水湧現，這時甘乃荻突然從後面抱住她，嚇了她一大跳。

「不必感傷成這樣，」她說：「我還是會回家吃晚飯。」

絲黛兒笑著擦擦眼睛。

「希望妳喜歡這個新住處。」她說：「算是很不錯的小公寓了。妳真該瞧瞧我在紐奧良住的地方。」

「什麼樣子？」

「這個嘛，可以放進這裡面來，放兩間都沒問題。我們老是疊在一起……」

「跟誰？」

絲黛兒頓了一下。「妳說什麼？」

「妳剛才說『我們』。」

「喔，是啊，我的室友。跟我一起住的女孩，跟我是同鄉。」

「妳從來沒跟我說過這些。」甘乃荻說：「妳從來沒跟我說過妳以前的生活。」

「甘乃荻……」

「不是因為那個，」她說：「根本不是因為那個女孩說的話。只是……我對妳完全一無所知，想知道妳以前室友的事還得拜託妳，妳是我媽呀，為什麼不讓我了解妳？」

她不只一次想像對女兒全盤托出，無論是野鴨鎮、德姿蕾或紐奧良，說出她是如何假扮成另一個人，因為她需要工作，後來又是如何弄假成真。她可以說出真相，她暗忖著，但真相已經不只一個了。她度過的人生由兩個女人共同擁有——各自真實，也各自是謊言。

「我一直就是這樣。」絲黛兒說：「我不像妳那麼坦然。這樣很好，我希望妳保持下去。」

她遞給女兒一張櫥櫃墊紙，甘乃荻露出微笑。

「除了坦然我還能是什樣子？有什麼好藏的？」她說。

第五部

《太平洋小灣》（一九八五年／一九八八年）

十四

一九八八年，努力追求藝術成就的甘乃荻已經力困筋乏，更重要的是已年近三十大關，因此她開始在一系列的日間肥皂劇中露臉，就在過完二十七歲生日的一個月後，她終於接演到《太平洋小灣》中一個持續出演三季的角色。這是她所接過最長的一份演戲工作，即使數十年後，偶爾逛商場時，還會遇到一些戲迷帶著懷舊感傷的眼神喊她仁慈．哈里斯。導演告訴她，她天生就適合演這個角色，她那張臉完全就是演肥皂劇的料。她想必皺起眉頭，因為導演笑著碰碰她的手臂，只差一點就碰到了乳頭。

「這不是貶低妳，寶貝。」他說：「我只是想說……總之我看得出來妳對戲劇性的敏銳度很夠。」

通俗劇沒什麼不好，她打電話告知父母時這麼說道。事實上，有些一流的女明星也偶爾會在這種劇中客串演出，例如貝蒂．戴維斯、瓊．克勞馥和葛麗泰．嘉寶。母親很高興她有工作。掛上電話後，她在柏本克的一家購物中心閒逛，一年後她也就是在這裡的一家鞋店外，被一名中年婦人攔下來要簽名。每次在公眾場所有人接近她，她總會大吃一驚。他們認得她？沒穿戲裝、沒弄頭髮、沒上妝，也能認得？一開始她雀躍不已，後來意識到這代表在她注意到某人之前，對方已先注意到她，不由得內心不安。

接演《太平洋小灣》前，她在肥皂劇接演過的角色族繁不及備載：心懷不軌偷嬰兒的醫院志工；色誘學生父親的老師；把水潑到主角身上的空中小姐，可能是不小心也可能是故意，劇本沒有明寫；受到演藝界惡棍誘惑的市長女兒；在車上被掐死的護士；將一朵玫瑰交給主角的花店老闆；逃過空難後卻在車上被掐死的空中小姐。她戴過黑色假髮、褐色假髮、紅色假髮，最後飾演仁慈．哈里斯時，才終於以自己的波浪金髮示人。她只演過白人，換句話說，**她從未演過自己**。

在《太平洋小灣》的攝影棚裡，演員與工作人員都稱呼她「仁慈」，從未喊過她的本名，後來接受《肥皂劇文摘》專訪時，她對採訪記者說這樣有助於她入戲。她情願讀者認為她是個演技派演員，也不想讓他們知悉真相：大家都懶得問她的名字，因為誰也沒有預期她會待下來。然而肥皂劇的三季就像三秒鐘一樣，當一九九四年全劇結束時，仁慈．哈里斯只在最後一幕，隨著鏡頭掃過牆上的照片一閃而逝。只有最忠實的粉絲才會記得她角色最突出的轉捩點：整整九個月，她被男友的愛慕者跟蹤、綁架，困在地下室。幾個月下來她都在椅子上扭來扭去，尖叫、討饒、哀求，直到多年後她才發覺，自己最主要的戲份並不真正屬於劇集的一部分。

她帶母親去過一次拍攝現場，由於事先警告她攝影棚可能會很冷，母親便荒唐至極地穿了一件亮藍色毛衣，也不管柏本克當時是攝氏三十二度高溫。甘乃荻帶她到處參觀了一下，指給她看哈里斯家的外牆、市政府、仁慈工作的衝浪小屋。她甚至帶她去了仁慈目前被關的地下室，這時她剛被擄走三個月。

「我真的希望他們能早點讓妳離開那裡。」母親也和其他劇組人員一樣，把甘乃荻和仁慈套縮在一起了。這是母親有史以來對她身為演員最大的認可。說也奇怪，消失成為另一個人竟是一個演員所能獲得的最高讚譽。有位戲劇老師跟她說過，演戲的重點不是讓人看見，真正的演戲是要隱藏自我，只讓角色呈現出來。

「妳應該乾脆改名叫仁慈。」《太平洋小灣》的導演對她說：「我沒惡意，只是聽到妳的名字就會想到那個頭上挨子彈的男人。」

有一件事她已經八百年沒想起了：

有一次，大概七歲左右吧，她在廚房裡坐在一張梯凳上，看母親給蛋糕上糖霜。她挨擠在角落，試著學玩溜溜球的一個新花招，但太過心不在焉，只是把玩具往下拋，讓它撞到地磚發出喀喇喀喇聲，等著母親氣惱地叫她住手。她經常做這種事——不顧一切的事，因為事情太小不會惹上麻煩，惱人的程度足以讓她獲得關注。但母親看也沒看她一眼，她不是會利用做家事的機會增進感情的那種人。她不會說：「親愛的，我教妳怎麼揉麵糰。」或是「過來，寶貝，糖霜就是這麼做的。」當甘乃荻年紀大到不再會要求進廚房幫忙，母親似乎也鬆了一口氣。

「我不是不想要妳幫忙，」母親總是這麼說：「只不過我自己來比較快。」說得好像後半句話是在反駁前半句，而不是在補充說明。

不過她到底為什麼要做蛋糕？她不是那種會無緣無故烘焙的人。連糕餅義賣時，她都會去店裡買餅乾，再改放到馬口鐵罐裡捐出去，以免被人發現。為她父親慶生？也許吧。但那時是夏天，不是春天，否則她也不會才半天就放學回家，無聊地看著母親抹平糖霜的小波紋。

「妳怎麼會做這個？」她問道。

母親非常專注，好像在修補一幅受損的油畫。

「不知道。」過了半晌才回答說：「慢慢就學會了。」

「妳媽媽教妳的嗎？」她以為母親會說對，然後叫她過去，把刀遞給她。不料她連頭也沒抬。

「我們沒錢買蛋糕。」她說。

日後，甘乃荻察覺到母親有多常用錢來避免談論她的過去，就好像貧窮是甘乃荻完全無法想像的事，可以用來解釋一切：為什麼母親沒有家人的照片、為什麼都沒有高中同學找過她、為什麼他們從未受邀參加過婚禮或葬禮或聚會。「我們很窮。」母親會在她問太多問題的時候厲聲打斷，那貧窮蔓延到她生活的每個層面。她的全部過往，便有如匱乏的食物儲藏架。

「外婆是什麼樣子？」甘乃荻問道。

母親仍未轉身，但肩膀變得僵硬。

「這樣想很奇怪。」她說。

「怎樣想？」

「她當外婆。」

「她就是啊。就算妳死了，妳還是誰的外婆。」

「大概吧。」母親說。

甘乃荻本該就此打住，但她很生氣，母親就只顧著做那個臭蛋糕，好像那才重要，好像跟女兒說話才是無聊的家事。她想讓母親停下手邊的工作，注意到她。

「她在哪裡死的？」她問。

這下母親轉身了。她穿著桃色圍裙，雙手沾滿香草糖霜，皺著眉頭。倒不是生氣，而是困惑。

「妳問這個是什麼問題？」她說。

「我就是問問看！妳什麼都不跟我說……」

「在奧珀盧薩斯，甘乃荻！」她說：「就在我長大的地方。她從沒離開過，從沒去過其他地方。好了，妳現在沒有其他事好做嗎？」

甘乃荻差點哭了。當年的她愛哭也常哭，弄得母親很尷尬，母親只偶爾看了悲傷的電影才會掉淚，而且每次事後都會自嘲，會一邊抹去眼角淚水一邊道歉。而甘乃荻會賴在超市的地上哭著討一顆粉紅色跳跳球，母親不答應，只好拖著她走；在遊戲場玩梨球玩輸了也會哭；晚上做了事後記不得的噩夢也會哭醒。但此時她眨眨眼忍住淚水，即使知道母親說得不對。

「妳不是那裡的人。」她說。

「妳在說什麼？我當然是。」

「不是。妳跟我說過妳是從一個小鎮來的，好像叫野什麼的。我小時候妳跟我說的。」

母親靜默了許久，久到甘乃荻開始覺得自己瘋了，就像《綠野仙蹤》結尾的桃樂絲。**妳在啊，妳也在啊！**關於小鎮的事是真的，她只是不記得所有細節，光記得自己坐在浴缸裡，母親朝她彎下身子。但現在，母親卻只是笑。

「我還能在什麼時候告訴妳？妳現在就是小時候。」

「我不知道……」

「一定是妳記錯了。之前妳還是小嬰兒呢。」母親往前一步，身後的蛋糕頂面和側邊抹得平平整整。「來，親愛的，要不要舔舔湯匙？」

這是甘乃荻頭一次發現母親會撒謊。

彷彿那座小鎮緊巴她著不放。

甘乃荻甩不掉，雖然並未想起鎮名，甚至可能正因為想不起鎮名，才更在意吧。多年來，她始終未曾再對母親提起。但上大學後的某天晚上，有點恍惚亢奮的她從男友書架上抽出一本百科全書。「妳在幹麼？」他漫不經心地問，更專注於手裡正在捲的大麻菸，因此她不理他，逕自翻著書頁直到翻到路易斯安那。那一頁往下，再往下，最後找到以字母順序列出的城鎮清單。M開頭[4]：曼斯菲、馬里昂、馬克斯維爾。

「欸，」男友說：「把那本破書放下，妳現在可別給我在這裡念書。」

梅魯日、米爾頓、門羅。

「拜託好不好，那本書總不會比我更有趣吧。」

門夏恩、莫斯布拉夫、黎巴嫩山。只要看到名字她就會知道，她很有把握。可是從頭看到尾，沒有一個覺得熟悉。於是她將書放回架上。

4 野鴨鎮原名為Mallard。

「抱歉，」她說：「我也不知道自己是怎麼了。」

那晚過後，她再也沒有試著去找那個小鎮。這將永遠會是一件她知道自己沒有錯卻怎麼也無法證明的事，就像有人信誓旦旦地說看見貓王在逛雜貨店，還拿起西瓜來敲。她和那些瘋癲的人不同，她不會告訴任何人。私下的瘋狂，這她無所謂。直到遇上茱德。那天晚上在慶祝酒會上，茱德說出了「野鴨鎮」，那彷彿是甘乃荻多年想而未曾聽到的一首歌。啊，原來是這樣。

一九八五年，《午夜盜賊》演出結束將近三年後，她又在紐約見到茱德。

當時她還是初來乍到，過第一個冬天便幾乎去了半條命。她從小到大，從未想過離開洛杉磯生活，但隨著時間過去，她感覺那座城市開始愈變愈小。酒會過後她沒有再見過茱德，但每當走過街角，就會想像迎頭撞上她。她會看見她坐在餐廳窗內。有一回，她在演《屋頂上的提琴手》時講錯了台詞，因為無意中看見茱德坐在前排——那個女的看起來就像是她，膚色黝黑、雙腿修長、有些不安全感、有些沉著冷靜，等她發現自己犯錯，整幕都毀了。謝幕前，導演就叫舞台工作人員把她的東西從更衣室拿走。她怨茱德。一切都怪她。

「我真是不懂。」母親聽她說要搬去紐約時說道：「妳何必大老遠跑到那裡去？在這裡就可以當演員啦。」

其實她也想和母親保持一點距離。一開始，母親不肯談論茱德說的話，後來則試著說理。「我看起來像黑人嗎？妳像嗎？說我們跟她有親戚關係，這說得過去嗎？」不，說不過去，但她母親的一生幾乎沒有一件事說得過去。她是哪裡人?結婚前過什麼樣的生活?她曾經是什麼樣的人、愛過誰、有過什麼希望?全都是缺隙。如今當她看著母親,見到的只有缺隙。而茱德,至少她給了她一座橋,一條了解的管道。她當然滿腦子都想著她。

「我真的希望妳不要再去想那些。」母親對她說:「妳會把自己逼瘋的。老實說,我很確定她就是為了這個才跟妳說那些話。她妒忌妳,想擾亂妳的心思。」

她會回答甘乃荻的問題,氣惱卻從不發怒。但話說回來,母親平時就很冷靜理性,如果要騙自己,也會像做其他事情一樣,冷靜理性。

到了紐約,甘乃荻和男友法蘭茲住在皇冠高地區一間地下室公寓。法蘭茲在哥倫比亞大學教物理,他出生在海地的和平港,卻是在布魯克林的貝德斯泰區長大,他們家住的那片紅褐色國宅,她搭公車時會經過。他喜歡告訴她一些成長過程中的恐怖故事——有老鼠咬他的腳趾頭、有蟑螂群聚在衣櫥角落、有吸毒的男孩在大樓門廳逗留等著偷他的球鞋。她起先以為他是想讓她多了解他,後來才領悟到他只是喜歡這個戲劇化的背景故事,與長大後的他——謹慎、勤奮、不時擦拭著玳瑁框眼鏡——形成強烈對比。

他並不「酷」,她喜歡這樣。他不是她以前遠遠地暗戀的那種黑人男孩,不是那種嘴上無毛的小男生,要嘛懶懶地斜坐在老爺車內,要嘛聚在電影院門口對著經過的女孩吹口哨。她和朋友們總會假裝氣惱,其實暗自竊喜,因為能得到這些永遠無法和她們接吻、也永遠不可能打電話到家裡來的男孩注意。噢,就是對這些男孩的一點小小迷戀。安全的那種,就像男星吉姆.凱利帶給她的悸動。她會靠坐在父親的椅子扶手上看湖人隊比賽，只為了瞥一眼戴著護目鏡的賈霸，無傷大雅的迷戀，但她也沒傻到去告訴任何人。法蘭茲是她的第一個黑人戀人。她則是他的第四個白人女友。

「第四個？」她說：「真的嗎？另外三個是什麼樣子？」

他笑了起來。他們正在參加他系上的派對，兩人站在他傳習輔導教授家的廚房裡喝著薑汁啤酒。當時他們剛開始交往，她打扮得過於隆重，穿了一條長裙配高跟鞋，想像自己在演一部迷人的六〇年代電影，手挽著戴眼鏡的教授丈夫，置身於煙霧瀰漫的客廳。結果是，她和一群三十多歲、邋裡邋遢的人擠在一間沒有電梯的三樓公寓，聽著佛利伍麥克搖滾樂團的歌。

「她們不一樣。」他說。

「怎麼不一樣？」

「和妳不一樣。」他說：「所有人都各有不同，白人女孩也是。」

他就和她所認識的人都不一樣。他的母語是克里奧爾語，說英語帶有口音。他有過目不忘的本事，所以幫她練台詞時，總是比她先背起來。他們是在「八號球」認識的，那是她打工的廉價酒吧。不知怎地，他們注意到了彼此，超越了圍聚在高腳桌旁、魁梧粗壯的機車騎士，超越了在點唱機投幣聽瓊・傑特的歌的刺青女孩，超越了她想要融入其中的企圖。當時她還在努力尋找第一份表演工作，誰也不明白她為何離開洛杉磯來做這件事。但是她喜歡舞台。在洛杉磯，所有演員都一心一意想闖蕩好萊塢，因為只要是有點判斷力的人都知道好萊塢是錢坑所在。但那過程單調得令人生厭。天一亮就起床，在攝影機前一站就是幾個小時，不斷重複相同的台詞，直到某個王八蛋導演滿意為止。舞台劇則截然不同，每次都是新的體驗，令她既膽怯又悸動。每場表演都不一樣，每個觀眾都獨一無二，每個夜晚都充滿生氣與無限可能。自己在做一件無利可圖的事，這對她而言正好是一項紅利。當時的她年僅二十四歲，對自己的痛苦遭遇仍抱有浪漫幻想。

「這我知道，」她對法蘭茲說：「所以我才問你她們是什麼樣的人。」

沒多久，他們開始到處巧遇他的前女友，她便後悔問了他。詩人賽姬，發表過拉拉雜雜長篇大論，關於女性身體的論文，現在也還會將文章寄給法蘭茲批註。學工程的漢娜，專門研究如何改善貧窮國家的衛生設備。甘乃荻原本想像她是一個從下水道涉水而過、不修邊幅的女孩，沒想到卻在地鐵上看見一個意氣風發、穩穩踩著五吋高跟靴的金髮女郎。克莉絲汀娜是布魯克林愛樂的單簧管樂手。用餐時，克莉絲汀娜和法蘭茲談論著布拉姆斯，甘乃荻卻只能攪著她的奶油菠菜。他說得沒錯，她們都不一樣。她為自己的大驚小怪感到愚蠢。她內心有一部分想像著他的其他白人女友都只是她的變異版本——例如一個在澤西長大的她，或是心血來潮就去把頭髮染紅的她。然而他對白人女孩的喜好千變萬化，她也不知道哪個比較糟，是當一系列類似情人中的最後一個，還是與前幾個迥然不同？屬於一定的模式，至少很安全，獨樹一格有其風險。法蘭茲究竟喜歡她哪一點？她怎能奢望始終保持他的新鮮感？

「要是我說我不是白人，你會怎樣？」她問道。

這句話並不在意料之中，純粹脫口而出。法蘭茲淡淡一笑，將啤酒舉到嘴邊。

「不然妳是什麼人？」他說。

「就是不是純白人，」她說：「也是半個黑人。」

她從未大聲說出來過，也曾好奇，說出來以後會不會覺得比較真實？也許某個與生俱來的東西會在聽到這幾個字後甦醒過來？不料這番坦白感覺很假，像在背台詞，連她自己都說服不了。法蘭茲瞇著眼盯了她片刻。

「啊，沒錯，我看出來了。」他說。

「真的？」

「當然，」他說：「我認識很多黑人都有妳這種鬈髮。」

他在揶揄她，以為她在開玩笑，一段時間後，這成了他們之間的玩笑話。她若是遲到，他會說她遵守的是黑人時間。她若是厲聲罵他，他會說：「別激動，姊妹。」不久，這對她來說也成了玩笑——茱德、母親的祕密，所有一切。她認定了，如果是的話她會知道。怎麼可能活了一輩子，卻不知道關於自己這麼基本的事？多少總會有點感覺吧？總會在其他黑人臉上看出某種關聯吧？但她什麼感覺也沒有。她在地鐵車廂裡瞄向他們，眼神隱約帶著對待陌生人的漠然。基本上，就連法蘭茲都令她感到陌生。不是因為他是黑人，雖然這點可能更強化了那種感覺，而是他的生活、他的語言，甚至他的興趣都離她好遠。有時候她走進他改裝成辦公室的小壁櫥，看著他寫一些宛如鬼畫符的程式，她永遠也看不懂。疏遠人的方法不勝枚舉，真正歸屬某人的方法卻少之又少。

母親很討厭法蘭茲，說他眼睛長在頭頂上。

「不是妳想的那個原因。」她說。她們坐在一間咖啡館窗邊，看著人來人往。母親是趁著感恩節假期飛來看她，因為甘乃荻堅稱要工作又有選角面試，挪不出時間回家，但其實只是希望母親來看看她在紐約的生活。這讓她感覺到一種乖謬的樂趣，像個小孩似地把媽媽拉過來看她在牆上的塗鴉。看看我搗蛋的結果吧！母親盡可能地不發作。煞有介事地參觀地下室公寓時，她緊抿雙唇，被甘乃荻的「八號球」突襲時也默默點頭，但法蘭茲是最後一根稻草，在女兒令人難以容忍的生活中，這是她無法漠視的部分。

「那是什麼原因？」甘乃荻問。

「妳知道的。」她們旁邊有兩名黑人婦女在吃可頌，母親絕對不會說出口。「不是那樣。我只是不喜歡他那副模樣……」

「什麼模樣？」

「好像連他的那個都是香的。」

全布魯克林大概只有她媽媽如此有禮，不會在公開場合說「大便」兩個字。

「我不知道妳為什麼不喜歡他。」甘乃荻說：「他對妳那麼好。」

「我沒說他對我不好。可是他那副神氣樣就好像他最聰明似的。」

「他是啊！他是達特茅斯學院的博士耶，拜託。跟他在一起，我都覺得自己像個笨蛋。」

「我就是不懂。妳以前從來沒喜歡過他這種人。」

念高中時，跟她約會的男生都穿鉚釘皮夾克、留著油膩長髮，就像雷蒙斯合唱團團員。她的第一任男友要是不把眼前的頭髮撥開，幾乎看不見東西。她覺得這樣很可愛，但她父親都快瘋了。依他的想像——一如天底下的父親——她約會的對象理當會讓他想起年輕時的自己，短髮俐落、裝扮瀟灑、事業心強，而不是她帶回家的這些邋里邋遢的男孩，每個都有點像吸過毒，稱不上全然不成體統，但相去不遠。她有段時間會和樂團的男孩交往，他們玩的音樂難聽到了極點，若非出於愛，她不可能聽得下去。大學時她曾經交往過一個摔角選手，經常看著他為了減重，裹著垃圾袋跑步好幾個小時。後來她告訴自己，絕不可能愛上一個對任何事在乎過頭的男人，結果現在呢，竟和一個生怕忘記而把方程式寫在浴室鏡子上的人同居。

「這個嘛，也該有所改變了。」她說。

她的「壞男孩階段」已經結束，母親應該鬆一口氣才對，但她只是滿臉困惑。

「該不是因為那個女孩吧？」她說。

她們已經兩年沒提到茱德，但她並沒有離開，甘乃荻馬上就知道母親指的是誰。

「妳在說什麼？」她問。

「妳以前從來沒有喜歡過這樣的人，後來心思卻被那個女孩搞亂了。我只希望妳不是為了想證明些什麼。」

她顯得無比慌亂，不停撫弄咖啡杯柄，甘乃荻忍不住別開頭。假如和法蘭茲交往是某種實驗，那麼這實驗已徹底失敗。愛上黑人男子只是讓她感覺更像白人罷了。

「我才沒有。」她說：「好啦，我們去博物館吧。」

再次見到茱德的那個冬天，甘乃荻正在演出一部外外百老匯音樂劇《沉默河流》。她的角色叫蔻拉，是郡保安官的叛逆女兒，一心想和一個粗野的農場工人私奔。連續幾個月，她老擔心生病，擔心到不太正常。她喝下大量熱檸檬茶，到了二月，幾乎再也無法忍受那個氣味，只好捏著鼻子硬吞。她也猛吃白白粉粉的鋅錠，出門前還要把圍巾纏上三圈。下了地鐵，她會用力搓手。在正常情況下，她是適應不了紐約冬天的；而獲得她搬到紐約後最重要的角色，這當然屬於非正常範疇。接到電話那天晚上，法蘭茲帶她上館子。她樂得暈陶陶，他則是鬆了口氣。

「我才正在想……」他沒把話說完。他大她五歲，年紀不論，他還是個正經的人，認為應該有正經的事業。情勢愈來愈明顯，她的演藝事業未能過關。起初他似乎深深為之著迷，總是喊她：我的加州追夢人。他會在客廳陪她練台詞，選角面試時在外面等她，以便在地鐵上聽她簡要轉述。但現在，當他在餐桌對面露出哀怨的微笑，她看得出來他沒那麼高興，反而更顯驚訝，活像一個發現果真有聖誕老人的家長。他信也回了、餅乾也吃了、禮物也放到樹下去了，卻萬萬沒想到會有個胖子從煙囪滑下來。

她為這齣音樂劇非常努力，這輩子從未那麼努力。只要在店家門口或電線杆找到空位，就張貼上顯眼的宣傳海報。因為樓梯井的音效較好，她便不顧鄰居的白眼在那裡練唱。早上，她會穿上軟底踢踏舞鞋，在浴室裡邊刷牙邊練習舞步。沒有排練時，就讓嗓子休息。凡是認識她的人都不會相信，但這是事實：她連續幾個星期幾乎都沒有開口說話。那時她已經離開「八號球」，改在一間名叫「牛飲」的咖啡館工作，地點離劇院很近。表演占用了她晚上的時間，再說當酒保是個頗費唇舌的工作，倒咖啡比較不需要說話。休息時間，她便喝茶，並不與人交談。在家裡，法蘭茲給了她一塊小白板，讓她留言。晚餐？要出門。妳媽媽打過電話。這一切都很對他的脾胃，彷彿被圈入了一件表演藝術作品當中。

決定安靜下來之後，你會愕然驚覺這座城市是多麼喧囂嘈雜。她開始變得神經質，像馬一樣容易受驚，就連咖啡磨豆機突然發出聲響也會嚇她一跳。然而當茱德推開門走進來，甘乃荻什麼也沒聽見，既沒聽見門鈴叮噹響，也沒聽見喧鬧的市聲隨冷風滲入。這三年來，她曾試想如果再次見到茱德，要跟她說什麼。如今茱德就站在櫃台前，可是當甘乃荻張嘴，卻連細微的聲音也發不出。

「我就覺得是妳。」茱德說。

她依然精瘦結實，包著一件白色大外套，顯得皮膚更加黑亮。她臉上帶著微笑。她竟然在笑，好像她們是老朋友似的。

「我看見一張宣傳單上有妳的名字。」她說：「我們剛好經過，我看見窗子上那張宣傳單，然後……哇，真的是妳。」

她認出了站在門邊的是茱德的男友，鬈髮變長了，鬍子顏色變深了，但錯不了，就是他。他在窗邊走來走去，往手裡吹氣取暖，肩膀上冰屑點點。她控制不了自己，太讓人吃驚了，他們竟然還在一起。她了解他那種人，帥得要命，他們是不會愛上茱德這種女生的。當然，她自有吸引人之處，可是像他那樣的帥哥絕不會愛上一個擁有一般人難以理解的美的女孩。但瞧瞧他們，還在一起，而且在紐約。他們到底千里迢迢跑到紐約來做什麼？

「妳過得如何？」茱德問道。

她表現得自然隨意，可是她們的友誼從未有一絲一毫的巧合。只要事關茱德，她便不再相信偶然的奇蹟。這時一名身穿灰色外套的白人男子走進店內，甘乃荻招手請他上前。如果還在洛杉磯，她八成會罵茱德。但在這裡，她繭居於自製的沉默中，只能無視她。茱德顯得震驚，但還是退到一旁。

男子買完咖啡後離開，茱德隨即將一張紙放到櫃台上。「這是我們住的地方，」她說：「如果妳想談談的話。」

她打了電話。她當然打了。

即使把紙張塞入圍裙口袋，她還是知道自己會打這通電話。她沒把紙頭丟掉——這是第一個徵兆。第二個徵兆則是她不斷想著它。塞在口袋裡的一張小紙片有如剃刀一般，深深刺入她的腹側。一張紙沒道理讓人如此困擾，值班時她有兩度下了決心要把它撕碎。但每次一掏出來，就會瞥見茱德那秀氣工整的字跡：卡斯特飯店四〇三號房與電話號碼。到了第三次便已太遲，她已經記下號碼了。

下工後，她走進對街的電話亭，撥了電話。無人接聽。搭地鐵時她想在回家後再打一次，卻不想讓法蘭茲聽見。這種事該怎麼跟他解釋？說有個自稱是她表姊妹的黑人女孩，神祕地出現在紐約？他會以為她又在開玩笑。第二天早上，她臨上班前打了電話，這回茱德接了。

「我其實不能跟妳說話的。」甘乃荻說。

茱德一時未出聲，甘乃荻還以為她沒聽出自己的聲音，接著她才說：「為什麼？」

「沒有為什麼，」甘乃荻說：「我現在在演音樂劇。」

「對不起。」茱德語氣平平地說：「我不明白。」

「我不能跟任何人說話，要讓嗓子休息。」

「喔。」

「所以妳有什麼要說的，就說吧。我不想浪費時間跟妳一問一答。」

「我不是來吵架的。」

「那妳來這裡有何貴幹？」

「瑞斯要動手術。」

從昨天到現在，她想像過茱德可能有的所有企圖。報復，因為她在那場慶祝酒會上對她說了難聽話。錢，就像母親說的。那麼，算她好運，任誰看到她現在的生活都知道她沒錢，她幾乎連房租都付不起。她想著要將此事告訴茱德——有點羞愧，有點驕傲地——不料茱德再次在紐約露面根本不是為了她，是男友病了，說不定就快死了，結果瞧瞧甘乃荻，還以為茱德心裡想的是她。「妳知道妳問題在哪嗎？」曾有個導演對她說：「妳把自己當成最迷人的主體了。」她一直以為每個人都自覺像舞台上的主角，被夥伴、壞蛋和情人所圍繞。她仍然看不出茱德在她生命中扮演著什麼微不足道的小角色，但在茱德的生命中根本沒有她的角色。

「嚴重嗎？」她問道：「我是說他還好嗎？」

「他不是快死了。」茱德說：「不過是大手術。」

「那你們幹麼跑這麼遠？洛杉磯沒有外科醫生了嗎？」

茱德頓了一頓。「我們已經不住洛杉磯了。」她說：「而且這個手術有點特別，得找特定科別的醫生才會做。」

她說得模稜兩可，當然只是更激發甘乃荻的好奇心。但她不能直問，不管是瑞斯還是茱德的人生，都不關她的事。看來，她們這次相逢純屬意外。

「那你們現在住在哪裡？」她問道。

「明尼亞波利斯。」

「你們跑那去幹麼？」

「我去念醫學院。」

她忍不住微感自豪。茱德正過著她多年前說自己想過的生活，仍被同一個男人所愛，並朝著醫生之路邁進。而經過這麼些時間了，甘乃荻拿得出什麼來？一間地下室公寓，一個她幾乎毫不了解的男人，沒有大學文憑，一份倒咖啡的工作，以便每晚能在半空的劇場裡引吭高歌。

「妳能打來我很高興。」茱德說：「我以為妳不會打。」

「是啊，那妳能怪我嗎？」

「說真的，我知道那時事情變得有點尷尬……」

甘乃荻笑出聲來。「妳說得也太輕描淡寫了吧。」

「不過我們能不能見個面？十分鐘就好，我有東西要給妳看。」

母親說茱德瘋了，也許真是如此，但甘乃荻又被動搖了。她大可以直接掛掉，再也不跟她說話，大可以忘掉她。可是茱德遞出了一把可以了解她母親的鑰匙，她怎能如此輕易拒絕？

「現在不行。」她說：「我要工作。」

「那就下班後。」

「之後有場表演。」

「在哪裡？」茱德說：「我和瑞斯會去。票應該還沒賣完吧？」

到目前為止還沒有任何一場票賣光，但甘乃荻仍頓了一下，彷彿在斟酌。

「可能還沒。」她說：「通常不會剩太多票。」

「太好了。」茱德說：「我們今晚過去。都來到紐約了，我們一直很想看一場真正的表演。」

她的口氣天真得讓人受不了，不像甘乃荻認識的那個頑強、內斂的女孩，她幾乎為之著迷，但更重要的是，她覺得自己又再度找到穩固的立足點。她將劇場名稱告訴茱德，然後說她得走了。

「好，」茱德說：「我們今晚見。還有……」

「我真的要走了……」

「好吧，對不起，我只是……總之，我很期待，再次看妳表演。我好喜歡妳上一齣戲。」

她真討厭自己聽了此話感覺如此良好，沒說再見便掛了電話。

十五

在《太平洋小灣》中，仁慈．哈里斯是個鄰家女孩，也就是說有半數戲迷喜愛她，另外半數則覺得她乏味至極。她最後一次露面是在一艘郵輪上，然後便失蹤了，甚至還有戲迷寫信給甘乃荻，為她的不幸下場幸災樂禍。當時她並不以為意，她不在乎戲迷喜歡或討厭她，反正都是一種關注，以前從來沒有人對她演的角色感受如此強烈，還寫信來抒發。話雖如此，開車離開攝影棚停車場時，她仍希望這不是仁慈的最後一場戲。

「這是肥皂劇，」導演告訴她：「除非停播，不然沒有什麼最終結局。」

仁慈值得一個更好的下場，四十好幾的她仍會在酒吧裡，醉醺醺地對朋友們這麼說，其實她老早就不該如此在乎了。儘管不敢奢望仁慈奇蹟的回歸——這是肥皂劇中每個被賜死的演員的夢想——她希望仁慈的故事至少能有個圓滿的結局，可以打個字幕，鬼扯說這女孩離開了「太平洋小灣」，移民到祕魯去養羊駝，還是養什麼亂七八糟的都沒關係。

「可是就這樣失蹤了？」有一回她這麼說：「消失在海裡？就這樣？真他媽的搞什麼鬼啊。」

「『值得』是個狗屁字眼。」她教瑜伽的男友說：「沒有哪個人值得什麼，我們得到什麼就是什麼。」

或許她覺得仁慈太委曲了，因為她是那麼好的女孩，肯定比犯盡各種錯誤的甘乃荻來得好。她和兩個已婚導演上過床，因為拉不下臉來再開口借錢便偷拿父母的錢，故意跟朋友說錯甄試時間好讓自己占得先機。但仁慈親切可人，遇見一生摯愛、演藝圈大亨藍斯．蓋瑞森的時候，她竟然正在救一條溺水狗。可是當她失蹤後，藍斯只等了半季就開始和警探的風騷女兒眉來眼去。五年後，兩人還舉辦了一場盛大婚禮打破《太平洋小灣》的收視率——據《電視指南》報導，收看觀眾高達兩千萬人，該雜誌還將這場婚禮列為有史以來五十大肥皂劇精選片段之一。該劇集甚至獲得艾美獎提名！在無數的熱烈評論中，隻字未提仁慈，也沒提到這對幸福佳偶之所以能相遇，全得歸功於仁慈踏上那艘郵輪，雀躍不已地在甲板上揮手，然後隨海流漂進日間電視的天堂。

或許，比起丟了工作，更令她氣惱的是沒能在一場盛大的肥皂劇婚禮中扮演主角。這比真實生活中始終未婚的事實更令她煩亂。

「我從來沒演過鄰家女孩。」某次有個客串的黑人演員對她說：「大概是沒人想住在我隔壁吧。」潘．黎德對著劇組的點心桌露出苦笑，將一顆小番茄塞進嘴裡。她是個硬底子演員，甘乃荻曾無意中聽到兩名舞台工作人員這麼說。一九七〇年代，她曾在一部膾炙人口的系列動作電影中飾演女警，直到第三集才被壞人射殺身亡。之後她在一齣法律電視劇中飾演法官，接下來的演藝生涯便一直扮演法官，有時候甘乃荻打開電視，會看見潘．黎德坐在法官席上，一臉嚴肅地前傾身子，手支著下巴。

「電視劇很愛用黑人女法官。」潘對她說：「真有意思……如果由我們來決定什麼公平、什麼不公平，妳能想像這世界會變成什麼樣嗎？」

那天下午，潘又要在《太平洋小灣》裡演法官。即使在拍攝空檔，穿著一身黑色長袍的她仍令人膽怯，因此甘乃荻才會在伸手拿起一串葡萄時，說出腦海中冒出的第一句蠢話。

「我以前就住在一個黑人家庭隔壁。」她說：「應該說對面。那家的女兒名叫辛蒂，她可以說是我的第一個朋友。」

她沒有告訴潘，當她一時幼稚發脾氣喊辛蒂黑鬼以後，她們的友情就結束了。後來想到辛蒂放聲大哭的一幕，她仍略感畏縮。可笑的是，當時她也哭了起來，母親還呼她巴掌，那是母親第一次也是最後一次打她。比起那一巴掌，後來的親吻更令她困惑，母親的憤怒與愛是那麼強烈地相互撞擊。那時候，她以為說「黑鬼」就像罵髒話一樣；如果她在巷子底大聲嚷出「幹」，母親也會同樣生氣又尷尬。但茱德的事發生後，甘乃荻想起了母親拖她進屋時臉上的表情。她是生氣，但除此之外還顯得恐懼。被她自己的情緒嚇著了，又或者更令人不安的是，被女兒嚇著了，沒想到她竟會展露出如此醜陋的一面。

甘乃荻再也沒說過那兩個字，無論是隨口一提，或是開玩笑，直到有一次在床上法蘭茲要求她說。他摩挲著她的背對她說，那就像玩遊戲一樣，因為他知道那不是她的真意。她也不知道怎麼會在這時候想起法蘭茲。對他說那個字眼和對辛蒂說並不一樣，不是嗎？

潘．黎德只是輕笑一聲，拿起餐巾紙抹抹嘴。

「她真幸運。」她說。

茱德來看她表演的那個晚上，甘乃荻在舞台上出竅了。

她敢說任何演員都可能自稱有類似的體驗，較好的演員體驗到的時間會早得多。那個冬夜，她第一次真正體會到脫離自己軀殼的感覺。唱歌有如呼吸，跳舞就像走路一樣自然。與農場工人藍迪——一個高高瘦瘦的紐約大學戲劇系學生——對唱時，她幾乎覺得自己真的愛上他了。謝幕後，演員們包圍著她歡呼，在當時她就隱隱知道，這將是她有生之年最棒的一次表演。而她之所以能辦到，完全是因為她知道茱德正在陰暗劇場的某個角落裡看著。

她在更衣室裡慢慢換裝，舞台上的魔法也逐漸消失。法蘭茲會在大廳等她。星期四晚上，他都會在輔導時間結束後過來。他會說她今晚表現得很好，甚至是太棒了。他會察覺到她變得不一樣，甚至可能對原因感到好奇。而同樣在大廳等候的，還有茱德和瑞斯。她沒想到會看見他們三人在一起等著，法蘭茲咧開嘴笑著向她招手。

「妳怎麼沒告訴我有朋友要來。」他說：「走吧，我們一起去喝一杯。」

「我不想拖延大家回家的時間。」她說。

「胡說。他們大老遠過來的耶。喝一杯就好。」

她幾乎不記得走到「八號球」那段麻木無感的路程。選這家酒吧純粹是因為知道茱德會不自在。的確，他們一走進去，茱德便對著陰暗的酒吧東張西望，從喇叭嘶吼出來的龐克樂曲聽得她心驚。她瞪直了雙眼看著桌面上用油性簽字筆塗寫的污言穢語，機車騎士擠滿酒吧，而她寧可到其他地方去。很好，那就不會有人想多待了。她真笨，竟沒預料到自己的這兩段人生會撞在一起。本來只是演出結束後見茱德一面，茱德把想給她看的東西拿出來，如此而已。但她完全沒想到茱德和法蘭茲會聊起來，還發現他們都認識她。以前同校的，茱德想必會這麼說，因為法蘭茲不斷地問甘乃荻以前在學校是什麼樣子。

「寶貝，」她說：「別再煩人家了。就喝酒吧。」

「我沒煩他們，」法蘭茲說著轉向茱德問道：「我有煩你們嗎？」

她微微一笑。「不會，還好。只是在這裡有點無法適應。」

「我們都不是太喜歡大都市的人。」瑞斯說。那麼樸實又那麼迷人，甘乃荻都想吐了。

「我也不是。」法蘭茲說：「我是小時候搬來的。你們知道嗎？到現在這座城市還在影響我。對了，你們倆要在這裡待多久?小荻一定很樂意帶你們到處看看……」

「我們先點喝的吧。」她說:「然後再開始計畫行程。」

法蘭茲笑了。「好啦,好啦。」他擠身出雅座,朝瑞斯點了點頭。「來幫我一下?」

兩個男生往吧台走去。此刻是數年來甘乃荻第一次與茱德獨處。她從未像現在這麼想來杯酒。

「妳男朋友人不錯。」茱德說。

「我很抱歉說那些話,我是說在慶祝酒會上。」甘乃荻說:「關於妳和瑞斯的事。我喝醉了。我沒有那個意思。」

「妳有那個意思。」茱德說:「而且妳喝醉了。兩件事可以同時成立。」

「好吧,不過妳是因為這個來的?妳是因為這個才找我麻煩?我厭倦這一切了。」

「什麼的一切?」

「關於妳的一切。這個遊戲還是什麼的。」

茱德凝視了她片刻,然後拿起皮包。

「我有預感會再見到妳。」她說。

「太好了,妳還會通靈。」甘乃荻看著兩個男生在吧台邊點飲料,這才驀地想起她根本沒告訴法蘭茲她要喝什麼。一個小小的親暱之舉,但還是令人讚嘆,法蘭茲總會在她開口之前就知道她想要什麼。

「我本來不想告訴妳的。」茱德說:「我是說那天在酒會上。我不覺得妳會想知道,我會說出來只是因為太生氣了。妳跟我說那種話,所以我想傷害妳,這樣不公平。」她從皮夾抽出一個白白的東西。

「對人說出真相不應該是為了傷害對方，而應該是因為對方想知道。我覺得妳現在會想知道。」

她交給甘乃荻一張白色的方形紙，是照片。甘乃荻看都不必看就知道那是母親的照片。

「天哪，等得有夠久。」法蘭茲端著飲料滑坐進來。「咦，那是什麼？」

「沒什麼。」她說：「挪一下，我要去廁所。」

「小荻呀，我才剛坐下。」他哀嘆道，但還是挪了出去，她則抓著照片爬出座位。她確實去了女廁，但只是因為需要亮一點的光線。茱德有可能給她隨便一個人的照片，誰知道？她站在廁所鏡子前，將照片貼放在腹部一會兒。

她不一定要看，可以把它撕個粉碎，今晚之後，她再也不用跟茱德說話。不久瑞斯就要動手術，然後他們會永遠離開這座城市。她不需要知道。她可以這麼做，對吧？

不過，你知道接下來的發展。她也知道，早在將照片翻面以前就知道了。記憶便是這麼回事，好像同時往前看又往後看。在那一刻，她可以同時看到兩個方向，看見自己是小女孩的模樣——渴切、纏人，爬向一個從來不希望她接近的母親，一個她始終不真正了解的母親；她也看見自己將照片拿給母親看，她撒了一輩子謊的證據。當甘乃荻將照片翻過來，上面有一對雙胞胎女孩穿著黑色洋裝的身影，還有一個女人站在她們中間。照片老舊，泛白褪色，不過在日光燈下，依然看得出這兩個長得一模一樣的女孩哪個是她母親。她看起來很不自在，就好像可以的話，她會直接衝出邊框。

母親向來討厭拍照。她討厭被釘在一個地方。

「妳那兩個朋友人不錯。」當晚稍後，法蘭茲爬上床時這麼說道。

搭地鐵回家的路上，她幾乎一言不發。在酒吧喝完一杯酒後，她對眾人說她不太舒服，今晚就到此為止吧。在廁所時，她將照片塞進腰帶裡面，好像小時候從廚房偷拿糖果那樣。只不過這次不是巧克力棒在衣服底下融化，而是感覺到從酒吧走到車站的一路上，紙片尖角不停地戳她。她內心有一部分希望茱德以為她把照片丟了，沖下馬桶或什麼的。道別的時候，茱德顯得失望。那正好，就讓她失望吧。說到底，她以為自己是誰啊？再一次來擾亂她的生活，而且天曉得，茱德很可能還是在說謊。她既不像照片中的任何一個女孩，也不像站在中間的婦人，這婦人膚色較黑，但仍屬白皙，兩手各搭在兩個女孩肩上。可是茱德不屬於任何一方，那甘乃荻呢？她又屬於誰？

「我們不是朋友。」她說：「不算是。他們只是我以前認識的人。」

「喔，好吧。」他聳聳肩，隨即翻身親吻她的脖子。她扭開來。

「拜託，別這樣。」她說。

「怎麼了？」

「什麼意思？我都已經說了，我不太舒服。」

「那也不必莫名其妙發火啊。」

他不高興地往另一邊翻身，關了燈。

「我知道他們不是妳的朋友。」他說。

「什麼？」

「妳沒有黑人朋友。」他說：「除了我，妳沒喜歡過任何一個黑人，而我們不能算是朋友，對吧？」

天亮後，她又打電話到卡斯特飯店，卻沒有人接。

她獨自躺在床上端詳那張褪色照片，直到不得不出門上班。雙胞胎並肩而立，一身晦暗的黑洋裝。她的母親與「非母親」，中間是外婆。一大家子，母親卻說一個人也沒有，而這一切茱德都知曉。有一次，在她十三歲那年，母親帶她去商場買新洋裝當生日禮物。那時候甘乃荻已經到想盡快離開父母的年紀，心想早知道就跟姊妹淘去布魯明黛百貨公司。不料母親幾乎沒注意她，而是停在商場樓層中央，撫摸著一件黑色長禮服的蕾絲袖子。

「我喜歡逛街。」她近乎自言自語地說：「就好像裝扮成所有妳能裝扮的人一樣。」

午餐休息時間，甘乃荻又打去飯店房間，仍然無人接聽。這次她試了服務台。

「那女孩留話說他們整天都會在醫院。」櫃台人員告訴她，「以防有人打電話來。」

「哪家醫院？」

「抱歉，小姐，她沒說。」

當然了，頭一次到紐約市來的鄉下女孩，能對她抱什麼期望？她當然沒想過，光是曼哈頓就有幾間醫院了。她氣惱不已，但還是翻著電話簿找最靠近飯店的醫院。總機說不能透露病患的名字，而甘乃荻掛電話時才想到，她反正也不知道瑞斯的全名。無論如何，她仍然提早下班，搭公車去了醫院。她請護理站一個嬌小的紅髮護士廣播找一位茱德・溫斯頓，等了五分鐘，把口袋裡的電話簿紙頁都揉皺了，一面暗忖著該不會要搜遍整個上城才能找到他們吧。就在此時，電梯門開了，茱德走了出來，一開始顯得疲憊萬狀，隨後發現原來只是甘乃荻才鬆了口氣。

「妳沒有留醫院名稱。」甘乃荻說：「我搞不好要浪費一整天找你們。」

「妳不是找到了嗎？」茱德說。

「是啦，但還是有可能啊。」天哪，她們已經像姊妹一樣拌起嘴來了。「這是個大城市，妳知不知道。」

茱德停了一下才說：「老實說，我現在全部心思都在這裡。」

這正是她母親會說的那種話，狡猾詭詐，意欲讓她因愧疚而屈服。

「抱歉，」她說：「他還好嗎？」

茱德咬咬嘴唇說：「我不知道，他還在裡面。他們不讓我見他，因為不是親屬什麼的。」

甘乃荻聽了忽然想到，如果她現在突然在醫院大廳心臟病發作，茱德就是她最近的親人了。表姊妹。她們是表姊妹。但假如茱德這麼告訴護士，堅持要探病，有誰會相信她？

「太荒謬了。」甘乃荻說：「他在這裡也只有妳啊。」

「沒辦法。」茱德聳聳肩。

「他應該乾脆跟妳結婚。」她說：「一了百了。你們在一起也夠久了，那妳就不必擔心這種鳥事了。」

茱德注視了她一會兒，甘乃荻還以為她要叫她滾一邊去，她也活該被罵吧。但茱德只是翻了個白眼。

「妳說話口氣好像我媽。」她說。

茱德告訴她，照片是在葬禮上拍的。她們在自助餐廳裡，隔著一張金屬長桌對坐，啜飲著溫咖啡，照片就放在中間。葬禮，她猜也是——黑洋裝等等的——可是現在她重新瞄向照片，瞄向那對雙胞胎女孩：一樣的髮帶、一樣的褲襪。這時她第一次注意到其中一人緊抓著另一人的洋裝，好像想叫她別動。她摸摸照片，提醒自己這是真的。似乎得這麼做才能將她固定在原地。

「是誰死了？」她問。

「她們的爸爸。是被殺死的。」

「被誰？」

茱德聳聳肩。「一群白人。」

她不知道何者更令人震驚，是茱德揭露的事，還是她那雲淡風輕的態度。

「啊？」她說：「為什麼？」

「一定要有原因嗎？」

「妳是說有人被殺？通常會有啊。」

「但是沒有。事情就是發生了。就在她們眼前。」

她試著想像母親還是個小女孩，親眼目睹如此可怕的情景，卻只能想起八年前的她，手持球棒站在陰暗的走廊盡頭。當時甘乃荻有點酒醉，剛從派對回來要溜進家門，本以為母親會因為她沒遵守門禁時間大聲吼她。沒想到她卻站在走廊另一頭，一手摀著嘴，球棒匡啷一聲掉在木地板上，一路滾到她的赤腳旁。

「她從來沒談起過他。」甘乃荻說。

「我媽也是。」茱德說。

長桌末端有個猶太老人用毛衣袖子掩嘴咳嗽，茱德的目光瞥了過去，手裡玩弄著一張糖果紙。

「她是什麼樣的人？」甘乃荻說：「妳媽。」

「頑固，」她說：「跟妳一樣。」

「我才不頑固。」

「妳說了算吧。」

「還有呢？她總不會只有頑固吧。」

「不知道。」茱德說：「她在一家簡餐館做事，她說她很討厭那裡，但她絕不會去其他地方，絕不會離開嬤嬤。」

「妳都這麼喊妳外婆？」甘乃荻仍無法說出「我們的」。

茱德點點頭，說道：「我在她家長大，她現在年紀大了，很多事都不記得。有時候還會問起妳媽。」

擴音器喀哩喀喇地傳出廣播聲。甘乃荻又往那杯始終喝不完的咖啡裡加了一包糖。

「這感覺好奇怪。」她說：「我想妳不會了解這一切對我來說有多奇怪。」

「我明白。」茱德說。

「不，妳不明白。我想不可能會有人明白。」

「好吧，我不明白。」茱德起身將咖啡丟進垃圾桶。甘乃荻急忙跟上去，忽然怕自己會被留在這裡。萬一她把茱德推開了，結果茱德決定什麼都不再告訴她，該怎麼辦？知道一點點比什麼都不知道更糟。於是她跟著茱德上電梯，默默地搭到五樓，然後陪她坐在等候室裡一株枯萎的植物旁。

「妳不必留下來。」茱德說。

「我知道。」甘乃荻說，但她還是留下了。

瑞斯當天傍晚出院。茱德用輪椅推他出來時，甘乃荻抬頭一看，赫然發覺天空已蒙上海藍色。連續幾個小時，她要不是陪茱德坐在等候室，隨手翻著雜誌，就是晃到餐廳再去買咖啡，有時候只是呆呆坐在那裡瞪著那張照片。她向劇團請了病假，說自己終於還是感冒了。儘管有千百個必須離開的理由，她仍然待在那個安靜的醫院空間裡，直到一個態度粗魯的白人護士說他們可以走了。她想著要打電話回家。法蘭茲都會在她演出前打電話給她，萬一是臨時替角接的電話，他會擔心。但她依舊招了計程車，幫忙茱德扶瑞斯上車。因為痲藥的關係，他還有點茫茫顛顛的，回飯店的一路上，他的頭不停垂靠到她肩上。茱德緊緊抓著他的大腿，甘乃荻不禁別開視線。如此公然地表露對一個人的需求，讓她難以想像。

她原可在飯店外告別，結果還是跟著下車。她和茱德都沒說話，各自伸出一隻手臂摟著瑞斯的腰，然後合力費勁地拖著他進去。他沒有外表看起來那麼輕，等他們來到電梯時，她的肩膀已感到灼痛。但她仍繼續挺住，直到進入飯店房間，小心地將他放到床上。茱德坐在床沿，替他撥開額頭上的髮絡。

「謝謝。」她輕聲說道，眼睛卻仍看著瑞斯。那嗓音中的溫柔只為說給他聽。

「嗯。」甘乃荻說。她本該離開了，但仍逗留不去。茱德還會在城裡多待幾天，等瑞斯復原。也許甘乃荻可以明天再來一趟。茱德當然不可能在這個昏暗的房裡待一整天，看著他睡覺。也許她們能一起出去喝個咖啡或吃個飯。她可以帶她到處逛逛，那麼茱德這趟來紐約就不只是看了一齣不入流的音樂劇和坐在醫院等候室而已。茱德送她來到大廳，甘乃荻慢慢地將圍巾繞到脖子上。

「那裡是什麼樣子？」她說：「野鴨鎮。」

她原先想像是一個像電視影集裡虛構的梅伯里那樣的小鎮，簡樸而溫馨，婦女會將派餅擱在窗台上放涼。小小的鎮，小到每個人都知道你叫什麼名字。換作另一個人生，她或許會趁暑假去玩，還可能和茱德在外婆家門前玩耍。可是茱德只是笑。

「很可怕，」她說：「那裡的人只喜歡皮膚白的黑人。妳馬上就可以融入了。」

她說得那麼隨意，甘乃荻幾乎沒聽懂。

「我不是黑人。」她說。

茱德又笑起來，這次有些不自在。

「妳媽是啊。」她說。

「所以呢？」

「所以妳當然也是。」

「我沒有『當然是』什麼。」她說：「我爸爸是白人，妳知道的。妳不能這樣忽然跑來跟我說我是什麼人。」

這與種族無關。她就是討厭有人說她非得是什麼人不可。這方面她像母親。假如她出生就是黑人，她會百分之百欣然接受。偏偏她不是，茱德憑什麼硬要把她說成一個她不是的人？其實一切都沒有改變。她得知了一件關於母親的事，但若綜觀她的一生，這件事又能代表什麼？僅僅一個小細節被移除並取代。一棟民房並不會因為換掉一塊磚就變成消防隊。她依然是她，什麼都沒變，絲毫沒變。

那天晚上，法蘭茲問她上哪去了。

「醫院。」她累到懶得撒謊。

「醫院？出什麼事了？」

「喔，我沒事。我去陪茱德，瑞斯動了手術。」

「什麼手術？他還好吧？」

「我不知道。」她完全沒問。「看起來好像胸部的手術，現在沒事了，只是有點昏昏沉沉。」

「妳應該打個電話。我一直在等門。」

她會離開他。她向來善於判斷離開的時機，說是直覺也好，不安分也好，怎麼說都無所謂。她從來不是那種會待到令人厭煩的人，知道何時該離開洛杉磯，一年後，她也知道該離開紐約了。她知道該和一個男人在一起六星期或六年，無論如何，離開都是一樣，很簡單，留下才是她始終不太擅長的部分。因此某天夜裡，當她看著床上的法蘭茲，銀色床單襯得他暗褐色皮膚微微發亮，她便知道自己不會再和他在一起太久。然而，她仍坐到床沿拔下他的眼鏡，她的身影立即在他眼前模糊成一片。

「你還會愛我嗎？」她問道：「如果我不是白人。」

「不會。」他說著將她拉近。「因為那樣的話妳就不是妳了。」

離開法蘭茲後她遊蕩了一年，沒有告訴任何人自己的行蹤。音樂劇結束了，她開始對戲劇感到厭倦，不過她又繼續在這圈子待了幾年，加入即興劇團、報名實驗劇選角。似乎唯有戲劇，她一直不知道何時該停。逃跑前，她去見了母親最後一面。她們一起坐在後院泳池邊，啜飲著夏多內白酒。這個冬日晴朗亮麗得異乎尋常，暖和的氣溫讓她驚詫，自己以前竟從未覺得溫暖的二月天有多麼難得。她閉上雙眼，讓腿曬著太陽，想都沒去想可憐的法蘭茲正抱著身子瑟縮在空隆空隆響的電暖器旁。

「以前我早上都會出來這裡。」母親說：「妳去上學以後。我都無事可做，不知怎地，就老是在這裡漂浮，想事情。」

那是個晴朗日子。日後甘乃荻會記得，她本可什麼都不說，本可長長久久躺在那日光下。然而，她將照片遞給了母親。

「這是什麼？」她偏頭去看，問道。

「在妳父親葬禮上拍的。」甘乃荻說：「妳不記得嗎？」

母親不發一語，面無表情，兩眼直瞪著照片。

「這哪來的？」她問道。

「妳覺得呢?」甘乃荻說:「她找到我了,妳知道嗎?她比我更了解妳!」

她原本並未打算大吼。她預期母親會有點感覺,會拿出一張她家人的相片,會哭起來,然後抹乾眼淚,終於將她人生的真相告訴女兒。一時半刻地誠實以對,這是甘乃荻應得的,不是嗎?誰料母親竟將照片推回給她。

「我不知道妳為什麼要這麼做,」她說:「我不知道妳想要我說什麼……」

「我要妳告訴我妳是誰!」

「妳知道我是誰!這個,」母親戳著照片說:「不是我。妳看看!她一點都不像我。」

她分不清母親指的是哪個女孩,是她姊姊或是她自己。

茱德在照片後面留了她的電話。經過多年,甘乃荻都沒打。

不過她留著照片。無論旅行到何處都隨身攜帶:伊斯坦堡、羅馬,和兩名瑞典人分租公寓住了三個月的柏林。某天晚上他們喝茫了,她便拿出照片給他們看。兩個金髮男孩露出不解的笑容,將照片還給她。這照片只對她一人有意義,這也是她無法丟掉它的原因之一:她人生中唯一真實的部分,其餘的她不知如何是好。她知道的所有故事都是虛構的,於是她開始捏造新故事。她是醫生女兒、是演員、是棒球選手。她從醫學院休學。她在家鄉有個男朋友叫瑞斯。她是白人,她是黑人,她每跨越一道邊界就變成一個新的人。她不斷地在創造自己的人生。

一九九〇年代初，她的表演工作開始進入永久枯竭期。沒有一個導演會樂意用一個三十多歲、卻仍未證明自己未來可期的金髮女郎。她在寥寥幾齣電視劇裡演過幾次姊姊，接著演了一、兩次老師，然後經紀人便再也沒來電過。她覺得自己還年輕，不到被淘汰的時候，但話說回來，她一直是好運不斷到令人難以置信。事實上，她一整個人生就是個天賜的幸運禮物——她天生白皙、金髮、漂亮臉蛋、好身材，還有個有錢的父親。她哭一哭就能逃過超速被開單的命運，撒撒嬌就能獲得無數第二次機會。她的整個人生，充滿了上天所賜予、她卻不配得到的禮物。

她當了兩年的飛輪教練，工作室在宣傳海報上放了仁慈．哈里斯的照片來吸引客戶。但她厭倦了無時無刻不在流汗，兩條腿不斷拉扯、抽筋，於是在一九九六年終於決定重回學校。不是真的學校，是現實的學校——她這麼告訴所有人，而且想到就覺得好笑。她曾在日間電視台為一些爛產品賣了好多年的廣告，為什麼現在就不能賣房子？第一天上班時，她彆扭地坐在小辦公桌前，直盯著老師從每一排最前面發下來的講義。

客戶對房地產經紀人看重的是：

*誠信
*房市的相關知識
*協商技巧

她對自己說，這裡頭她大都能學會，除了第一點之外。她當了一輩子演員，這意味著她是她所認識最會撒謊的人。不，應該是第二。

進「聖費南多谷房屋」的第一年，甘乃荻賣了七間房子，老闆勞伯特說她有點金術，但她暗自稱之為「仁慈．哈里斯效應」。她有張能讓人隱約有印象的臉，就連從未看過《太平洋小灣》的人也不例外。每個人都覺得認識她。當然，雖然電視劇早已下檔，戲迷還是會到她的售屋展示中心來捧場。「我一直就覺得他們對妳很不公平。」有一次有個女人在塔札納參觀樣品屋時悄聲對她說。她禮貌地微笑以對，一面帶著對方穿過走廊。如果有需要的話，她可以是仁慈。事實上，她可以是任何人。

每次展示預售屋前，她都覺得自己又回到舞台上，等著布幕升起。她會調整內部裝潢，會調換裱框的庫存家庭照。黑人家庭變成白人家庭，足球造型的懶骨頭變成籃球造型，放在櫥櫃裡的猶太燈台改成豐饒之角。仔細想想，樣品屋說穿了不過就是個布景，售屋展示則是由她執導的一場盛大表演。每次她站在門後低頭鞠躬，都像是第一次上場一樣神經緊繃，知道母親就坐在觀眾席上看著。然後她掛上仁慈．哈里斯大大的微笑，將門打開。她會消失在自己體內，消失在這些其實無人居住、空蕩蕩的屋內。當室內來了滿滿的陌生人，她總能找到目標，帶領一對夫妻走進廚房，介紹燈具、背牆、挑高的天花板。

「想像一下你們在這裡的生活。」她說：「想像一下你們能變成什麼樣的人。」

第六部

各方各地（一九八六年）

十六

到了一九八一年，野鴨鎮已不復存在，至少已不再叫野鴨鎮了。

這個小鎮根本從來就不是一個正式的鎮。州府人員視之為村，但美國地質調查局僅稱之為聚落。雖然居民自畫了地界，此地並無法定界線。因此在一九八〇年人口普查後，重劃鎮界，野鴨鎮民一覺醒來便發現自己被劃入了帕爾梅托。到了一九八六年，「野鴨鎮」已經從該地區所有的交通路線圖上被撤除了。對大多數人而言，改名並無太大意義。一直以來，野鴨鎮與其說是地名，倒不如說是一個概念，而地理名詞對於概念的定義沒有太大影響。不過改名卻造成絲黛兒的困擾，她站在奧珀盧薩斯火車站內，盯著地圖看了十分鐘，才終於招手喚來一名年輕的黑人站務人員，詢問前往野鴨鎮最便捷的途徑。他笑了起來。

「啊，妳以前一定是那裡的人。」他說：「現在不叫那個名字了。」

她紅了臉。「那現在叫什麼？」

「噢，有很多種說法，勒波啦，巴雷港啦，其實應該要叫帕爾梅托才對，但有些人還是叫它野鴨。就是有人那麼固執。」

「原來如此。」她說：「我很久沒回來了。」

他對她微微一笑，她卻掉頭走開。她盡可能樸實簡便地出行，以免引人注目。只帶一只輕便的袋子，婚戒塞在裡頭。穿上最便宜的長褲，將頭髮往後紮，就像從前那樣，只不過現在添了幾許灰髮，因此出門前，她稍微將頭髮染了色，並對自己的虛榮心感到難為情。但說不定德姿蕾也染了頭髮呢。她不願當雙胞胎中老的那個。想到直視著德姿蕾，卻看不見自己的臉，令她駭然。

回家也和離家一樣，最困難的在於下定決心。幾個月來，她試著設想其他方法，但一籌莫展。自從女兒從紐約帶著一張照片回家以後，至今杳無音信。當時絲黛兒看著自己的過去攤在眼前。她不記得在父親的葬禮上拍過照，但話說回來，那天的事她記得的並不多：黑色蕾絲搔得她雙腿發癢。一小口磅蛋糕，鬆軟香甜。蓋上棺木時，德姿蕾緊挨著她。不知怎地，她想說卻說不出口的話，姊姊似乎都會知道。

在後院裡凝視著那張照片時，她同樣默不作聲；尚未開口，就知道自己會撒謊，一如既往，但這次女兒不會相信她。

「妳好像沒有說真話的能力。」甘乃荻說：「妳除了說謊，什麼都不會。」

一連數月，她都不肯接絲黛兒的電話。絲黛兒在答錄機上留言，一想到那個自以為是的法蘭茲在聽著自己哀求，不由得倍感羞辱。她甚至和他說過一、兩次話，他總是承諾會傳話，但她聽不出他是否只是為了安撫她，以便趕緊掛電話。六個月前，法蘭茲告訴絲黛兒，她女兒搬走了。「她走了，」他說：「我不知道去哪裡。有一天早上就忽然走了，連個聯絡地址也沒留。這裡還有好幾箱她的東西，她竟然也不肯跟我說要寄到哪去。」代為保管無用的廢物似乎比甘乃荻棄他而去的事實更令他困擾。絲黛兒當然心慌，不過幾個星期後，卜雷克收到一封羅馬寄來的明信片，上面有女兒的潦草字跡。

她寫道：「去找尋自我，目前安好，別擔心我。」

最令絲黛兒在意的是信上的措辭。要尋找自我不能只是在那裡等著，而得自己創造。得創造出自己想成為的人。但女兒不是已經這麼做了嗎？絲黛兒埋怨那個黑女孩，都怪她在洛杉磯到處追著女兒跑，都怪她竟然還一路從西岸追到東岸。那女孩鐵了心要向甘乃荻證明真相，而且絕不放棄。除非……在辦公室裡的絲黛兒停止踱步，頹然倚靠著門。

她知道自己該做什麼了，只能要德姿蕾叫她女兒罷手。她必須回野鴨鎮。

於是卜雷克一到波士頓出差，她立刻訂了飛紐奧良的機票。飛機降落時，她扭絞雙手注視著窗外的褐色平坦土地。她隨時可以回頭，轉身買機票回洛杉磯，把這一整個愚蠢念頭拋到腦後。但她又想到那個黑女孩一而再、再而三地出現……就在機身輕輕空咚一聲著陸的那一刻，她緊緊抓住了扶手。此時，火車站裡，高瘦的站務員正對著她微笑，她很確定，他想必知道自己是從一個從未想過要離開的地方回來的。他指向一個公車站牌。

「可以直達野鴨鎮外。」他說：「但再來恐怕得用走的。」

她已經好多年沒搭公車。他朝一具公用電話點點頭。

「妳可以打電話給家裡人。」他說：「找人來接妳。」

但她不確定是否還能找得到人，於是說道：「動動腿也不錯。」

自從野鴨鎮不再叫野鴨鎮，有些人便開玩笑說餐館的名字也應該改成大夥兒喊了許久的名稱：德姿蕾小館。「去德姿蕾小館一下」已經變成眾人經常掛在嘴邊的話，到了一九八〇年代，有些小孩打從一出生就不知道餐館一開始的名稱。鎮民對於屋頂上還留有盧的名字的褪色咖啡杯招牌視若無睹，他對此感到不悅，但如今年紀大了，凡事都得仰賴德姿蕾，她是服務生領班兼經理，負責雇用與解雇廚師，想更動菜單就更動。她成了餐館的門面，多年來框在那黑白相間的窗戶裡。盧老是說死後要把餐館留給她，但德姿蕾說她不想要。

「我在盧的店外有自己的生活。」她說：「我不想一輩子關在這裡。」

但那究竟是什麼樣的生活呢？有時候她自己也不知道。早早，依然來來去去。母親的記憶則變得鬆散不全。女兒呢，住在老遠的另一頭。一九八五年冬天，她去明尼亞波利斯找她。母女倆手挽著手走過融雪後泥濘的人行道，小心翼翼謹防溼滑的結冰。她已將近三十年沒有見過這樣的雪，真正的雪。來到某個角落，她閉上眼睛，肥大的雪花飄落在睫毛上，她想起在華盛頓特區度過的第一個冬天，山姆帶她到市區溜冰，見她搖搖晃晃放聲大笑。整個溜冰場都是跟他們一樣的年輕黑人，手牽著手，技術較高超的人滿場旋轉疾馳。就連在場邊搖鈴的聖誕老人也是黑人。在此之前她從未見過黑人聖誕老人，盯得太入神了險些失去平衡。

「這整個星期可能都會下雪。」女兒說：「對不起，媽。」

「妳有什麼好對不起的？天氣又不會聽妳的。」

「我知道，可是……我很希望天氣能為妳變好。」

她撥去茱德髮上的冰霰，說道：「這樣很好啊。好了，我們走吧。」

進了超市，燈光亮晃晃的，女兒推著推車緩緩跟在後面。德姿蕾抓起一把芹菜。她提議要做菜，其實是看了女兒家食物櫃的慘況才這麼堅持，因為櫃子裡除了冷食麥片和罐頭食物，別無其他。

「以前應該教妳做菜的。」她說。

「我會啊。」

「現在有太多聰明女孩都不會做家事了。」

「可是我會啊，瑞斯也會做菜。」

「哈，可不是。你們這是……叫什麼來著？」

「摩登（modern）。」

「摩登。」她重複了一遍。「他是個不錯的男孩。」

「可是？」

「沒有啦，他看起來很體貼。我只是不明白他為什麼不娶妳。他在等什麼，死神嗎？」

「那妳呢？」茱德說。

「我怎麼樣？」

「和早早啊。」

德姿蕾伸手拿起一顆甜椒，心下一驚，沒想到光是聽到他的名字便柔情頓生。她想念他。都這麼大年紀了，竟然還會想念他。她一降落明尼亞波利斯就給他打了電話。她從未搭過飛機，覺得自己勇敢得有如躍過月球表面。她本希望早早能一起來，但他表示想留在家裡陪她母親。德姿蕾這才意識到，留她一個人在家可能會有危險。

「唉，那不一樣。」她說。

「怎麼不一樣？」

「你們還年輕，難道不想一起過日子？把洋蔥給我。」

「我們是在一起過日子啊。」茱德說：「不必為了這個結婚。」

「我知道，我只是……」她暫停了一下。「我不希望妳害怕。因為我的遭遇。」

德姿蕾不想看女兒，便打量著一顆磕碰傷的番茄。她不願去想女兒可能目睹過的那些毆打場面，那愛情中的粗暴教育。茱德雙手抱住她。

「我沒有。」她說：「我保證。」

德姿蕾在他們的小廚房裡煮克里奧爾醬汁蝦配飯當晚餐。她攪動著燉鍋，一面環視公寓：不成套的餐椅、橘色雙人沙發、掛在牆上瑞斯拍的照片。他已經開始接《明尼蘇達每日星報》的案子，通常都是些簡單的工作，例如小聯盟賽事或是公司開幕。淡季時，他就接猶太教成人禮、婚禮和畢業舞會的工作。有時候他會在外面走動好幾個小時，直到指尖變紅，就為了拍攝湖面上如觸手般的結冰景象，或是抱縮在門口的遊民，又或是嵌在一堆雪泥中破舊的紅色連指手套。瑞斯討厭寒冷，但從未如此勤於工作。他一張照片賣兩百美元，希望能存錢買房子。

「我希望妳知道，我對妳女兒是認真的。」他對她說。

他看起來的確認真，屁股沾著沙發邊緣坐，雙手絞個不停，那副鄭重的模樣，她看了都想笑。她捏了捏他的手臂。

「我知道，寶貝。」她說。

剛搬回野鴨鎮時，她從未想過自己會來到這裡，坐在明尼蘇達州的一張舊沙發上，面對一個深愛她女兒的男人。一整個星期，她都和茱德一起走路到學校，看著一群整顆頭包到只剩下眼睛的學生，舉步維艱地跋涉而過，仍不敢相信女兒也是其中一員。她的小女兒已經走出世界，就像德姿蕾年輕時一樣。她內心仍隱隱盼望自己還有機會再來一次。

「好傻。」她在電話中對早早說：「我沒有理由再重來一遍，可是不知道，就是好奇，外面還有什麼呢？」

「一點也不傻。」他說：「妳想做什麼？」

她不知道，但她羞於承認自己想像離開野鴨鎮的畫面，他倆坐在他車上，沿著長路駛向未知。當然了，那只是幻想。她絕不會離開盧的店，現在不會，在母親仍需要她的時候更不會。

在明尼亞波利斯的最後一晚，雪重重落在屋頂上，德姿蕾打開百葉窗的一條縫往外覷。她手裡拿著瑞斯倒了餐後威士忌的咖啡杯，茱德在收拾碟盤。桌上鋪滿他拍的照片，全是他們在洛杉磯的生活快照。茱德的手放在他的後頸上，他則身子往前傾，指著他拍攝的洛杉磯各個不同角落。曼哈頓海灘碼頭、國會大樓如層層疊起的唱片、他們在聖塔芭芭拉看見的一隻座頭鯨、他們認識的人、拋下的朋友、派對上人擠人的房間。感覺好奇怪，透過女兒的眼睛，看一座只在電視上看過的城市。

「這是誰？」她問道。

她指著其中一張照片，在擁擠的酒吧裡拍的。她會注意到，全因為背景的一個金髮女孩，那女孩回頭咧嘴笑著，彷彿剛剛無意中聽到一個笑話。女兒將照片重新混入照片堆中。

「沒什麼，」她說：「就我們認識的一個女孩。」

當天晚上，女兒男友很有風度地說他去睡凹凸不平的沙發，他抱著枕頭毛毯離開時顯得有些不好意思，好像以為德姿蕾不知道她不在這屋簷下的時候，他倆之間是怎麼回事，好像以為她不知道，自己一離開，這兩個相愛的年輕人之間會發生什麼事，又會鬆多大一口氣，因為總算擺脫了這個老是逼問婚期的老太太。稍後躺在女兒身旁入睡前，她不斷想起照片中的金髮女孩。她不知道自己為何對她格外有印象。那女孩看起來就像加州人，或者是她想像中的加州人：身材苗條、古銅膚色、金髮、快樂。要不是太晚了，要不是再過一天就能見面，覺得自己一個勁兒地想打電話給早早實在太難為情，她真想打電話給他。她會問他：「你知道茱德會做這種事嗎？和白人女孩交朋友？這世界變了，對吧？你知道這世界變得多不一樣嗎？」

一九八六年，大西爾去世，早早是在布萊納醫師的診所看報紙才得知消息。他正陪丈母娘——或者應該說他已經視為丈母娘的婦人——等候看診時，翻了幾頁《皮卡尤恩時報》，忽然在「高利貸金主意外身亡」的標題底下看見一個男人的照片，細看才發現是打牌時起了紛爭而被人刺死。就某方面看來倒也死得其所，一生都在貸款收款的西爾，最後也死在錢字上頭。但同時也很沒面子，為了區區小錢丟了性命。報上說，四十塊錢。四十塊錢，媽的。當然，此時的早早已十分清楚，人會願意為多小的代價去殺人或去死。他看過更慘的景況，為了更少的錢冒更大的危險。然而，從冰冷的黑色墨跡得知西爾的死訊，仍令他感到愕然——原來西爾的本名叫科利夫頓．劉易士，他同樣震驚。

科利夫頓．劉易士縮寫C、L，音同西爾，原來如此。當布萊納醫師喊愛蒂兒的名字，他闔上報紙時猛然想到，西爾應該可以說是他交情最久的朋友了。

彼時他已經三個月沒替西爾幹活。「我真該替你辦個退休派對。」最後一次通電話時，西爾這麼跟他說：「你已經不是我最初認識的那個小伙子。你失去殺手本能了。」早早掛上電話，心知這只是激將法，西爾仍然需要他，那個老人不只一次告訴早早，說他是他所雇用過最出色的賞金獵人。換作以前，他的羞辱或許能奏效，但現在生活變了。早早已不再是年輕小伙子，他有責任，有一個心愛的女人，還有女人的母親，這也是他愛的人。有一次她開爐火要燒水煮咖啡，結果忘了，又回去睡覺，差點沒把房子燒個精光。那天他就去方特諾的店，買了一台「咖啡先生」咖啡機擺在廚房，並教愛蒂兒如何使用。但是自從那天早上之後，她再也沒煮過咖啡。於是當德姿蕾出門去盧的「蛋屋」開店門，他便起床為愛蒂兒煮一杯。如果他去替西爾工作，家裡有誰能做這件事呢？

他這輩子第一次找了一份真正的工作，在煉油廠。現在他每天去上班——像個正常男人，以前的愛蒂兒會這麼說——穿著連身工作服，左上方胸口繡了他的名字。「晚來的早早」，監工都這麼叫他，因為他是所有工人裡頭年紀最大的一個。德姿蕾負責關店的時候他就上早班，德姿蕾要開店的時候他就上晚班，兩個人的時間交叉輪流，好讓愛蒂兒不會有獨自在家的時候。

有一天早上，他帶愛蒂兒到河邊釣魚。燕子在頭頂上飛翔，窸窸窣窣穿梭在松林間。愛蒂兒往上一瞥，同時將毛衣拉裹得更緊。現在她都綁著兩條長辮，每天早上德姿蕾會替她梳頭，如果她得去開店，就由早早來。她在某個午後用毛線示範，教他如何綁辮子，他練習了一次又一次，不敢相信自己的手指也能做出如此精細的事。他很喜歡替愛蒂兒綁辮子的早晨。她會允許他這麼做，完全是因為她漸漸忘記一些事，而他也可以忘記她其實並不是他的母親。

「妳穿得夠暖嗎，愛蒂兒小姐？」他問道。

她點點頭，又把毛衣拉得更緊。

「德姿蕾說妳喜歡釣魚，真的嗎？」他問道。

「德姿蕾說的？」

「是的。我跟她說我們會替她帶一些魚回去，晚上可以煎來吃。聽起來不錯吧？」

她抬頭望著樹，一面絞手。

「我也應該去上工了。」愛蒂兒說。

「不用，太太。妳今天放假。」

「放一整天？」

她既驚訝又開心，以至於他不忍心說出她已經九個月沒去工作了。她幫忙打掃的那家白人最早留意到她記憶出現缺失：盤子收進錯誤的抽屜、衣服還沒乾就摺、罐頭豆子放進冰箱冷藏，而雞肉卻在食物櫃裡放到腐敗。

「唉，我老了。」她說：「你也知道這是怎麼回事，就是會開始忘東忘西。」

布萊納醫師說是阿茲海默症，情況會愈來愈糟。德姿蕾打電話告訴早早時，在電話裡哭了。他那天提早結束在勞倫斯的工作回去陪她。「不會有事的。」他邊說邊摟著她搖，但其實他無法想像若有一天面對德姿蕾，卻只看到一個陌生人的臉，還有什麼比這個更可怕？

「你是我兒子嗎？」愛蒂兒問。

他淡淡一笑，伸手去拿釣竿。

「不是的，太太。」他說。

「不是，」她跟著他說：「我沒有兒子。」

她心滿意足地又回頭去看樹，好像他剛剛為她解答了一個令人困擾的謎題。隨後她又瞄他一眼，幾乎顯得害羞。

「你該不是我丈夫吧？」

「不是的，太太。」

「我也沒有丈夫。」

「我就只是妳的早早。」他說：「如此而已。」

「早早？」她忽然笑起來。「這是什麼蠢名字？」

「我只有這個蠢名字。」

「我知道你是誰。」她說：「你是那個老在德姿蕾身邊晃來晃去的農場小子。」

他摸摸她的灰白髮辮末端。

「沒錯，」他說：「一點也沒錯。」

他們回到家時，有個白人女子坐在門廊上。

早早釣到兩條小小的石首魚，愛蒂兒看著魚在釣線上扭來扭去，覺得很開心。走在回家的路上，愛蒂兒勾著他的臂彎，嘴裡哼著歌，當他透過林間空地看見那個白人女子，不禁將愛蒂兒的手臂抓得更緊。以前郡府曾派一個女人來探查愛蒂兒的情況。一個陌生的白人女子在家裡面到處察看，確認居住環境是否合適，這讓德姿蕾覺得受辱。

「肯定是合適的。」她對早早說：「她都在這裡住了六十年！」

他想到政府人員到處刺探就覺得討厭，好像他倆沒有能力照顧一個記憶退化的女人，但人員的探視也會帶來補助，他們需要錢買藥、看醫生、付帳單。不過他還是不太樂意見到郡府來的女人。她會怎麼看他想必不令人意外。

他拍拍愛蒂兒的手。

「要是那位女士問起，我們就跟她說我是妳的女婿。」他說。

「你在說什麼？」

「那個在門廊上的白人女士啊。」他說：「是郡裡派來的。這樣說比較不會有麻煩。」

她將手抽離。

「胡說八道，」她說：「那不是什麼白人女士，那是絲黛兒。」

尋找絲黛兒的這些年，他曾想像她、夢見她，她在他眼裡變得愈來愈巨大。她比他聰明，很機靈，每次他一靠近就會扭轉脫身。可是這個「非白人女子」，這個絲黛兒·韋涅，看起來是那麼平凡，他一時喘不過氣來。她不像德姿蕾，即使當他靠近，絲黛兒轉身站起，他也不會將兩人搞混。她穿著海藍色長褲和皮靴，頭髮綁成馬尾，髮色烏黑，彷彿絲毫沒有留下歲月痕跡，不像德姿蕾，雙鬢已開始出現絲絲銀白。不只是穿著，還有她的姿態。很緊繃，猶如緊緊纏繞的吉他弦，顯得很害怕，但怕什麼呢？他嗎？是啊，也許她是應該害怕。他多想對她發火，因為每晚德姿蕾入睡時想的都是她，而不是他。

不過絲黛兒沒有看他。她注視的是她母親，嘴巴張得開開的，宛如喘著氣的鱒魚。愛蒂兒幾乎看都沒看她一眼。

「丫頭，來幫我們殺這些魚。」愛蒂兒說：「去把妳姊姊找來。」

母親精神失常了。

絲黛兒慢慢了解到這一點。接著隨她走過狹窄走廊到廚房去的時候，終於注意到有個陌生男子，正把魚從冰桶裡倒出來。她一直在想像如果回家來，母親會說些什麼，可能會生氣，甚至會打她耳光，但她始終沒想過這個畫面：剩下軀殼的母親在廚房裡忙進忙出，好像全副心思都只顧著準備晚餐，對絲黛兒毫不在乎，彷彿她只離開了二十五分鐘，而不是許多年。那個陌生男子跟在她後面，拿起一把她放下的刀，盡量讓她遠離火爐，最後說服她坐到桌邊等他為她煮一杯咖啡。

「你是德姿蕾的先生嗎？」絲黛兒問。

他低聲一笑。「可以這麼說。」

「不然你是誰？你跟我媽在一起做什麼？」

「妳幹麼這樣，絲黛兒？」母親遞給她一根湯匙，說道：「妳知道他是妳哥哥。」

他不可能是那個黑女孩的爸爸。他完全沒有她那麼黑。他看起來頭髮斑白，但體格健壯，像是那種會家暴的男人。

「這個情形已經多久了？」她說。

「一年吧，大概。」

「上帝啊。」

「丫頭，不要妄稱神的名。」母親說：「我可不是這麼教妳的。」

「對不起，媽。」她連忙說：「媽，我真的很對不起……」

「我不知道妳在說什麼，」母親說：「大概也不需要知道。開始處理那條魚吧。」

父親教過她怎麼殺魚。當時她下河，挨在他身邊奮力跋涉，河水嘩嘩地濺到她的膝蓋。德姿蕾走在前面，一步一步重重地踩著，父親說她會把魚全嚇跑。她們是他的雙胞胎精靈，跟隨著他在林間來去。釣魚總是讓德姿蕾覺得無聊，她會信步走開，找個地方趴下來做雛菊花圈，但絲黛兒可以陪他坐上幾個小時，文風不動，想像自己能看穿那混濁河水，看見所有在她腳趾四周洄游兜轉的生物。之後，他會向雙胞胎示範如何清理抓到的魚。把魚放平，刀子劃入魚腹，然後呢？她不記得了。她好想哭。

「我不會。」她說。

「妳只是不想弄髒妳的手。」母親說：「德姿蕾！」

「她去工作了，愛蒂兒小姐。」男子說。

「工作？」

「去鎮上。」

「那得有人去找她啊，她會錯過晚餐時間。」

「絲黛兒會去找她。」男子說：「我就待在這裡陪妳。」

他伸手摟住她母親的肩膀，護著她。保護她不被我傷害，絲黛兒察覺了，輕輕將刀放下。她跨出前門廊，凝視樹林。直到走過了泥土地，她才赫然驚覺不知道該往哪去。

關於人們後來所謂韋涅家的「懇親會」，首先是現場沒有真正的目擊者。午餐到晚餐之間的時段，盧的「蛋屋」裡總是空無一人，茱德也都在這個時間從學生活動中心打電話來。德姿蕾很喜歡這些嘈雜的通話，雖然茱德的口氣老是匆匆忙忙，急著要去上課或去實驗室。那天下午，她試圖哄德姿蕾再去找她。

「妳知道我走不開。」德姿蕾說。

「我知道。」茱德說：「我只是很想妳，有時候也擔心妳。」

德姿蕾嚥了口口水，說道：「別這樣，妳在那裡好好過妳的日子，這是我唯一的希望。妳不用擔心我，媽媽不會有事。」

她沒聽到門邊的鈴鐺聲，直到掛斷電話才吃了一驚。她到裡面去接電話時，餐館裡只有馬文・連德利一人。他一過中午從沒清醒過，是戰爭的後遺症，那天下午醉得尤其厲害，整個人癱軟在後側的雅座，外套裡面放了一瓶七百五十毫升裝的威士忌。德姿蕾放在他面前的火雞肉三明治碰都沒碰，就連絲黛兒進門時他也沒醒過來，因此沒看見她在門口駐足，放眼環視餐館裡剝離的亞麻地板、撐破了皮墊的高腳椅、在角落裡打盹的無業遊民，也沒聽見德姿蕾從裡間高喊：「馬上來！」

他肯定沒看見德姿蕾從廚房出來，重新繫上圍裙。而她根本沒注意他，因為她一轉身，兩眼就直勾勾地盯著絲黛兒。

德姿蕾「噢」了一聲，這是她唯一想到能說的話。噢。與其說是話，倒不如說是聲音。她鬆開了繫繩，圍裙貼著她徒然地啪啪翻飛。隔著櫃台，絲黛兒面帶微笑卻淚水盈眶。她往前跨了一步，但德姿蕾舉手制止。

「不要。」她強嚥下怒氣。絲黛兒就站在她面前，毫無預警地出現，沒有道歉。德姿蕾好不容易放她走了，她才回來。絲黛兒身上那件上衣的顏色，後來她有時記得是乳白色，有時記得是骨頭色，總之看起來好像從沒沾過污漬或發皺，小小的珍珠鈕釦，一只閃亮的銀手鐲，沒有婚戒的手緊握成拳，有時絲黛兒緊張的時候會這樣，而現在她很緊張，對吧？以前和德姿蕾在一起，她從不緊張。但她怎能不緊張呢？都這麼多年了，她哪來的膽子竟敢再次露臉？竟敢期望能受到歡迎？德姿蕾腦中的思緒紛亂，幾乎難以釐清。絲黛兒的微笑已逐漸退去，但仍然又往前了一步。

「我不是開玩笑。」德姿蕾的聲音低低的，語帶威脅。

「原諒我。」絲黛兒說：「原諒我。」

她繞過櫃台時，嘴裡仍重複著這幾個字。德姿蕾想推開她，但絲黛兒拉著她，然後兩人推拉掙扎、互相擁抱，德姿蕾筋疲力盡、低聲嗚咽，絲黛兒臉埋入姊姊的髮間祈求原諒。以下是馬文告訴所有人，說他後來清醒時看見的情景：眼前的盤子上放了一份火雞肉三明治，還有一罐冒出水氣的可樂，櫃台後面，德姿蕾．韋涅和自己抱在一起。

現在的她不一樣了。

雙胞胎各自心中都閃過同樣的這句話。德姿蕾，看著絲黛兒拿刀叉的姿勢，幾乎毫不廢力。絲黛兒，注意到如今德姿蕾是多麼自信大膽地在廚房裡走動。德姿蕾，看著絲黛兒揉捏自己的頸子，姿態顯得無比疲憊，令她驚愕。絲黛兒，聽著德姿蕾與母親說話，聲音溫柔且具撫慰作用。而與此同時，對愛蒂兒來說，這對雙胞胎就和以前一樣。時間逐漸地崩塌延展，這對雙胞胎既相異又相同。在那張餐桌旁有可能坐了五十對雙胞胎，每個座位都坐著她們最後一次交談後，各自成為的人：一個飽受毆打的妻子和一個閒得發慌的妻子，一個女侍和一個教授，各個女子之於彼此都是陌生人。

然而，事實上只有雙胞胎二人，中間坐著早早。看著絲黛兒一絲不苟地切魚肉，他忽然覺得自己根本不了解德姿蕾，或許要了解她們其中一人就必須了解另一人。晚餐過後，他收拾餐盤，兩姊妹則來到外面的前門廊上，德姿蕾拿著一瓶積滿灰塵的琴酒，是在食物櫃深處找到的。她直接把酒帶出來，也不知道絲黛兒喜不喜歡喝，不過絲黛兒的目光飄向酒瓶，隨即又飄回來與她對看，德姿蕾感覺到一種令人悸動的默契。她偷偷把酒拿到外面，絲黛兒尾隨而出。

「妳們別待太晚。」母親喊道：「明天還要上學呢。」

此時她們悠然地將酒瓶遞過來遞過去，小口小口啜著那陳年琴酒一面皺臉，那是莫麗・韋涅送的新婚禮物。狄奎爾家的人大為憤慨——你那丈母娘送這是什麼禮物！——也不知怎地，多年後這瓶備受爭議的酒竟被遺忘了。德姿蕾啜一口，然後換絲黛兒，兩人展開一種輕鬆的節奏。

「妳現在說話都不一樣了。」德姿蕾說。

「什麼意思？」絲黛兒問。

「就像這樣。**啥麼意思？**妳是怎麼學的？」

絲黛兒頓了一頓，然後微笑道：「電視。我常常一看就好幾個小時，就為了想學會他們說話的腔調。」

「上帝啊。」德姿蕾說：「我還是不敢相信妳會這麼做，絲黛兒。」

「不是很困難。妳也做得到。」

「妳不想讓我做，妳丟下我了。」天哪，德姿蕾真恨自己這種受傷的口吻。過了這麼多年，還像個被拋棄在遊戲場上的小孩一樣哭哭啼啼。

「不是那樣。」絲黛兒說：「我認識了一個人。」

「妳做這些就為了一個男人？」

「不是為了他。」她說：「我只是很喜歡和他在一起時的自己。」

「白人。」

「不，」絲黛兒說：「是自由。」

德姿蕾笑說：「還不是一樣，寶貝。」她又喝了口琴酒，用力吞下。「他是誰？」

絲黛兒再次停頓。

「桑德茲先生。」過了半晌才說。

德姿蕾情不自禁地笑起來。她已經好多個星期，甚至好多年沒這麼笑過，笑到最後，絲黛兒也跟著笑，並一把搶過她手裡的酒瓶喝了一口。

「桑德茲先生？」她說：「妳那個老闆仁兄？妳跟他跑了？法拉說……」

「法拉．席波多！我好多年都沒想起她了。」

「她說看到妳跟一個男人在一起……」

「她後來怎麼樣了？」

「不知道。已經好幾年前了……她嫁給一個議員……」

「政治人物的老婆！」

「妳相信嗎？」

姊妹倆大笑著，再次像從前一樣你一言我一句，隨著瓶中酒一路聊下去。德姿蕾留意著母親的動靜，就像青少年時期兩人在門廊上抽菸時那樣。此時她已經微醺，甚至不知道時間多晚了。

「妳是怎麼辦到的？」她問道：「這麼多年的時間。」

「我不得不撐下去。」絲黛兒說：「一旦有了家庭，有了依靠妳的人，就沒有回頭路了。」

「妳本來也有家庭。」德姿蕾說。

「唉，我不是那個意思。」絲黛兒轉開頭，說道：「有孩子是不一樣的，這妳也知道。」

但到底有什麼不一樣？姊妹比女兒更容易擺脫、母親比丈夫更容易擺脫？是什麼原因讓她能如此輕易拋棄他們？但她當然沒問。不時回頭以防母親逮到她喝酒，已經夠讓她覺得幼稚，要是再問這個問題，她會更覺得自己幼稚。

「所以家裡有妳和桑德茲先生……」

「卜雷克。」

「妳和卜雷克和……」

「我們有個女兒。」絲黛兒說：「叫甘乃荻。」

德姿蕾試想像她的模樣，但不知何故，只能想到一個端莊文雅的白人小女孩端坐在鋼琴椅上，兩手規規矩矩地疊放在腿上。

「那她是什麼樣子？妳女兒。」德姿蕾問道。

「倔強。迷人。她是演員。」

「演員！」

「她在紐約演一些小戲劇，不是百老匯那類的。」

「還是了不起，」德姿蕾說：「演員耶。也許下次妳可以帶她來。」

見到絲黛兒移開視線，她就知道自己說錯話了。只是一個小小眼神，但德姿蕾讀得出來。當她們的目光再度交會，絲黛兒眼中已充滿淚水。

「妳知道我不能。」她說。

「為什麼？」

「妳女兒……」

「她怎麼了？」

「她找到我了，德姿蕾。在洛杉磯。所以我才會來。」

德姿蕾嗤之以鼻。茱德怎麼可能找到絲黛兒？她女兒，一個大學生，在洛杉磯那樣的大城市與她巧遇？就算女兒真的不知以什麼方法找到了絲黛兒，也會告訴她的。她絕不會向她保守這樣的祕密。

「她沒有告訴妳。」絲黛兒說：「我不怪她。是我太狠。我不是故意的……我好害怕，無緣無故冒出一個女孩，說她認識我。她一點也不像妳，這妳也知道。我該作何感想呢？沒想到她找到了我女兒，把我的事、野鴨鎮的事全告訴她了。然後她又突然再次出現在紐約……」

德姿蕾手一推，離開了門廊階梯。她得給茱德打電話，不在乎時間已經不早，她有些醉意，還有，絲黛兒正奇蹟似地坐在她家的門廊上。但絲黛兒抓住她的手腕。

「德姿蕾，拜託妳。」她說：「妳好好聽我說，好好講理……」

「我一直很講理！」

「她絕不會罷休的！妳女兒會不斷把真相告訴我女兒，現在一切都太遲了。妳還不明白嗎？」

「就是啊，真是世界末日了。竟然讓妳女兒發現自己不是那麼純白無瑕……」

「我騙了她，」絲黛兒說：「她永遠不會原諒我。妳不明白，德姿蕾。妳是個好媽媽，我看得出來。

妳女兒愛妳，所以才沒有跟妳說我的事。但我並不稱職，我花太多時間隱藏……」

「因為這是妳的選擇！是妳想要的！」

「我知道。」絲黛兒說：「我知道，但拜託妳，拜託了，德姿蕾。不要奪走她。」

她彎身掩面哭泣，整個人疲憊不堪，德姿蕾於是回到她身旁的階梯上，伸出手臂攬著她的肩膀，凝視她的後頸，假裝沒看見從黑髮中露出來的幾根灰髮。她總覺得自己是姊姊，儘管只早生了幾分鐘。但也許就在她們第一次分離的那七分鐘內，早已各自都度過了一生，各走各的陽關道，也將各自發覺自己會是什麼樣的人。

一開始，早早在韋涅家怎麼也睡不著。那種舒適感讓他心神不寧。他習慣睡在星空下或蜷縮在車上或躺在硬邦邦的監獄床上。又或者再更早以前，和八個兄弟姊妹擠在松蘿填充的床墊上，他已不記得他們的名字，更遑論長相。大床、自製棉被與床頭板，這些他不習慣；儘管那個雕刻床頭板的男人如今已無人提起，仍留存在所有家具中。起初，他會與德姿蕾同床共枕，躺在不會漏水的屋頂下逐夢無望。有時候只好在凌晨三點，下床到屋前來回踱步抽菸，感覺好像被屋子給趕了出來。還有時候，他會在門廊上睡著，直到次日清晨被德姿蕾絆到才醒來。

「他好像隻野狗。」他曾聽到愛蒂兒這麼對她說：「你給他一張舒服的床，他還是覺得睡地上好。」

她沒說錯。他畢竟是個獵人，天生不適合軟衾敞椅。只有當鼻子緊貼著獵物的形跡路徑，他才覺得像自己。因此第二天清早，聽到絲黛兒悄悄走出前門，他也跟了出去。

「這麼早就去搭火車。」他說。

她嚇了一跳，手上的小袋子險些掉落。被他撞個正著，她面露羞愧。

「我得回家了。」她說。

「這樣離開不對吧。」他說：「連聲再見都沒說。」

「只能這樣了。」她說：「要是得跟她說再見，我絕對離不開，但我必須走。我必須回到我的生活。」

他明白。他不知為何就是明白。也許他父母也只能以這種方式丟下他，假如和他道別，他會大哭大鬧，抱著他們的腿不放。他絕不會讓他們走。

「需要載妳一程嗎？」他問道。

她瞄向陰暗的樹林，點點頭。他帶絲黛兒到停車處。提議載她不是出於好意，而是因為德姿蕾愛絲黛兒，愛就是這麼回事，不是嗎？情感轉移，只要靠得夠近就會躍上身來。他載著絲黛兒經過巴士站，直接來到火車站。她坐在破舊老爺車前座，兩手緊抓著腿上的袋子。

「我從來不想這樣。」她說。

他哼了一聲。她下車時，他也不想看她，不想當唯一一個與她道別的人。他當下就知道回家以後，他會對德姿蕾撒謊，會假裝沒聽到絲黛兒一步步走過走廊。同樣地，當絲黛兒將婚戒塞入他手裡，他就知道自己絕不會告訴德姿蕾。

「賣了它。」她說道，眼睛沒看他。「好好照顧媽媽。」

他本想將戒指交還，但絲黛兒已經下車了，走進火車站，消失在玻璃門後面。那枚鑽石戒指握在手心裡冰冰涼涼。他不知道這種東西能值多少錢，數星期後請人估了價才確定。那個光頭白人用放大鏡盯著戒指看，然後帶著警戒回瞪早早，問他戒指是怎麼來的。家傳的，早早告訴他。和大多數事實一樣，聽起來有點假。

那天早上德姿蕾醒來，手伸向床的另一邊卻只摸到空氣。她並不驚訝，但摸著床上的空位她還是哭了出來。前一晚，她在妹妹身邊入睡，兩個女人擠在一張太小太小的床上。絲黛兒睡她的老位置，德姿蕾則睡她多年來睡的這邊。好幾個小時下來，她們都醒著，在黑暗中喁喁細語，直到視線都模糊了，還是沒有人想先闔上眼睛。

絲黛兒回野鴨鎮的一個月後，女兒終於打電話回家，宣布她要搬回加州。她和法蘭茲的事——果然像她不是嗎？把一段嚴肅的關係叫作「事」——已經順其自然發展，她的錢在歐洲全花光了，心已經不在音樂劇上。她說了幾個不同藉口，但絲黛兒聆聽著，心幾乎跳到喉頭，她不在乎原因，甚至不在乎女兒沒說她想回父母身邊來，說她想他們。自己回家一趟，如今女兒也要回家來了。這兩件事當然無關，但她心裡做了連結，一個返家誘發了另一個。她取消下午的課，到洛杉磯國際機場去接甘乃荻。她正拖著一只笨重的行李箱走過航廈，變瘦了，還剪了頭髮，波浪金髮只到脖子的一半。

絲黛兒一把將她擁入懷裡，擁抱得太久了，不禁引得行李輸送帶旁等候的人側目。

「妳還好吧？」女兒問：「看起來不太一樣。」

「怎麼不一樣？」

「不知道。疲倦。」

過去一個月她都無法安眠，每回一閉眼就會看見德姿蕾。

「我沒事。」她抓著甘乃荻的手說：「只是因為妳回來，我太高興了。」

「妳的戒指呢？」女兒問。

她差點又說謊。如今竟然說謊成自然了，這令她心驚。當時從野鴨鎮回家後，為了二十多年來戒指第一次離手，她向卜雷克編了個故事，現在差點也用同樣說詞回覆女兒。說她工作時脫下戒指洗手，想必是放在員工廁所的肥皂碟上忘了拿，雖然問遍了她能找到的所有工友，卻都沒人看見。看她顯得那麼心煩意亂，到頭來他只好安撫她。

「沒關係啦，黛兒，」他說：「反正也該升級了。」

他到她最喜愛的珠寶店訂做了一枚新戒指。一個謊言得到第一枚戒指，另一個謊言得到第二枚。她永遠無法對丈夫百分之百坦白，但不知為何，站在機場內的她實在無法再次對女兒說謊。或許是她已心力交瘁，或許是女兒終於回家讓她鬆了口氣，也或許在拉過笨重的行李時，她心知女兒血液中也有逃跑的基因。她永遠會感覺到一股逃走的衝動在拉扯自己，除非絲黛兒向她解釋，否則她永遠無法了解原因。她的女兒，將會是她一生中真正了解她的唯一一人。

她抓著行李箱拉柄，直瞪著破舊的地毯。

「我送給我姊姊了。」她說：「她比我更需要。」

甘乃荻停下腳步，說道：「妳姊姊？妳回去了？」

「好了，親愛的。」絲黛兒說：「我們可以上車聊。」

塞車會是個噩夢。早在上四〇五號公路龜速前進之前她就知道。保險桿連著保險桿，放眼望去全是紅色車尾燈。剛搬到洛杉磯時，她覺得塞車景觀挺美的。那麼多人要往各個地方去。她本來很怕開車上高速公路，但一抓到訣竅後，便會在白天獨自開車出門去享受那種平靜。她喜歡注視無雲的天空，前方高聳的淺藍群山。還在襁褓中的小女兒固定在後座，跟著收音機咿咿呀呀。

「妳想問什麼都可以。」她握著方向盤說：「可是到家以後……」

「我知道，我知道。」女兒說：「我什麼都不能說。」

「談這個我覺得很痛。」她說：「妳明白嗎？但我希望讓妳了解我。」

女兒轉過頭去，望向窗外。她們離家不遠，但這是洛杉磯，十八公里的路程便足以道盡一生。

十七

他們將死者取名為佛萊弟。

他年方二十一，身高一米九，體重八十二公斤，死於心臟肥大。在一些較陰沉病態的時刻，實驗室的人會叫他「亡者佛萊」。在明尼蘇達大學，所有醫學院學生都會給解剖的屍體取名。教授們說這樣能將死亡人性化，能為沒有尊嚴的死亡過程、為沒有尊嚴的「科學過程」保留尊嚴。當民眾想像將遺體捐作教學研究用，心裡想到的是，一群二十多歲的年輕人穿著白袍，開玩笑地進行腦力激盪為死者起名，每年至少會有一組學生懶得動腦，直接以莎士比亞筆下象徵死亡的約瑞克來命名，然後就動手了。說也奇怪，取名佛萊弟讓茱德感覺與屍體疏遠些。那不是真名。他無論死活都是另一個截然不同的人，除了病歷表上填寫的細節外，他們不會知道更多。其實他幾乎沒有真正活過，如今躺在他們地下實驗室的解剖台上，說不定還能過上一段較有趣的人生。

一旦適應了氣味後，茱德頗喜歡解剖屍體。她不覺得不舒服，無需藉由玩笑來掩飾，也從未在看見死屍時感到噁心。聽課令她生厭，進了實驗室卻能全神貫注，每當教授找志願者，她總是第一個抓起解剖刀。人都活在大致上不可知的軀殼內，有些關於你自己的事，你永遠無法得知，在你死前誰都無法得知。她對解剖的奧祕與挑戰深深著迷，必須尋找小到難以找到的神經，簡直有如一場小小尋寶遊戲。

「好噁心啊，寶貝。」瑞斯會說。每當她身上帶著甲醛味回家，他總會緊張地躲開，要她先洗澡才能親他。他不想她摸完死人以後又來摸他。瑞斯向來比她多感，至少她是這麼想，直到那天下午母親來電說外婆去世了。她站在沒有窗戶的辦公室裡，電話貼在臉頰。那個學期她當助教，分配到一間辦公室卻鮮少使用，因此只有瑞斯和母親知道這裡的電話，以防緊急狀況。聽到母親的聲音時她驚愕不已，一時沒想到她會打電話來只有一個原因。

「妳也知道她病了。」母親試著安慰她，也或許只是想緩和她的震驚。

「我知道。」茱德說：「但還是……」

「沒有太痛苦。她直到最後都帶著微笑跟我說話。」

「妳沒事吧，媽？」

「唉，妳了解我的。」

「所以我才問啊。」

母親輕笑一聲，說道：「我沒事。總之呢，葬禮是星期五，我只是想跟妳說一聲，我知道妳學校裡忙……」

「星期五？」茱德說：「我會回去……」

「等等。妳不必大老遠地飛回來……」

「我外婆死了。」茱德說：「我要回家。」

母親沒有再進一步試圖打消她的念頭，茱德暗自感激。通知外婆死訊時，她已經表現得一副造成女兒不便的樣子。母親到底以為她在過什麼樣的生活，不能因為這種消息中斷一下？掛電話後，茱德走到外面的走廊上。學生嘰嘰喳喳地從旁經過，一個生物系的朋友拿著咖啡朝她擺擺手便鑽進休息室裡，有個瘦小的橘髮女孩將一張綠色的示威活動海報釘到公布欄上。死亡便是這麼回事，只有特定的人感到傷痛。廣義來說，死亡是背景雜音，她就站在那片寂靜當中。

西好萊塢成墳場了，巴瑞上次來電時這麼說。每一天，都有一長串新的瀕死名單。有些是你多少熟識的人，例如哲瑞，「迷幻」裡倒酒很豪氣的那個金髮酒保。他會眨個眼，然後拿起琴酒瓶往你的杯子裡倒，好像在暗示對你特別優待，他可不是對每個人都這麼慷慨。他的告別式在鷹岩區舉行。另外有一些故人或死對頭，例如李卡多，藝名葉西卡，這位變裝皇后在舞會上鋒頭壓過巴瑞的次數之多，巴瑞死都不肯承認。他要求死後火化，骨灰撒入大海時，巴瑞就站在曼哈頓海灘岸邊。此外還有你愛的人。魯伊斯剛住進善良撒馬利亞人醫院，茱德打電話去的時候，他一再說有個護士告訴他，巴比．甘迺迪也是在那裡去世的。

「妳相信嗎？」他說：「總統耶，總統死在這裡。」

她不忍心告訴他，巴比．甘迺迪始終沒當上總統。他是在競選期間去世的，一個前途無量的年輕人。

「也沒多年輕，」她後來打給巴瑞，他這麼回道：「都四十幾了。」

「這樣還不年輕？」她說。

他沒應聲，她真後悔自己多嘴。

每到週末，她會參加社運人士辦的一些慷慨激昂的集會，試圖以請願、連署與示威活動喚醒麻木不仁的政府的羞愧感。她志願與一群學生在明尼亞波利斯市中心區發放保險套與乾淨針頭，去探訪沒有親人的病患，為他們送雜誌和撲克牌。她經常想到死亡，但唯獨到了外婆過世那天下午，她才發現自己沒辦法碰屍體。說來荒唐，但她甚至無法正眼看他，不斷想像著已無生氣的外婆躺在某處的停屍台上。嬤嬤絕不會將遺體捐作研究用，她不會想讓陌生人碰她，何況她是天主教徒，依然相信死後火化是一種罪。到了最後審判日，她的肉體將會復活，因此她必須保持完整。

「用一個舊松木箱把我裝起來埋在後院就好了。」嬤嬤經常這麼說。這是幾年前外婆開始察覺自己生病時的事。她記憶力慢慢消退，猶如潮來潮去。

那一整年，茱德讀遍了她所能找到關於阿茲海默症的書。她拚了命研究這個疾病，彷彿了解它以後就會起什麼作用。但當然沒有。她只是一年級學生，而且想當的是心臟科醫生。心臟是她了解的一塊肌肉，大腦卻令她惶惑。然而她還是到醫學院圖書館借書，盡可能地閱讀。外婆的大腦裡面，蛋白片段在神經元之間硬化成斑塊，大腦組織萎縮，海馬迴的細胞退化。最後當病變擴及腦幹，外婆就會失去處理日常事務的能力，失去判斷、控制情緒和語言的能力。她將無法自行進食，會認不得人，會控制不了身體的功能。會失去記憶。會失去自我。

「妳別浪費那麼多時間在我身上。」外婆曾說過：「到時候我人不在了，什麼也看不到。」

她不在乎自己入殮的棺木，不在乎墓碑上刻什麼經文，也不在乎用什麼花裝襯。但是不能火化，絕對不能。這點她異常堅持。茱德從未強迫她，但她其實不明白，假如上帝能重組腐敗的骨骸，為什麼就不能讓骨灰重生？不過她也不想去想像那個畫面：外婆被燒盡，骨屑與皮屑紛亂倒進甕中。她提早離開了實驗室。

到家時，瑞斯正在爐子上攪湯。他沒穿上衣，光著腳，穿著牛仔褲。最近他經常不穿上衣，不知道的人會以為他們生活在邁阿密的小屋，而不是天寒地凍的北方。

「你會得肺炎的。」她說。

他聳聳肩微微一笑。「我剛洗完澡。」

他頭髮還是濕的，肩上布滿細小水珠。她雙臂環抱住他的腰，親吻他微濕的背。

「我外婆死了。」她說。

「天哪。」他轉身面向她。「真替妳難過，寶貝。」

「沒關係。」她說：「她病很久了……」

「那也一樣啊。還好嗎？妳媽媽呢？」

「她沒事，大家都沒事。葬禮在星期五。我想回去一趟。」

「那是當然。應該回去的。妳怎麼沒打給我？」

「不知道，我其實腦子一片空白，連屍體都不敢看。很蠢吧？我是說，以前就知道那是屍體了，今天又有什麼不同？」

「這是什麼話？」他說：「今天當然不同。」

「我跟外婆其實沒有那麼親近。」

「無所謂，」他說著將她拉進懷裡。「親人就是親人。」

那天下午，在柏本克的一輛化妝車上，電話鈴響了七聲，髮型師才猛地抓起話筒，然後又猛地塞給坐在椅子上的金髮女子。「我可不是妳的私人祕書。」他遞過話筒時故意說給她聽。他不知道這個有才華的演員——儘管不合他的口味，但她確實有才——為什麼就不能尊重他的時間，為什麼老是遲到，為什麼不叫那個不停打電話來的跟蹤狂男友還是誰的，晚一點再來煩她。她跟他說她沒在等電話，卻還是起身去接，頭髮刮鬆到一半。數十年後，她在網路上看見畫質糟糕的《太平洋小灣》片段時，那髮型還真教她無地自容。

「喂？」她說。

「我是茱德。」對方說道：「妳嬤嬤死了。」

可笑的是甘乃荻第一個想到的是父親的媽媽，而她在她小時候就去世了，那是她參加的第一場葬禮。令她亂了方寸的是那個「妳」，不是「我們」。她的嬤嬤，從未見過的那個，也再見不到了。死了。她靠在櫃台邊，摀住雙眼。

「我的天哪。」她說。

髮型師感覺到電話另一頭的悲慘氛圍，便暫時離開。終於能獨處的甘乃荻拿起一包菸來。她一直試著要戒掉這個習性，母親好不容易戒掉了，現在一天到晚叨念她。有時候她告訴自己，她會在轉眼間就戒掉，丟掉手裡的每一包菸。之後又總會發現零星幾根藏在抽屜裡、在車上的手套箱裡，是為了未來的自己預藏起來的。說真的，她覺得自己好像毒蟲，只有在戒的時候會感覺已經上癮。但她可以晚一點再戒。外婆都死了，值得她抽根菸吧？

「妳這個醫生的說話方式真的應該加強一下。」她說。

她想像著茱德在另一頭面露微笑。

「抱歉，」她說：「我不知道還能怎麼說。」

「妳媽媽怎麼樣？」

「應該還好吧。」

「唉，真的很遺憾，不知道該說些什麼。」

「妳什麼都不用說。她也是妳外婆。」

「那不一樣。」她說：「我不像妳跟她那麼親。」

「總之我還是覺得應該讓妳知道。」

「好，我知道了。」她說。

「妳會告訴她嗎？」

甘乃荻笑說：「我什麼時候跟她說過任何事情了？」

比方說，她就沒告訴母親她仍和茱德保持聯絡。不是很密切，但是夠頻繁了。有時候甘乃荻打給她，在答錄機上留言，每次都會說：「嘿，茱德。」因為知道她會很受不了。有時候則是茱德先打來。她們的對話總是像這次這樣，說說停停、有點火藥味、親密熟悉。從來不會聊太久，從不計畫碰面，偶爾通話感覺說不出的敷衍，好像將手搭在對方手腕上感受脈搏，互相搭脈幾分鐘，然後鬆手。

打電話的事她們都沒有告訴母親。這個祕密她們會保守到那對雙胞胎各自走到人生終點。

「也許她會想知道。」茱德說。

「相信我，她不會。」甘乃荻說：「妳沒有我了解她。」

祕密是她們會說的唯一語言。母親藉由說謊表達愛，現在換甘乃荻這麼做。她後來再也不曾提過葬禮上拍的照片，雖然她一直保留著雙胞胎那張褪色照片，在外婆去世的當晚拿出來細細端詳，但誰也沒說。

「我一點也不了解她。」茱德說。

那天深夜在床上，茱德要求瑞斯和她一起回去。

她的食指順著他的濃眉和鬍子劃下來，鬍子已經太久沒刮，她都開始喊他伐木工了。他在變，一直都在變。現在的他下巴變尖了，肌肉變結實了，手臂上的毛更濃密，每次走過地毯都會嚇到她。他甚至連氣味也變了。她搬到明尼蘇達前夕兩人鬧分手，自那時起，他的每個細小變化她都注意到了。當時他不想拋下洛杉磯的生活，不想隨她到中西部，像個累贅似地牽絆著她。他對她說，總有一天當她醒來，會赫然驚覺沒有他的日子好多了。

整個春天，他們慢慢地、一點一滴地分手，吵個小架、和好、做愛，然後再全部重來一遍。有兩次她差點就搬去巴瑞家，她告訴自己，既然遲早要分，還不如當機立斷。可是在真正搬走前，每天晚上，她還是睡在瑞斯床上。不管在其他什麼地方，她都睡不著。

那年的第一場雪下得出乎意料地早，萬聖節便已驟下細雪。她從明尼蘇達大學穆斯樓的窗口望出去，喬裝打扮的大學生匆匆走過。她想到當年那個擁擠的派對上，她的牛仔坐在沙發那一幕，不禁再次強忍淚水。那天晚上，瑞斯戴著黑色毛線帽，滿身雪花站在她宿舍門外，肩上背了一只帆布袋。

「該死，」他說：「有時候我真的蠢到不行，妳知道吧？」

在大學裡，她結識了一位內分泌科的黑人醫師，願意為瑞斯開睪酮素處方。他們每個月都得省吃儉用才能負擔得起，不過街頭買的藥會讓他的肝報銷，夏拉醫師這麼說。她直言不諱但口氣和藹，一邊在拍紙簿上疾書一邊對瑞斯說，他讓她想起兒子了。

此刻躺在床上面對面，茱德親吻他閉合的眼皮。

「你覺得呢？」她問道。

「真的嗎？」他說：「妳希望我去？」

「要是沒有你，我覺得我無法回去。」

她十八歲愛上他。這三年來，幾乎沒有一天晚上不與他同床共眠。她還曾在紐約一間昏暗骯髒的旅館房中，慢慢為他解開繃帶，當清涼空氣吻上他的新肌膚時屏息以對。

阿茲海默症會遺傳，也就是說德姿蕾永遠都要擔心自己會得。於是她開始玩填字遊戲，因為曾看過某本女性雜誌裡寫道，大腦益智遊戲有助於預防記憶衰退。

「妳得多動動腦。」她這麼對女兒說：「就像運動其他肌肉一樣。」

女兒不忍告訴她，大腦其實不是肌肉。她盡可能參與母親的填字遊戲，同時想到如今不知人在何處的絲黛兒，已經開始遺忘了。

茱德的家鄉小鎮已經不存在，而它從來也不是個真正的鎮，但景物依舊。她坐在早早的貨車上望向窗外，他到拉法葉來接他們的時候，她看到這輛車還吃了一驚，本以為還是那輛 El Camino。「那輛車都比妳老了。」早早笑著說：「不得不報廢。」他身穿煉油廠的連身工作服也嚇了她一跳，早早竟然會穿制服。他和瑞斯握手，然後將她拉入懷中，親吻她的額頭。他的鬍子刺刺扎扎的，一如她記憶中的感覺。

「看看妳，」他說：「都長這麼大了，簡直不敢相信。」

他外表依然健壯，只不過頭髮已開始轉灰，銀絲悄悄爬上雙鬢，間或夾雜於鬍子當中。她以此揶揄時，他笑著摸摸下巴。「我要把它給剃了。」他說：「寧可有張娃娃臉，也不要像個聖誕老人。」

「媽媽還好嗎？」她問。

他將棒球帽往後抬，揩一下額頭。

「噢，她還好。」他說：「妳也知道妳媽那個人，很堅強，她會熬過去的。」

「我要是在就好了。」她口中這麼說，卻沒有把握是否真的這麼想。其實和外婆在一起時，她總是不知道該說些什麼。但她希望能陪著母親，根本不該讓她獨自承受。外婆臨終前本該有兩個女人在病榻邊安慰她，一人各站一邊各執一手。

「沒關係。」早早說：「妳也幫不了什麼忙。妳現在來了，我們一樣高興。」

她捏捏瑞斯的大腿，他也回捏她的。他瞪著窗外，雙唇微張。她知道這是他懷念的景色，不是加州日光斑駁的海灘或城市裡結冰的人行道，而是鄉間綿延不斷的褐色平地連接著遼闊森林。白色狹長小屋出現了，與她記憶中一模一樣，只是有點不對勁，因為外婆沒有坐在門廊上迎接他們。她的死亡如浪潮般湧來，不是滔天巨浪，而是一波波海水規律地輕拍她的腳踝。

兩吋高的水可能使人溺斃，或許哀傷也是一樣。

晚上，她幫忙母親準備餐點。早早要去葬儀社做最後的打點，並帶了瑞斯同行。她望向廚房窗外，看著這兩個男人上車，不由得納悶他們到底能有什麼話題可聊。

「你們過得還好嗎？」母親問道：「他對妳好嗎？」

德姿蕾沒有看她，而是彎身從烤箱拉出裝著甘藷的烤盤。

「他愛我。」茱德說。

「我問的不是這個。那是兩碼子事。妳以為人不可能傷害他們愛的人嗎？」

茱德剁著芹菜準備做馬鈴薯沙拉，內心又湧現那股熟悉的愧疚感。她得知絲黛兒的消息長達四年，卻一字未吐，萬萬沒想到絲黛兒會主動現身，也沒想到母親會在某天早上來電，忍著淚水，揭穿她的謊言。她不停地一再道歉，儘管母親說原諒她了，她卻知道她們之間已經出現變化。在母親眼中她已長大，不再是她的女兒，而是另外一個擁有自己祕密的女人。

「妳覺得……」她欲言又止，隨手將切好的芹菜刮入碗中。「妳覺得爸爸愛妳嗎？」

「我覺得每個傷害過我的人都愛我。」母親說。

「妳覺得他愛我嗎？」

母親摸摸她的臉頰，說道：「愛，可惜我沒辦法呆呆在那裡等著看。」

葬禮當天早上，茱德在外婆的床上醒來，因為母親說在她家裡，兩個未婚男女不准睡同一張床。她仍然企圖要把他們推上紅毯——如果這麼明顯的說詞能視為「推」的話。她不懂關於結婚的事，茱德和瑞斯談過一兩次。當然他們結不了，除非瑞斯換新的出生證明，但他們還是談過，就像孩子談論婚禮一樣，充滿渴望。母親以為他們是嬉皮知青，自以為酷，不屑結婚，不過這樣應該比讓她明白他們有多浪漫來得好。

茱德將乾淨的床單抱進自己原來的臥室，幫瑞斯鋪床，沒有明說就法律與教會的觀點，母親和早早也沒結婚。她整夜都睡不著，腦子裡轉著一個愚蠢的念頭：不知會不會感受到外婆的存在？但什麼感覺也沒有，這樣反而更不是滋味。

她在玄關轉身將頭髮往後夾，並讓瑞斯替她拉上黑色洋裝的拉鍊。

「昨天晚上我幾乎都沒睡。」她說：「因為沒有你在旁邊。」

他親親她的後頸。他穿了體面的黑西裝，母親請他幫忙抬棺。昨晚她刷牙時，聽見他們在廚房的談話。母親告訴瑞斯，不管有沒有結婚都把他當兒子看，但希望他別讓她一輩子等不到當外婆。

「不是說非得馬上不可。」母親說：「我知道你們都忙。只是希望在我還沒老到頭髮變白、幾乎不能動以前，能有那麼一天罷了。你會是個好爸爸，你不覺得嗎？」

他靜默片刻才說：「希望如此。」

在生命將盡前，愛蒂兒跟德姿蕾講述自己小時候的事，說得生動逼真，德姿蕾不禁懷疑她是否將自身經歷與肥皂劇劇情搞混了。有個她討厭的女同學想把她推下井；她的幾個兄弟穿了一身黑去偷煤炭；畢業舞會上有個窮小子送她一朵康乃馨胸花……每天下午坐在電視機前看肥皂劇時，她就會提起這些軼事，對她來說，這類節目似乎是最完美的形式，故事每天有些微進展，可是當一週結束，所有一切基本上都沒變，人物角色依然一如既往。

母親第一次喊她絲黛兒的時候，她正扶她坐上椅子，在沙發墊間找遙控器，聽到後頓時停下動作。

「什麼？」她說：「妳叫我什麼？」她困惑不已，說話急促得飛沫四濺。「是我啊，媽媽，德姿蕾。」

「當然了，」母親說：「我叫的就是妳。」

她為自己的口誤顯得尷尬，彷彿只是失了禮數而已。布萊納醫師要他們別糾正她的錯誤，她內心認為自己說的是正確的，若是糾正她，只會徒增她的煩躁與困惑。通常，德姿蕾不會這麼做，無論是母親喊早早雷昂的時候，或是她忘記一般物品名稱的時候，例如鍋子、筆、椅子。但母親怎麼能忘了她？這個與她同住了二十年的女兒？這個為她煮飯、扶她進浴缸、慢慢餵她吃藥的女兒？布萊納醫師說這種病就是這樣。

「遙遠的事情，他們記得。」他說：「沒人知道原因。他們就好像倒退著過日子。」

倒退的情況如此這般：當下與其冗長而令人厭煩的感覺逐漸退去，那一次次就醫看診、那吃不完的藥丸、那個總拿燈照她眼睛的奇怪男人、那些她永遠跟不上劇情的電視節目，還有那個看著她的女兒。每當她從椅子上起身，想去某個地方，女兒也會跟著起身。她外出散步，在田野間睡了幾個小時，直到女兒哭著用毯子裹住她，帶她回家。也許，她是個嬰兒。那女孩是她母親，或是姊姊。每當愛蒂兒看著她，她的臉都會改變。有一回還看見兩張臉。也或許現在還是，或許每次她闔上眼，就會有一張新臉出現。她只記得其中之一的名字。絲黛兒。星光[5]，遙遠地燃燒著。

「妳到哪去了，絲黛兒？」有一回她問道。

那是接近終點，又或者是起點的時候。她在等雷昂從店裡回來，他答應要給她帶黃水仙。絲黛兒就坐在她旁邊，在她手上揉搓一種粉狀乳液。

「沒有啊，媽媽。」她說，眼睛卻沒看她。「我一直都在這裡。」

「才不是，」愛蒂兒說：「妳去了一個地方……」

但她想不起來是哪裡。絲黛兒爬上床躺在她身邊，兩手環抱著她。

「沒有，」她說：「我從來沒離開過。」

德姿蕾冷不防地就離開野鴨鎮了，大夥兒都這麼說，好像她的離去真有那麼突然。本來誰也沒想到她會待超過一年，結果她一留就將近二十年。後來母親去世，她終於覺得夠了。也許雙親都走了，她無法再住在兒時的家中，但其實她父母的臨終時刻完全天差地別。父親是在醫院裡，眼睜睜看著殺害自己的兇手的臉死去。而母親則是一睡不起，直接在睡夢中走了。說不定當時還做著夢。

不過將德姿蕾推離的不只是回憶。她思考的反而是未來，這一生中終於有這麼一次能向前看。因此在母親下葬後，她賣了房子，和早早搬到休士頓。他在康納石油的煉油廠找到差事，她則在電話行銷部門工作。她已經三十年沒坐過辦公室，第一天上班，她在空調底下哆嗦著手拿起電話，努力地背誦說

5　絲黛兒（Stella），這個名字的拉丁文本意有「星光」的意思。

詞。她的指導員，一名三十多歲的金髮女郎，對她說她做得很好。她直盯著辦公桌，那句讚美始終縈繞不去。

「我也不知道，」她對女兒說：「就是覺得該往前走了。」

「可是妳喜歡那裡嗎？」

「不一樣的生活。塞車、噪音、人擠人。妳也知道，我已經很久沒接觸過這麼多人。」

「我知道，媽，但妳喜歡嗎？」

「有時候覺得應該早點離開野鴨鎮。為了妳也為了我。我們可以到任何地方去，像絲黛兒一樣過精彩的生活。」

「幸好妳不像她。」女兒說：「我很慶幸我跟的是妳。」

每天早上在電話行銷中心，她坐在位子上依照清單打電話。這差事不簡單，第一天上班時年輕的指導員就這麼對她說。妳得對於被拒絕處之泰然，有人會掛妳電話，有人會破口大罵。

「再怎樣也不會比有些人當著我的面說的話更難聽。」她說，指導員笑了。她喜歡德姿蕾，所有年輕女孩都喜歡她。她們喊她德媽媽。

每當坐在辦公室外的長椅上等早早來接她，她就在心裡默念話術台詞，上完一星期的班以後就背熟了。某某您好——一定要展現客製化的感覺——我是休士頓皇家旅遊的德姿蕾·韋涅。我們目前有一個當季促銷活動，推出達拉斯—沃斯堡—阿靈頓大都會區三天兩夜的飯店住宿優惠。您現在一定在想：這裡頭有什麼唬人的把戲，對吧？她說到這裡總會稍作停頓，輕笑一聲，能拉近她與客戶的距離，也給對方掛電話的機會。令她詫異的是竟有那麼多人會繼續聽下去。

「妳聲音很甜。」早早曾經站在門廊另一邊，咧嘴笑著這麼對她說。

但更可能是因為大家都很孤單。有時候她會想像電訪絲黛兒。她會認得她的聲音嗎？這聲音聽起來還像她自己的嗎？或者絲黛兒會像個孤單的人，希望她繼續說下去，只為了在電話上聽到另一個聲音？

愛蒂兒葬在聖保羅墓園的黑人區。沒有人期望別的結果，一直以來都是這樣：白人在北側，黑人在南側。對此誰都沒有異議，直到有一年悼亡節的感恩祭，墓園所屬的白人教會神職人員只清理了北側墓碑，經野鴨鎮民抗議後，副主祭不想引起紛爭，便派出兩名輔祭男童，嘴裡一面嘟囔抱怨，一面提著嘩濺水的水桶，把黑人區的墓石也一併刷洗了。聽完母親的話，茱德忍俊不住——這就是他們的解決之道，不是取消墓園的種族隔離，只是把兩邊的墓碑都清洗了。說不定會來一場強烈颶風，把墓園淹了，老舊棺蓋被沖開，褐色泥水湧入棺木。然後會有挖墓人涉過泥巴尋找金錶和鑽戒，為自己的好運感到不可思議之際，根本不知踩踏在腳下的骨骸是黑是白。

墓園裡，茱德看著瑞斯為外婆抬棺，早早在他另一邊，另外四名抬棺者排列在後。神父隔著土地開口為死者祝禱，手在空中畫十字，接著外婆便降入土中。她撫摸母親的背，暗自希望她別轉頭。她無法正視她的臉，此時此刻做不到。在教堂舉行葬禮時，她握著母親的手，想像有另一個女人坐在同一張長椅上，是絲黛兒，手裡急促地撥著念珠串，與姊姊一起沉默哀悼。

鎮民們全聚集到愛蒂兒家中參加謝客宴，希望看一眼長年未歸的野鴨鎮女兒。他們從她母親那兒聽說，她現在在念醫學院，屋裡有一半人等著看她穿白袍走進來，另一半則心存懷疑，認為是德姿蕾在吹噓。那個黑女孩怎麼可能做得到德姿蕾說的那些事？

但他們沒有在一片死寂當中找到她。她已經和男友從後門溜出去，兩人拉著手穿過樹林奔向河邊。太陽開始西斜，在橙紅的天空下，瑞斯猛地脫去汗衫，溫熱的陽光照在他依然比其他身體部位蒼白的胸膛。他的疤痕終有一天會消退，皮膚會變黑，到時候當她看著他，會忘記他曾有一度躲避她。

他拉開她喪服的拉鍊，脫下後整齊摺起放在岩石上，然後他們涉入冷水中，尖聲大叫，水一吋吋淹上大腿。這條河和所有的河一樣，記得自己的軌跡。他們漂浮在濃密樹蔭下，祈求能夠遺忘。

致謝

無盡感謝：我的經紀人Julia Kardon始終對我有信心；我的編輯Sarah McGrath協助我與這本龐雜的書奮戰，並激勵我在寫作上更上一層樓；也感謝Riverhead出版社的每一個人，尤其是「布莉特團隊」，無論過去或現在：Jynne Dilling Martin、Claire Mcginnis、Delia Taylor、Lindsay Means、Carla Bruce-Eddings與Liz Hohenadel Scott。

感謝每一位傾聽我哀號說不可能寫出第二本小說的朋友，但特別要感謝Brian Wanyoike、Ashley Buckner與Derrick Austin的支持，才讓我免於陷入瘋狂。感謝我最初的讀者Chris McCormick、Mairead Small Staid與Cassius Adair，承蒙他們單刀直入、不吝賜教，鼓勵並引導我。感謝所有圖書館館長、書商與讀者對《*The Mothers*》的支持。最後感謝我的家人，你們的愛讓我銘感五內。

Hit

暢／小說
消失的另一半
102

•原著書名：The Vanishing Half•作者：布莉．貝內特（Brit Bennett）•翻譯：顏湘如•封面設計：莊謹銘•校對：呂佳真•責任編輯：李培瑜•國際版權：吳玲緯•行銷：何維民、吳宇軒、陳欣岑•業務：李再星、陳紫晴、陳美燕、葉晉源•總編輯：巫維珍•編輯總監：劉麗真•總經理：陳逸瑛•發行人：凃玉雲•出版社：麥田出版／城邦文化事業股份有限公司／104台北市中山區民生東路二段141號5樓／電話：(02) 25007696／傳真：(02) 25001966、發行：英屬蓋曼群島商家庭傳媒股份有限公司城邦分公司／台北市中山區民生東路二段141號11樓／書虫客戶服務專線：(02) 25007718；25007719／24小時傳真服務：(02) 25001990；25001991／讀者服務信箱：service@readingclub.com.tw／劃撥帳號：19863813／戶名：書虫股份有限公司•香港發行所：城邦（香港）出版集團有限公司／香港灣仔駱克道193號東超商業中心1樓／電話：(852) 25086231／傳真：(852) 25789337•馬新發行所／城邦（馬新）出版集團【Cite(M) Sdn. Bhd.】／41-3, Jalan Radin Anum, Bandar Baru Sri Petaling, 57000 Kuala Lumpur, Malaysia.／電話：+603-9056-3833／傳真：+603-9057-6622／讀者服務信箱：services@cite.my•印刷：前進彩藝有限公司•2021年4月初版一刷•定價399元

國家圖書館出版品預行編目資料

消失的另一半／布莉．貝內特（Brit Bennett）著；顏湘如譯. -- 初版. -- 臺北市：麥田出版：家庭傳媒城邦分公司發行, 2021.04
面；　公分. --（Hit暢小說；RQ7102）
譯自：The Vanishing Half
ISBN 978-986-344-881-5（平裝）
874.57　　110000520

城邦讀書花園
www.cite.com.tw